Anatole France
Die Bratküche zur Königin Pedauque

Serie Piper
Band 729

Zu diesem Buch

In den fiktiven Lebenserinnerungen des Jacques Ménétrier, genannt »Tournebroche«, weil er in seiner Jugend den Bratspieß in der väterlichen Garküche gedreht hat, läßt Anatole France die ganze geistige Spannweite des 18. Jahrhunderts vor dem Leser erstehen; die abenteuerliche Geschichte Tournebroches und seines Lehrers, des Abbé Coignard, die in der Begegnung mit dem Alchimisten Astarac und dem Kabbalisten Mosaïdes sowie dessen liebreizender Nichte Jahel und in einer wilden Verfolgungsjagd gipfelt, in deren Verlauf der Abbé Coignard auf geheimnisvolle Weise umkommt, ist nicht lediglich eine amüsante Parodie auf die Schelmen- und Abenteuerromane eines Lesage oder Smollett, sondern teilt so manchen indirekten Hieb gegen zeitgenössische Phänomene und geistige Strömungen wie den Okkultismus, die Décadence und nicht zuletzt gegen Engstirnigkeit und Fanatismus aus. Mit diesem humoristischen Roman hat Anatole France eines der bezauberndsten heiteren Werke der französischen Literatur geschaffen.

Anatole France (eigentlich: Jacques-François-Anatole Thibault), geboren 1844 in Paris, gestorben 1924 auf seinem Gut La Béchellerie bei Tours. Lektor, Bibliothekar, Literaturkritiker, 1896 in die Académie Française aufgenommen, 1921 Nobelpreis für Literatur; schrieb zahlreiche, besonders historische Romane.

Anatole France

Die Bratküche zur Königin Pedauque

Aus dem Französischen
von Paul Wiegler

Piper
München Zürich

Die Originalausgabe erschien 1893 unter dem Titel
»La rôtisserie de la Reine Pédauque« in Paris.

ISBN 3-492-10792-x
Neuausgabe 1987
Deutsche Ausgabe:

Umschlag: Federico Luci,
unter Verwendung des Einbandmotivs der Erstausgabe von 1907
Umschlagrückseite: Radierung von A. Zorn
(Photo: Süddeutscher Bilderdienst, München)
Gesamtherstellung: Clausen & Bosse, Leck
Printed in Germany

Das Originalmanuskript, das in einer schönen Schrift aus dem achtzehnten Jahrhundert abgefaßt ist, hat zum Untertitel: *Leben und Meinungen des Herrn Abbé Hieronymus Coignard*. (Vermerk des Herausgebers.)

Von meines Lebens absonderlichen Begegnungen will ich hier erzählen. Schöne sind dabei und rätselhafte. Gedenke ich ihrer, so zweifle ich selbst, ob ich nicht geträumt habe. Ich kannte einen gaskognischen Kabbalisten, für dessen Weisheit ich nicht bürgen mag, denn er fand ein klägliches Ende. Der hielt mir eines Nachts auf der Insel der Schwäne herrliche Reden, die ich zu gutem Glück bewahrt und aufgezeichnet habe. Diese Reden bezogen sich auf die Magie und die dunklen Wissenschaften, deren man heute sehr beflissen ist. Man spricht nur von den Rosenkreuzern.* Übrigens schmeichle ich mir nicht, durch solche Enthüllungen viel Ehre zu gewinnen. Die einen werden sagen, ich hätte alles erfunden und das sei nicht die wahre Lehre, die andern, ich hätte nur gemeldet, was ein jeglicher wisse. Gestehen muß ich, daß ich in die Kabbala nicht sehr eingeweiht bin, da mein Lehrer zu Anfang der Unterweisung verunglückt ist. Aber das wenige, das ich von seiner Kunst gelernt habe, läßt mich gar heftig argwöhnen, es sei alles nur Schein, Trug und Eitelkeit. Item genügt es, daß die Magie der Religion zuwider ist, um mich sie aus höchster Kraft zurückstoßen zu lassen. Je-

* Dies wurde in der zweiten Hälfte des achtzehnten Jahrhunderts geschrieben. (Vermerk des Herausgebers.)

doch glaube ich, daß ich über einen Punkt dieser Wissenschaft eine Erklärung schulde, damit man nicht wähne, ich sei noch unwissender, als ich bin. Ich weiß, daß die Kabbalisten gemeinhin denken, die Elfen, Gnomen und Gnominnen würden mit einer wie ihr Leib vergänglichen Seele geboren und erlangten die Unsterblichkeit durch ihren Verkehr mit den Magiern.* Mein Kabbalist lehrte im Gegenteil, das ewige Leben sei keinem Geschöpf zu eigen, weder auf Erden noch in den Lüften. Ich bin seiner Anschauung gefolgt, ohne darüber richten zu wollen.

Er hatte die Gewohnheit, zu sagen, die Elfen töteten diejenigen, so ihre Geheimnisse entschleierten, und schrieb der Rache dieser Geister den Tod des Herrn Abbé Coignard zu, der auf der Straße nach Lyon ermordet wurde. Ich aber weiß genau, daß dieses für immer bejammernswerten Todes Ursache natürlicher war. Frei will ich von den Genien der Luft und des Feuers reden. Im Leben drohen mancherlei Gefahren, und die Gefahr von den Elfen ist sehr klein.

Ich habe die Aussprüche meines guten Lehrers, des Herrn Abbé Hieronymus Coignard, der, so wie ich's sagte, gestorben ist, mit Eifer gesammelt. Er war ein Mann voller Wissenschaft und Frömmigkeit. Wäre seine Seele minder unruhig gewesen, er hätte an Tugend den Herrn Abbé Rollin erreicht, den er an Ausdehnung der Kenntnisse und an Verstandestiefe weit übertraf. Zumindest hatte er in den Schwankungen seines verstörten Lebens vor Herrn Rollin den Vorzug, daß er nicht in den Jansenismus geriet. Denn seines Geistes Festigkeit ward nicht

* Diese Meinung wird in einem Büchlein des Abbé Montfaucon de Villars verfochten: *Graf Gabalis oder Unterhaltungen von den verborgenen und geheimnisvollen Wissenschaften nach den Prinzipien der alten Magier oder kabbalistischen Weisen.* Es gibt mehrere Ausgaben. Ich will mich begnügen, die Amsterdamer zu nennen (bei Jakob Le Jeune, 1700, in-18, mit Figuren), die einen zweiten, in der ursprünglichen Ausgabe nicht vorhandenen Teil enthält. (Vermerk des Herausgebers.)

vom Ungestüm der tollen Doktrinen erschüttert, und vor Gott kann ich die Reinheit seines Glaubens beschwören. Er hatte große Welterfahrung, die er in Lebenskreisen jeder Art sich errungen hatte. Solche Erfahrung hätte ihm bei der römischen Geschichte viel genutzt, die er nach dem Beispiel des Herrn Rollin zweifellos geschrieben hätte, wären Muße und Zeit ihm günstiger und wäre sein Leben mehr seinem Genie verwandt gewesen. Mein Bericht über den hervorragenden Mann soll diese Erinnerungen schmücken. Und wie Aulus Gellius, der in seinen *Attischen Nächten* die schönsten Stellen der Philosophen nebeneinander hielt, wie Apulejus, der in seinen *Metamorphosen* die besten Fabeln der Griechen brachte, will ich, einer emsigen Biene gleich, köstlichen Honig zusammentragen. Will mich jedoch nicht zu dem Wahn versteigen, ich könne mit jenen beiden großen Autoren mich messen; denn allein aus dem Gedenken an mein Leben und nicht aus unabsehbarer Lektüre hole ich meine Schätze. Und aus mir selbst liefere ich meine Redlichkeit. Sollte ein Neugieriger meine Erinnerungen lesen, er würde gewahren, daß nur eine reine Seele sich in so schlichter, ungezierter Sprache auszudrücken vermochte. In den Gesellschaften, in denen ich lebte, hat man mich stets der Einfalt geziehen. Diese Schrift wird eine solche Meinung über meinen Tod hinaus verlängern.

Ich heiße Erasmus Laurentius Jakob Menetrier. Mein Vater, Leonhardus Menetrier, war Garkoch in der Straße des Sankt Jakob und hatte die Bratküche zur Königin Pedauque, die, wie man weiß, Schwimmpfoten besaß wie Gänse und Enten.

Sein Schragen erhob sich genüber Sankt Benedikt dem Krummen, zwischen der Gevatterin Gilles, der Krämerin zu den drei Jungfrauen und Herrn Blaizot, dem Buchhändler zum Bilde der heiligen Katharina, unweit vom Kleinen Bacchus, dessen mit Reben behangenes Gitter um die Ecke der Schustergasse herumging. Er liebte mich sehr, und wenn ich nach dem Abendessen in meinem Bettchen lag, faßte er mich bei der Hand, hob mir vom Daumen ab einen Finger nach dem andern hoch und sprach: »Der hat ihn geschlachtet, der ihn gerupft, der hat ihn geschmort, der ins Mäulchen gestupft, und der kleine Dummbart kriegt gar nichts.

Tunke, Tunke, Tunke«, sagte er dann und kitzelte mir mit der Spitze meines kleinen Fingers das hohle Händchen.

Und er lachte von Herzen. Auch ich lachte, während ich entschlummerte, und meine Mutter hat oft beteuert, noch am nächsten Morgen schwebe dieses Lächeln um meine Lippen.

Mein Vater war ein guter Koch und lebte in der Furcht Gottes. Deshalb trug er an den Festtagen das Banner der Garköche, worauf ein schöner Sankt Laurentius gestickt war mit seinem Rost und einer goldenen Palme. Er pflegte zu sagen: »Jakobchen, deine Mutter ist eine gottgefällige, ehrbare Frau.«

Diese Redensart zu wiederholen machte ihm viel Spaß. Allerdings ging meine Mutter jeden Sonntag zur Kirche mit einem in Riesenlettern gedruckten Buch. Denn die kleinen Schriftzeichen konnte sie schlecht lesen; sie meinte, die Augen fielen ihr dabei aus dem Kopfe. Mein Vater stattete jeden Abend der Schenke zum Kleinen Bacchus einen Besuch ab, wo Hannchen, die Leierfrau, und Kathrine, die Spitzenklöpplerin, verkehrten. Und jedesmal, wenn es dort ein bißchen später geworden war, sagte er, indem er seine Schlafmütze aufsetzte, mit Rührung in der Stimme: »Barbe, schlafe in Frieden! Vorhin hab ich es dem Hinkbein, dem Messerschmied, noch gesagt: du bist eine gottgefällige, ehrbare Frau.«

Sechs Jahre war ich alt, als er eines Tags seine Schürze zurechtrückte, was bei ihm von einer Entschließung Kunde gab, und solchergestalt zu mir anhub: »Miraut, unser Hündchen, hat vierzehn Jahre lang meinen Bratspieß gedreht. Ich habe Grund, mit ihm zufrieden zu sein. Er ist ein wackerer Gehilfe, der mir niemals das kleinste Stück Pute oder Gans gestohlen hat. Für seine Mühe erachtete er sich genug belohnt, wenn er mir die Bratpfanne auslecken durfte. Jedoch er wird alt. Seine Pfote wird steif, er ist stockblind und taugt nicht mehr, den Griff zu drehen. Du, mein Söhnchen Jakob, mußt für ihn einspringen. Mit Überlegung, und wenn du es eine Zeitlang getrieben hast, wirst du unfehlbar dasselbe leisten wie er.«

Miraut horchte auf diese Worte und wackelte, um sein Einverständnis anzudeuten, mit dem Schwanze. Mein Vater fuhr fort: »Du wirst dich also auf den Schemel hier setzen und den Bratspieß drehen. Um aber deinen Geist zu bilden, wirst du dein Abc durchlesen, und wenn du in Zukunft alle gedruckten Buchstaben kennst, wirst du ein Buch der Grammatik oder der Moral oder die schönen Maximen des Alten und des Neuen Testamentes auswendig lernen. Denn die Erkenntnis Gottes und die Unterscheidung von Gut und Böse sind selbst in einem Handwerk erforderlich, das, wie das meinige, unansehnlich zwar ist, doch achtbar; und es war das meines Vaters und wird, so Gott will, auch das deinige sein.«

Seit jenem Tage saß ich vom Morgen bis zum Abend im Kaminwinkel und drehte den Spieß; auf den Knien hatte ich mein geöffnetes Abc. Ein guter Kapuziner, der mit seinem Sack zu meinem Vater betteln kam, half mir beim Buchstabieren. Er tat dies um so lieber, als mein Vater, der das Wissen schätzte, ihm seine Lehrstunden mit einem schönen Stück Pute und einem großen Glase Weins zahlte, bis endlich der Bruder, weil er sah, daß ich Silben und Worte so ziemlich nachsprach, mir ein schönes *Leben der heiligen Katharina* brachte, worin er mich geläufig zu lesen unterwies.

Eines Tags hatte er wie sonst seinen Quersack über den Zahltisch gebreitet, setzte sich neben mich, wärmte seine nackten Füße in der Herdasche und brummte mir zum hundertsten Male vor:

Jungfrau voll Klugheit, sauber und fein,
Trost unser Frauen in Kindsbettpein,
O erbarme dich unser.

In diesem Augenblick betrat ein Mann von stämmigem und doch edlem Wuchs, der ein geistliches Gewand anhatte, die Garküche und rief mit dröhnendem Baß: »Holla, Herr Wirt, gebt mir einen guten Bissen!«

Unter seinem grauen Haar schien er noch im kräftigsten Alter zu stehen. Sein Mund lachte, seine Augen waren lebhaft. Majestätisch fielen seine schweren Backen und sein dreifaches Kinn auf einen Kragen hernieder, der aus Sympathie ebenso fett geworden war wie der Hals, der darauf lastete.

Mein Vater zog mit der Höflichkeit seines Berufs das Käppchen ab, verbeugte sich und sagte: »Wenn Ehrwürden sich einen Augenblick an meinem Feuer wärmen wollen, so werd' ich Ihnen auftischen, was Sie begehren.«

Ohne sich weiter bitten zu lassen, machte der Abbé sich's vor dem Kamin bequem, neben dem Kapuziner. Als er den guten Bruder lesen hörte:

Jungfrau voll Klugheit, sauber und fein,
Torst unser Frauen in Kindsbettpein...,

schlug er in die Hände und sagte: »Oh, welch seltener Vogel!

welch Wundermann! Ein Kapuziner, der lesen gelernt hat! He! Brüderchen, wie heißet Ihr?«

»Bruder Angelus, ein unwürdiger Kapuziner«, antwortete mein Lehrer.

Meine Mutter, die von der Oberstube Stimmen vernahm, stieg in den Laden hinab, angelockt durch ihre Neugier.

Der Abbé grüßte sie mit bereits vertrauter Höflichkeit und sagte: »Wunder über Wunder, verehrte Frau! Bruder Angelus ist ein Kapuziner und kann lesen!«

»Er liest sogar alle Schriften«, erwiderte meine Mutter. Sie näherte sich dem Bruder und erkannte das Gebet zur heiligen Margareta an dem Bild, das die jungfräuliche Märtyrerin mit einem Weihwedel in der Hand darstellte.

»Dieses Gebet«, fügte sie hinzu, »ist schwer zu lesen, weil die Worte ganz klein und kaum voneinander getrennt sind. Zum Glück genügt es, wenn man Schmerzen hat, es sich wie ein Pflaster auf die Stelle zu legen, die am meisten weh tut, und dann wirkt sie ebenso gut und gar besser noch, als wenn man das Gebet aufsagte. Ich habe das, Herr, bei der Geburt Jakobchens erprobt, meines Sohnes, der hier vor Euch steht.«

»Zweifelt nicht daran, gute Dame«, erwiderte Bruder Angelus. »Das Gebet zur heiligen Margarete ist alles dessen mächtig, was Ihr angebt, jedoch nur unter der Bedingung, daß Ihr das Almosen für die Kapuziner nicht vergesset.«

Bei diesen Worten leerte Bruder Angelus den Becher, den meine Mutter ihm bis zum Rand gefüllt hatte, warf seinen Quersack über die Schulter und ging dem Kleinen Bacchus zu.

Mein Vater tischte dem Abbé ein weidliches Stück Geflügel auf, und er holte aus seiner Tasche Brot, eine Flasche Weins und ein Messer, dessen kupferner Stil den verewigten König zeigte in der Tracht eines römischen Kaisers, auf einer antiken Säule, und begann zu speisen.

Doch kaum hatte er den ersten Bissen in den Mund gesteckt, als er sich zu meinem Vater umwandte und ihn um Salz bat, überrascht, daß man ihm nicht zuerst das Salzfaß gereicht hatte.

»So hielten es«, sagte er, »die Alten. Sie boten Salz an zum Zeichen der Gastfreundschaft. Sie stellten auch Salzfässer in die Tempel, auf der Götter Tuch.«

Mein Vater reichte ihm graues Salz dar in der hölzernen Wanne, die am Kamin hing. Er nahm nach seiner Lust und sagte: »Den Alten galt das Salz als notwendige Würze jeglicher Mahlzeit, und war ihnen so wert, daß sie zum Gleichnis den Witz, als welcher der Rede Geschmack verleiht, Salz benamsten.«

»Ah!« sagte der Vater, »so hoch auch die Alten es gewertet haben, noch höher schätzt heutzutage die Salzsteuer es ein.«

Meine Mutter, die zuhörte und einen Wollstrumpf strickte, freute sich, daß sie ein Wörtlein anbringen konnte.

»Das Salz«, sprach sie, »muß wohl etwas Gutes sein, da der Priester ein Körnlein auf die Zunge der Kinder legt, die man über die Taufbecken hält. Als mein Jakobchen das Salz auf seiner Zunge spürte, schnitt er Gesichter, denn so klein er war, besaß er schon Vernunft. Ich rede, Herr Abbé, von meinem Sohne Jakob, der hier vor Euch steht.«

Der Abbé sah mich an und sagte: »Jetzt ist er ein großer Bursche. Auf sein Antlitz ist die Bescheidenheit gemalt, und er liest aufmerksam das *Leben der heiligen Margareta*.«

»Oh!« erwiderte meine Mutter, »er liest auch das Gebet gegen die Frostbeulen und das Gebet zu Sankt Hubertus, die ihm Bruder Angelus geschenkt hat, und die Geschichte von dem Mann in der Vorstadt zu Sankt Marzell, der von mehreren Teufeln verschlungen worden ist, dieweil er Gottes heiligen Namen lästerte.«

Mit Bewunderung sah mein Vater mich an, dann flüsterte er dem Abbé ins Ohr, ich lerne alles, was ich wollte, mit angeborener, natürlicher Leichtigkeit.

»So müßt Ihr«, versetzte der Abbé, »ihn in den guten Schriften unterrichten lassen, die des Menschen Ehre sind, des Lebens Linderung und ein Heilmittel gegen jede Krankheit, selbst gegen die der Liebe, wie Theokrit, der Dichter, bestätigt.«

»Ich bin nur ein Garkoch«, antwortete mein Vater, »aber ich schätze das Wissen und bin überzeugt, es sei ein Heilmittel gegen die Liebe, wie Euer Gnaden sagen. Aber ich glaube nicht, daß es gegen den Hunger hilft.«

»Vielleicht ist es keine Zaubersalbe dagegen«, versetzte der Abbé, »doch besänftigt es ihn wie ein milder, obschon unvollkommener Balsam.«

Während er so sprach, erschien Kathrine die Spitzenklöpplerin auf der Schwelle, die Mütze schief auf dem Ohr, mit sehr zerzaustem Busentuch. Meine Mutter runzelte, als sie sie erblickte, die Brauen und ließ drei Maschen ihrer Strickerei fallen.

»Herr Menetrier«, sprach Kathrine zu meinem Vater, »kommt und sagt den Häschern von der Stadtwache ein Wort. Sonst schleppen sie den Bruder Angelus unfehlbar ins Gefängnis. Der gute Bruder ist vorhin in den Kleinen Bacchus gekommen und hat zwei bis drei Maß Wein getrunken, aber sie nicht bezahlt aus Furcht, wie er meinte, gegen die Regel des heiligen Franziskus zu sündigen. Das Schlimmste aber ist, daß, als er mich in Gesellschaft unter der Laube sah, er auf mich zuging, um mich irgend ein neues Gebet zu lehren. Ich sagte ihm, dazu sei nicht die rechte Zeit, und als er dringlich wurde, zupfte der hinkende Messerschmied, der mir zur Seite saß, ihn am Bart. Nun stürzte sich Bruder Angelus auf den Messerschmied, der zu Boden rollte und Tisch und Kannen mit sich riß. Auf den Lärm lief der Wirt hinzu, und als er den Tisch umgeworfen sah, den Wein verschüttet und Bruder Angelus auf dem Kopf des Messerschmieds knien und mit geschwungenem Schemel alle, die sich näher wagten, prügeln, da fluchte dieser Gauch von einem Wirt wie ein Teufel und holte die Wache. Herr Menetrier, kommt ohne Säumen und befreit den Bruder aus der Hand der Häscher. Er ist ein heiliger Mann und bei diesem Vorfall entschuldbar.«

Mein Vater machte der Kathrine gern alle Sachen recht. Diesmal aber hatten die Worte der Spitzenklöpplerin nicht die erhoffte Wirkung. Er erwiderte gerade heraus, es gebe für den Kapuziner keine Rechtfertigung, und er wünsche ihm eine tüchtige Buße bei Wasser und Brot, im schwärzesten Kerkerloch des Klosters, dessen Schimpf und Schmach er sei.

Beim Reden erhitzte er sich: »Ein Säufer und ein Wüstling, dem ich Tag für Tag guten Wein und gute Bissen gebe, und der in der Schenke an liederlichen Frauenzimmern herumgreift, die so verwahrlost sind, daß sie die Gesellschaft eines umherziehenden Messerschleifers und eines Kapuziners der der rechtschaffenen, vereidigten Ladenbesitzer im Viertel vorziehen! Pfui! pfui!«

Hier stockte er in seiner Schmährede und blickte verstohlen meine Mutter an, die aufrecht vor der Treppe stand und ihre Stricknadel in kurzen, knatternden Stößen bewegte.

Von diesem üblen Empfang verblüfft, sagte Kathrine trokken: »So wollt Ihr dem Schenkwirt und den Häschern kein gutes Wort geben?«

»Wenn Ihr es wünscht, so will ich ihnen sagen, sie sollen den Messerschmied mit dem Kapuziner fortbringen.«

»Aber«, sagte sie mit Lachen, »der Messerschmied ist doch Euer Freund.«

»Weniger mein Freund als Eurer«, versetzte mein Vater im Zorn. »Ein Lump, der auf krummen Wegen geht und wackelt.«

»Ja, ja«, rief sie. »Er wackelt, freilich, er wackelt.«

Und sie entwich aus der Garküche und schüttelte sich aus vor Lachen.

Mein Vater wandte sich zu dem Abbé um, der mit seinem Messer einen Knochen abkratzte: »Wie ich die Ehre hatte, Euer Gnaden mitzuteilen: jede Lesestunde und Schreibstunde, die der Kapuziner meinem Kinde gibt, bezahle ich mit einem

Becher Weins und einem Stück Fleisch, Hase, Kaninchen, Gans, sogar Huhn oder Kapaun. Er ist ein Säufer und ein Wüstling!«

»Gewiß«, antwortete der Abbé.

»Aber wagt er nochmals, den Fuß über meine Schwelle zu setzen, dann treibe ich ihn mit dem Besen hinaus.«

»Recht so«, sagte der Abbé. »Dieser Kapuziner ist ein Esel und hat Euren Sohn weniger reden als Jah-Schreien gelehrt. Das Klügste wäre, Ihr würfet dieses *Leben der heiligen Katharina* ins Feuer, dieses Gebet gegen die Frostbeulen und diese Werwolfsgeschichte, womit der Kuttenträger den Geist Eures Sohnes vergiftet hat. Zu dem Preis, zu dem Bruder Angelus seine Stunden gab, gebe ich meine auch. Ich lehre das Kind Latein und Griechisch und selbst Französisch, das Voiture und Balzac der Vollendung zugeführt haben. So wird durch ein doppelt seltsames und freundliches Geschick Jakobchen der Bratspießdreher ein Gelehrter, und ich habe alle Tage zu essen.«

»Topp!« sagte mein Vater. »Barbe, bringe zwei Becher. Kein Geschäft ist abgeschlossen, sofern die Parteien nicht es durch Zutrinken bekräftigen. Hier trinke ich meinen Wein. Den Kleinen Bacchus will ich mein Lebtag nicht wieder betreten, so greulich sind mir dieser Messerschmied und dieser Mönch.«

Der Abbé stand auf, legte die Hände auf seines Stuhles Lehne und sagte in langsamem, feierlichem Ton: »Vor allem danke ich Gott, dem Schöpfer und Erhalter aller Dinge, daß er meinen Schritt in dieses nahrungsreiche Haus gelenkt hat. Er allein beherrschet uns, und wir müssen seine Vorsehung in den menschlichen Angelegenheiten erkennen, wennschon ihr nachzuspüren verwegen und bisweilen eine Plumpheit ist. Denn da Vorsehung allgemein ist, begegnet man ihr in jederlei Erlebnissen, die sicher erhaben sind durch Gottes Anteil, doch schmutzig und lächerlich durch den Anteil, den die Menschen daran nehmen, und der die einzige Seite ist, so uns erscheint. Drum muß man nicht, wie die Kapuziner und die guten Weiber, rufen, daß man Gott an jeder geschundenen Katze sieht. Wir wollen den Herrn loben und ihn bitten, er möge mich bei der Unterweisung dieses Kindes erleuchten; im übrigen wollen wir uns seinem Willen befehlen und nicht ihn zu erforschen suchen.«

Dann hob er seinen Becher und trank einen gehörigen Schluck Weins.

»Dieser Wein«, sagte er, »verbreitet in der Ökonomie des menschlichen Körpers milde, heilsame Wärme. Er ist ein Naß, das in Teos und im Tempel besungen zu werden verdient, von den Fürsten der bacchischen Dichter, Anakreon und Chaulieu. Ich will die Lippen meines jungen Zöglings damit einreiben.«

Er hielt mir den Becher unter das Kinn und rief: »Kommt, kommt, ihr Bienen von der Akademie, und lasset euch in harmonischen Schwärmen auf seinem Munde nieder, der hinfort den Musen geweiht ist, auf dem Munde des Jakobus Bratspießdreher.«

»Oh! Herr Abbé«, sagte meine Mutter, »der Wein lockt ja die Bienen an, zumal wenn er süß ist. Aber Ihr dürft doch nicht diese bösen Fliegen auf die Lippen meines Jakob wünschen, denn ihr Stich ist grausam. Als ich eines Tags in einen Pfirsich biß, ward ich von einer Biene in die Zunge gestochen und erduldete Höllenqualen. Nur ein wenig mit Speichel vermischter Erde half mir, die Bruder Angelus mir in den Mund steckte, wobei er das Gebet des Sankt Kosmus hersagte.«

Der Abbé deutete ihr an, er spreche von Bienen in bildlichem Sinne. Und mein Vater sprach vorwurfsvoll: »Barbe, du bist eine gottgefällige, ehrbare Frau, doch ich habe schon oft bemerkt, daß du die Neigung hast, dich unbesonnen in ernsthafte Unterhaltungen zu mengen, wie ein Hund in ein Kegelspiel läuft.«

»Vielleicht«, antwortete meine Mutter. »Aber hättet Ihr meinen Ratschlag besser befolgt, Leonhard, so wäre es Euch nur zum Nutzen gewesen. Ich kann unmöglich jegliche Art Bienen kennen, aber ich verstehe mich auf die Ordnung im Hause und auf die Sitten, die für einen bejahrten Mann, einen Familienvater und den Bannerträger seiner Brüderschaft sich passen.«

Mein Vater kratzte sich hinter dem Ohr und goß dem Abbé Wein ein. Jener seufzte und sagte: »Fürwahr, in unsern Tagen wird das Wissen im Königreich Frankreich nicht so geehrt wie einst beim römischen Volke, das seine erste Tugend schon verloren hatte, als die Rhetorik Eugenius auf den Kaiserthron brachte. In unserm Jahrhundert sieht man nicht selten einen geistvollen Menschen ohne Feuer und Kerzenlicht in einem Speicher hocken. Exemplum ut talpa. Ich bin ein Beispiel.«

Dann gab er uns einen Bericht über sein Leben, den ich so hersetzen will, wie er aus seinem Munde kam, nur daß hie und da die Schwäche meines Alters mich hinderte, recht zu hören und nachher in meinem Gedächtnis zu bewahren. Diese Lükken habe ich nach dem ausgefüllt, was er mir später anvertraute, als er mir die Ehre seiner Freundschaft widerfahren ließ.

»So wie Ihr mich seht«, sagte er, »oder vielmehr ganz anders, als Ihr mich seht, jung, schlank, mit lebhaftem Blick und schwarzen Haaren, hab ich die freien Künste im Kolleg von Beauvais gelehrt, unter den Herren Dugué, Guérin, Coffin und Baffier. Ich hatte die Priesterweihe empfangen und träumte von gelahrtem Ruhm. Aber ein Weib vernichtete meine Hoffnungen. Sie hieß Nikola Pigoreau und hatte den Buchladen zur Goldenen Bibel auf dem Platz vor dem Kolleg. Dort verkehrte ich und durchblätterte unablässig die Bücher, die sie aus Holland bekam, und auch die Zweibrücker Ausgaben, die mit Noten, Glossen und sehr gelehrten Kommentaren illustriert waren. Ich war liebenswürdig, und zu meinem Unheil merkte das Frau Pigoreau. Sie war hübsch gewesen und mußte noch immer gefallen. Ihre Augen sprachen. Und eines Tages küßten wir uns vor Cicero und Titus Livius, vor Plato und Aristoteles, vor

Thukydides, Polybius und Varro, Epiktet, Seneca, Boëtius, Cassiodor, Homer, Äschylus, Sophokles, Euripides, Plautus und Terenz, Diodor von Sizilien und Dionys von Halikarnaß, Sankt Johannes Chrysostomus und Sankt Basilius, Sankt Hieronymus und Sankt Augustin, Erasmus, Salmasius, Turnebius und Scalitzer, vor dem heiligen Thomas von Aquino, vor Sankt Bonaventura, vor Bossuet, der Ferri hinter sich herzog, vor Lenain, Godefroy, Mézeray, Mainbourg, Fabricius, vor dem Vater Lelong und dem Vater Pitou, vor allen Dichtern, allen Rednern, allen Geschichtsschreibern, allen Kirchenvätern, Doktoren, Theologen, Humanisten, Kompilatoren, die von der Decke bis zum Boden die Wände bevölkerten.

›Ich habe Euch nicht widerstehen können‹, sagte sie zu mir, ›denkt von mir darum nicht schlecht.‹

Sie drückte mir ihre Liebe mit seltsamer Schwärmerei aus. Einmal ließ sie mich einen Spitzenkragen und Spitzenärmel probieren, und da sie fand, daß sie mich zum Entzücken kleideten, verlangte sie, ich solle sie behalten. Das wollte ich nicht. Doch da sie über meine Weigerung empört und in ihrer Liebe gekränkt war, willigte ich in ihr Geschenk, um sie nicht zu betrüben.

Mein Glück dauerte so lange, bis ich durch einen Offizier ersetzt ward. Ich wütete, und in leidenschaftlichem Rachegelüst eröffnete ich den Lehrern des Kollegs, ich ginge nicht mehr in die Goldene Bibel aus Furcht, dort Ärgernisse für eines guten Geistlichen Bescheidenheit erblicken zu müssen. In Wahrheit hatte ich mich dieser List nicht zu freuen. Denn als Frau Pigoreau vernahm, wie ich sie behandelte, sprengte sie aus, ich hätte ihr Spitzenärmel und einen Spitzenkragen gestohlen. Ihre Verleumdung kam den Lehrern zu Ohren, die meinen Koffer durchstöbern ließen und dort die ziemlich teuren Schmuckspitzen fanden. Sie jagten mich fort, und also erfuhr ich nach dem Beispiel des Hippolyt und des Bellerophon die Verschlagenheit und Bosheit der Weiber. Mit meinen Fetzen und meinen

Schulheften der Rhetorik war ich auf die Straße gesetzt und wäre dort beinahe Hungers gestorben, als ich auf die Bäffchen verzichtete und mich einem hugenottischen Herrn empfahl, der mich als seinen Schreiber annahm und mir Schmähschriften gegen die Religion diktierte.«

»Ah!« rief mein Vater, »das war sehr unrecht, Herr Abbé. Ein Ehrenmann darf zu solchen Gemeinheiten seine Hand nicht hergeben. Und so unwissend ich bin und obschon ich ein niederes Gewerbe treibe, kann ich die Kuh des Nikolaus, die Ketzerei, nicht riechen.«

»Ihr habt recht, Wirt«, sagte der Abbé. »Dies ist die übelste Stelle meines Lebens und das, was ich am meisten bereue. Aber mein Mann war Calvinist. Er gebrauchte mich nur dazu, gegen Lutheraner und Socinianer zu schreiben, die er nicht ausstehen konnte, und ich versichere Euch, daß er mich zu größerer Härte gegen diese Ketzer zwang, als je die Sorbonne tat.«

»Amen«, sagte mein Vater. »Friedlich weiden die Lämmer, indes die Wölfe einander verzehren.«

Der Abbé berichtete weiter: »Ich blieb auch nicht lange bei diesem Herrn, für den die Briefe des Ulrich von Hutten wichtiger waren als die Reden des Demosthenes, und bei dem man nur Wasser trank. Dann versuchte ich mich in etlichen Berufen, deren keiner mir glückte. Ich wurde nach und nach Hausierer, Schauspieler, Mönch und Lakai. Dann zog ich die Bäffchen wieder an, wurde Schreiber des Bischofs von Séez und bearbeitete den Katalog der wertvollen, in seiner Bibliothek eingeschlossenen Manuskripte. Dieser Katalog umfaßt zwei Foliobände, die er in seine Galerie stellte, in rotem Maroquinband, mit seinen Wappen und mit Goldschnitt. Ich wage die Behauptung, daß es ein gutes Werk ist.

Von mir hing es ab, ob ich im Studierzimmer und im Frieden bei dem erlauchten Herrn alt werden wollte. Jedoch ich liebte das Kammermädchen der Frau Amtmännin. Tadelt mich nicht zu streng! Braun, dick, lebendig, munter, hätte sie Sankt Pakomus sogar zur Liebe bewogen. Eines Tages setzte sie sich in die Kutsche, um zu Paris ihr Glück zu suchen. Ich folgte ihr. Aber ich kam dabei weniger auf meine Kosten als sie auf die ihren. Mit ihrer Empfehlung trat ich in den Dienst der Frau von Saint-Ernest, einer Tänzerin von der Oper, die, da sie meine Talente kannte, mich beauftragte, nach ihrem Diktat ein Libell gegen Fräulein Davilliers zu schreiben, über die sie zu klagen hatte. Ich war ein recht guter Sekretär und verdiente die fünfzig Kronentaler sehr wohl, die mir verheißen worden waren. Das Buch wurde in Amsterdam gedruckt mit allegorischem Titelbild, und Fräulein Davilliers empfing das erste Exemplar, als sie gerade die Szene betrat, um Armidens große Arie zu singen. Der Zorn machte ihre Stimme heiser und zitternd. Sie sang falsch und wurde ausgezischt. Als sie fertig war, lief sie mit Puder und Fischbeinrock zu dem Intendanten, der ihr nichts mehr abzuschlagen hatte. In Tränen warf sie sich ihm zu Füßen und schrie Rache. Bald wußte man, daß der Streich von Frau von Saint-Ernest ausging.

Ausgefragt, bedrängt, bedroht, denunzierte sie mich, und ich wurde nach der Bastille geschafft, in der ich vier Jahre blieb. Ich tröstete mich, indem ich Boëtius las und Cassiodor.

Seitdem habe ich eine öffentliche Schreibstube auf dem Kirchhof der unschuldigen Kindlein gehalten und den verliebten Mägden eine Feder geliehen, die eher die berühmten Römer hätte schildern und die Bücher der Kirchenväter kommentieren sollen. Für jeden Liebesbrief bekomme ich zwei Heller und sterbe von diesem Gewerb mehr als ich davon lebe. Aber ich vergesse nicht, daß Epiktet ein Sklave war und Pyrrhon ein Gärtner.

Vorhin habe ich durch Zufallsgnaden für einen namenlosen Brief einen Kronentaler empfangen. Seit zwei Tagen habe ich nicht gegessen. Drum habe ich sogleich nach einem Speisewirt geforscht. Von der Straße aus sah ich Euer buntes Schild und das Feuer in Eurem Kamin, das fröhlichen Glanz auf die Fenster malte. Auf Eurer Schwelle habe ich einen herrlichen Geruch gewittert. Ich bin eingetreten. Lieber Wirt, nun kennt Ihr mein Leben.«

»Ich sehe, daß es das eines wackeren Mannes ist«, sagte mein Vater, »und bis auf die Kuh des Nikolaus ist nichts daran zu bemängeln. Eure Hand! Wir sind Freunde. Wie heißet Ihr?«

»Hieronymus Coignard, Doktor der Theologie, Lizentiat der Künste.«

Das Wunderbare in den menschlichen Dingen ist die Verkettung von Ursache und Wirkung. Herr Hieronymus Coignard sprach die Wahrheit: prüft man die absonderliche Reihe von Schlägen und Gegenschlägen, in denen unsre Schicksale sich bekriegen, so erkennt man notwendigerweise, daß Gott in seiner Vollkommenheit weder des Geistes entbehrt noch der Laune, noch der komischen Begabung. Das Imbroglio liegt ihm ebenso wie alles übrige, und wollte er, nachdem er Moses, David und die Propheten inspirierte, sich zur Inspiration des Herrn Le Sage und der Meßpoeten herablassen, er würde ihnen die ergötzlichsten Stücke für Harlekin diktieren. So wurde ich Latinist, weil Bruder Angelus von den Häschern gepackt und eingelocht worden war, nachdem er unter der Laube des Kleinen Bacchus einen Messerschmied niedergehauen hatte. Er gab mir Stunden, fand mich gelehrig und klug und hatte mithin sein Vergnügen daran, mich in der alten Literatur zu unterrichten. In wenigen Jahren machte er einen leidlichen Latinisten aus mir.

Seinem Gedächtnis habe ich eine Dankbarkeit bewahrt, die nur mit meinem Tode endigen wird. Was ich ihm schulde, wird man begreifen, so ich vermerke, daß er nichts verabsäumte, um mein Herz und meine Seele zugleich mit meinem Geist zu bilden. Er sagte mir die Maximen des Epiktet her, die Homelien des Sankt Basil und die Tröstungen des Boëtius. Durch schöne Auszüge legte er mir die Philosophie der Stoiker dar; aber er zeigte sie in ihrer Erhabenheit nur, um sie desto tiefer der christlichen Philosophie unterzuordnen. Er war ein feiner Theologe und ein guter Katholik. Sein Glaube ruhte auf den Trümmern der ihm liebsten Träume und seiner gerechtesten Hoffnungen. Seine Schwächen, seine Irrtümer, seine Fehler, die er weder zu verhehlen noch zu färben sich mühte, hatten sein Vertrauen in die göttliche Güte nicht erschüttert. Und um ihn wohl zu kennen, muß man wissen, daß er für sein ewiges Heil bei den Gelegenheiten besorgt war, wo er scheinbar am mindesten danach fragen mußte. Er impfte mir die Grundsätze einer aufgeklärten Frömmigkeit ein. Er war auch bestrebt, mich für die Tugend zu gewinnen und sie durch Beispiele aus Zenos Leben mir gleichsam zur häuslichen Vertrauten zu machen.

Wenn er mich über die Gefahren des Lasters unterrichten wollte, schöpfte er seine Beweisgründe aus einer näheren Quelle, indem er mir anvertraute, er habe aus zu großer Liebe zu Wein und Weib die Ehre eingebüßt, in langer Robe und viereckiger Mütze auf die Lehrkanzel eines Kollegs zu steigen.

Mit diesen seltenen Eigenschaften verband er Standhaftigkeit und Fleiß und gab seine Stunden so pünktlich, wie man nimmer von einem Mann erwartet hätte, der, wie er, allen Veränderungen eines schweifenden Lebens ausgeliefert und unaufhörlich von einem bewegten Leben umhergetrieben war, das mehr dem eines Schelmen glich als dem eines Doktors. Dieser Eifer wurde durch seine Güte bewirkt und auch durch seine Neigung zu der guten Straße des Sankt Jakob, allwo er die Wünsche seines Leibes und seines Geistes mitsammen befriedigen durfte. Wenn er bei einem saftigen Mahl mir eine nützliche Lektion gegeben hatte, stattete er dem Kleinen Bacchus und dem Bilde der heiligen Katharina einen Besuch ab und fand so auf kleinen Raum vereint, was für ihn das Paradies war: kühlen Wein und Bücher.

Er war ein emsiger Gast des Herrn Blaizot geworden, des Buchhändlers, der ihm eine gute Aufnahme bereitete, obwohl er alle Bücher durchblätterte, ohne ein einziges zu kaufen. Es war ein wundersamer Anblick, wenn mein guter Lehrer hinten im Laden stand, die Nase in ein frisch aus Holland geschicktes Buch vergraben hatte und den Kopf hob, um je nachdem mit überfließender, lachender Beredsamkeit über den Plan einer Universalmonarchie zu reden, den man dem verewigten König zuschrieb, oder über die galanten Abenteuer eines Finanzpächters und eines Theatermädchens. Herr Blaizot ward nicht müde, ihm zuzuhören. Dieser Herr Blaizot war ein kleiner, dürrer, reinlicher Greis in flohfarbenem Rock, flohfarbener Hose und grauen Wollstrümpfen. Ich bewunderte ihn sehr und träumte, nichts auf der Welt sei schöner, als wie er Bücher zu verkaufen im Laden zum Bilde der heiligen Katharina.

Eine Erinnerung trug zu dem geheimnisvollen Reiz bei, der für mich den Laden des Herrn Blaizot umschwebte. Dort habe ich eines Tags, sehr jung, zum erstenmal ein nacktes Weib gesehen. Ich sehe sie noch. Es war die Eva einer Bibel mit Kupferstichen. Sie hatte einen dicken Bauch und etwas kurze Beine und pflog ihres Gespräches mit der Schlange in einer holländischen Landschaft. Der Besitzer dieses Kupferstichs flößte mir hinfort eine Hochachtung ein, die fortbestand, als ich, dank Herrn Coignard, Geschmack an Büchern bekam.

Mit sechzehn Jahren wußte ich ziemlich viel Latein und ein wenig Griechisch. Mein guter Lehrer sagte zu meinem Vater: »Bedenkt Ihr nicht, Wirt, daß es unschicklich ist, einen jungen Ciceroschüler im Kittel eines Küchenjungen herumlaufen zu lassen?«

»Das hatte ich nicht beachtet«, antwortete mein Vater.

»Allerdings müßten wir«, sagte meine Mutter, »unserem Sohn eine Barchentweste geben. Er ist von Person angenehm, hat gute Manieren und ist gebildet. Er wird seinen Kleidern Ehre machen.«

Mein Vater war einen Augenblick nachdenklich, dann fragte er, ob denn eine Barchentweste für einen Garkoch schicklich sei.

Jedoch der Abbé stellte ihm vor, daß ich, das Pflegekind der Musen, niemals Garkoch werden würde, und daß die Zeit nahe sei, in der ich Bäffchen tragen dürfte.

Mein Vater seufzte bei dem Gedanken, ich solle nicht nach ihm Bannerträger der Bruderschaft der Garköche von Paris sein. Und meine Mutter troff vor Freude und Stolz, wenn sie daran dachte, ihr Sohn würde zur Kirche gehören.

Die erste Wirkung meiner Barchentweste war, daß sie mir Selbstgefühl gab und mich ermutigte, meine Wissenschaft vom Weib über die hinaus zu vervollständigen, die mir ehemals die Eva des Herrn Blaizot vermittelt hatte. Und ich war überlegt genug, an Hannchen die Leierfrau zu denken und Kathrine die Spitzenklöpplerin, die ich zwanzigmal täglich vor der Garküche vorbeiwandeln sah; wenn es regnete, zeigte sie einen feinen Knöchel und ein Füßchen, dessen Spitze von einem Pflaster zum andern hüpfte. Hannchen war minder hübsch als Kathrine. Sie war auch weniger jung und in ihren Kleidern weniger keck. Sie kam aus Savoyen und hatte wie die Bäuerinnen dort ein gewürfeltes Tuch um den Kopf, das ihr über die Augen fiel. Aber ihr Vorzug war, daß sie kein Federlesen machte und, was man von ihr wollte, ohne Worte begriff. Diese Auffassung des Lebens kam meiner Schüchternheit sehr entgegen. Eines Abends lehrte sie mich in der mit Steinbänken besetzten Vorhalle Sankt Benedikts des Krummen, was ich noch nicht wußte und sie seit langem. Indes, ich war ihr nicht so dankbar, wie es meine Pflicht gewesen wäre, und dachte nur daran, die Wissenschaft, die sie mir eingeimpft hatte, zu hübscheren Mädchen weiterzutragen. Zur Entschuldigung meiner Undankbarkeit muß ich sagen, daß Hannchen die Leierfrau ihre Lektionen nicht höher einschätzte als ich selbst und sie allen Gassenjungen des Viertels spendete.

Kathrine hatte ein spröderes Wesen; sie flößte mir große Furcht ein, und ich wagte nicht ihr zu sagen, wie hübsch sie mir schien. Meine Verlegenheit wurde noch dadurch gemehrt, daß sie in einem fort mich verspottete und keinen Anlaß, mich zu necken, übersah. Sie scherzte, daß ich noch kein Haar am Kinne habe. Darob errötete ich und hätte unter die Erde sinken mögen. Wenn ich sie traf, heuchelte ich eine düstere, kummervolle Miene. Ich stellte mich, als verachte ich sie. Aber sie war viel zu hübsch, als daß diese Verachtung echt hätte sein können.

In jener Nacht, der Epiphaniasnacht und der Nacht meines neunzehnten Geburtstags, goß der Himmel mit dem zerschmolzenen Schnee eine nasse Kälte aus, die einen bis auf die Knochen durchfror. In eisigem Wind knirschte das Schild der Königin Pedauque; in der Bratküche glänzte ein helles, von Gansfett duftendes Feuer, und auf dem weißen Tischtuch dampfte der Suppentopf. Ringsum saßen Herr Hieronymus Coignard, mein Vater und ich. Nach ihrer Gewohnheit hielt meine Mutter sich hinter dem Herrn des Hauses, zum Austeilen fertig. Schon hatte sie den Napf des Abbé gefüllt, als die Tür sich öffnete und wir Bruder Angelus sehr bleich, mit roter Nase und tropfendem Bart erblickten. Vor Überraschung hob der Vater seinen Schöpflöffel bis zu den verräucherten Balken der Decke.

Diese Überraschung war sehr erklärlich. Bruder Angelus, der nach dem halben Totschlag des hinkenden Messerschmieds sechs Monate verschwunden war, hatte diesmal zwei volle Jahre keine Botschaft gegeben. Im Frühjahr hatte er sich mit einem reliquienbeladenen Esel davongemacht und, was am ärgsten war, Kathrinen in Beghinentracht mit sich geführt. Man wußte nicht, was aus ihnen geworden war, aber im Kleinen Bacchus hatte man Wind davon, daß Bruder und Schwester zwischen Tours und Orléans Händel mit dem geistlichen Richter gehabt hatten. Nebenbei schrie ein Vikar des heiligen Benedikt sich die Seele aus dem Leib, der Galgenvogel von Kapuziner habe ihm seinen Esel gestohlen.

»Was?« rief mein Vater, »der Lump ist nicht im Kerkerloch? Es gibt keine Gerechtigkeit mehr im Königreich.«

Aber Bruder Angelus sprach das Benedicite und schlug über der Suppenschüssel sein Kreuz.

»Holla!« hub mein Vater wieder an, »genug der Possen, lieber Mönch! Beichte doch, daß du mindestens eins der beiden Jahre, wo man dein Beelzebubantlitz nicht in unserer Pfarre sah, in Kirchenhaft zugebracht hast. Die Straße des Sankt Jakob war ehrlicher und das Viertel achtbarer. Den Brand sollst du kriegen, du schöner Olibrius, das ist Prahlhans, der eines andern Esel und das Mädchen für alle hinaus auf das Feld nimmt!«

»Vielleicht«, erwiderte Bruder Angelus mit gesenkten Augen, die Hände in seinen Ärmeln, »vielleicht wollt Ihr, Meister Leonhard, von Kathrinen reden, die ich Glücklicher bekehrt und für ein besseres Leben gewonnen habe, so sehr, daß sie entbrannt war, mit den Reliquien, die ich trug, mir zu folgen und schöne Pilgerfahrten, zumalen zur Schwarzen Jungfrau von Chartres, mit mir zu unternehmen? Ich willigte unter der Bedingung ein, daß sie geistliches Gewand anlegte. Das tat sie ohne Murren.«

»Schweigt!« antwortete mein Vater. »Ihr seid ein Wüstling. Ihr habt keine Achtung vor Eurem Kleid. Kehrt zurück, von wannen Ihr kommt, und seht, wenn's Euch beliebt, auf der Straße nach, ob die Königin Pedauque Frostbeulen hat.«

Aber meine Mutter gab dem Bruder ein Zeichen, sich unter den Mantel des Kamins zu setzen, was er ganz sachte tat.

»Den Kapuzinern muß man viel verzeihen«, sagte der Abbé, »denn die sündigen ohne Bosheit.«

Mein Vater bat Herrn Coignard, nicht mehr von diesem Gezücht zu reden, von dessen bloßem Namen ihm die Ohren heiß wurden.

»Meister Leonhard«, sagte der Abbé, »die Philosophie leitet die Seele zur Milde an. Ich für mein Teil spreche gern die

Schelme los, die Lumpe und alle Unglücklichen. Und hege auch keinen Groll gegen die Vermögenden, obwohl sie oft sehr schamlos sind. Und hättet Ihr wie ich, Meister Leonhard, mit angesehenen Personen verkehrt, so wüßtet Ihr, daß sie nicht besser sind als die andern und oft viel weniger umgänglich. Ich habe am dritten Tisch des Bischofs von Séez gesessen, und neben mir standen zwei schwarz gekleidete Diener: Zwang und Langeweile.«

»Man muß zugeben«, sagte meine Mutter, »daß das Gesinde des erlauchten Herrn mißliche Namen trug. Warum nannte man sie nicht lieber Champagne, Olive oder Frontin nach gutem Brauch?«

Der Abbé fuhr fort: »Gewiß finden einzelne Personen sich leicht mit den Unbequemlichkeiten ab, die das Leben unter den Großen beschert. An der zweiten Tafel des Bischofs von Séez war ein sehr höflicher Stiftsherr, der bis zum letzten Augenblick zeremoniell blieb. Als der Bischof erfuhr, es stehe sehr schlecht mit ihm, besuchte er ihn in seiner Kammer und traf ihn dem Tode nahe. ›Ach!‹ sagte der Stiftsherr, ›ich bitte Euer Eminenz um Verzeihung, daß ich gezwungen bin, vor Ihr zu sterben.‹ – ›Bitte, bitte, immer zu‹, antwortete gütig der erlauchte Herr.«

Jetzt brachte meine Mutter den Braten und setzte ihn mit einer von häuslichem Ernst durchdrungenen Bewegung nieder, was meinen Vater rührte, denn er rief plötzlich mit vollem Mund: »Barbe, du bist eine gottgefällige, ehrbare Frau.«

»In der Tat«, sagte mein guter Meister, »ist die Frau den starken Weibern der Schrift zu vergleichen. Sie ist eine Gattin nach dem Sinne Gottes.«

»Gott sei's gedankt!« sagte meine Mutter. »Ich habe die Treue, die ich Leonhard Menetrier, meinem Gatten, geschworen habe, nie gebrochen und rechne darauf, jetzt, wo das Schwerste vorbei ist, bis zur Todesstunde es nicht mehr zu tun. Ich wünsche, daß er mir die Treue wahrt wie ich ihm.«

»Würdige Dame, ich hatte mit dem ersten Blick schon gesehen, daß Ihr eine ehrbare Frau seid«, erwiderte der Abbé, »denn neben Euch habe ich eine Ruhe empfunden, die mehr vom Himmel als von der Erde war.«

Meine Mutter war wohl schlicht, aber nicht dumm. Sie verstand gar wohl, was er meinte, und entgegnete, hätte er sie vor zwanzig Jahren gekannt, so hätte er sich überzeugen können, wie ganz anders damals sie war als heute in der Garküche, wo ihre Schönheit im Feuer der Bratspieße und im Dunst der Näpfe entschwunden sei. Und gereizt erzählte sie, der Bäcker von Auneau habe sie so nach seinem Geschmack erfunden, daß er ihr jedesmal, wenn sie an seinem Ofen vorüberging, Kuchen schenkte. Und fügte lebhaft hinzu, kein Mädchen sei so häßlich und keine Frau, daß sie nicht sündigen könnten, wenn Lust sie anwandle.

»Das gute Weib hat recht«, sagte mein Vater. »Ich erinnere mich, daß, als ich Lehrling in der Garküche zur Königlichen Gans war, nahe bei dem Tor des Sankt Dionys, mein Meister, der zugleich wie jetzt ich Bannerträger der Bruderschaft war, mir sagte: ›Ich werde nie Hahnrei sein, meine Frau ist zu häßlich.‹ Dieses Wort brachte mich auf den Gedanken, zu tun, was er für unmöglich hielt. Beim ersten Versuch gelang es mir, eines Morgens, da er in La Vallée war. Seine Frau war allerdings sehr häßlich, aber klug und dankbar.«

Über diese Anekdote wurde meine Mutter nun doch ergrimmt und sagte, solche Reden dürfe ein Familienvater vor Frau und Sohn nicht führen, wofern er ihre Achtung behalten wolle.

Herr Hieronymus Coignard sah, daß sie hochrot war vor Zorn, und lenkte das Gespräch mit umsichtiger Güte ab. Plötzlich richtete er das Wort an Bruder Angelus, der, die Hände im Ärmel, demütig am Feuer saß.

»Bruder«, sprach er zu ihm, »welche Reliquien habt Ihr auf dem Esel des zweiten Vikars in Gesellschaft der Schwester Kathrine mitgenommen? War's nicht Eure Hose, die Ihr den frommen Weibern zu küssen gabt, nach dem Beispiel eines Schusters, dessen Abenteuer Henry Estienne erzählt hat?«

»Ach! Herr Abbé«, erwiderte Bruder Angelus mit der Miene eines Märtyrers, der für die Wahrheit leidet, »es war nicht meine Hose, sondern ein Fuß des Sankt Eustach.«

»Ich hätte drauf geschworen, wenn es nicht sündhaft wäre«, rief der Abbé und schwang einen Geflügelstößer. »Diese Kapuziner schnüffeln Heilige aus, von denen die guten Geschichtsschreiber der Kirche nichts wissen. Weder Tillemont noch Fleury sprechen von diesem Sankt Eustach, dem man zu Unrecht eine Kirche in Paris gewidmet hat, während so viele von glaubwürdigen Autoren anerkannte Heilige einer solchen Ehre noch harren. Das Leben dieses Sankt Eustach ist ein Gespinst lächerlicher Fabeln. Ebenso steht es mit dem der heiligen Katharina, die nur in der Phantasie eines bösartigen byzantinischen Mönches existiert hat. Aber ich will sie nicht zu sehr angreifen, weil sie die Schutzpatronin der Schriftsteller ist und dem Laden des guten Herrn Blaizot, dem holdesten Orte der Welt, als Wahrzeichen dient.«

»Auch hatte ich«, erwiderte ruhig der Bruder, »eine Rippe der heiligen Maria aus Ägyptenland.«

»Ah! ah!« rief der Abbé und warf seinen Knochen durch die Stube, »diese gilt mir als hochheilig, denn sie gab in ihrem Leben ein schönes Beispiel der Demut.«

»Ihr wißt, würdige Frau«, setzte er hinzu und zog meine Mutter am Ärmel, »daß die heilige Maria aus Ägyptenland, als sie zum Grabe unsers Herrn pilgerte, durch einen tiefen Fluß gehemmt ward, und da sie keinen Silberling für die Fähre hatte, ihren Leib den Bootsknechten zur Zahlung anbot. Was sagt Ihr dazu, gute Frau?«

Zuerst fragte meine Mutter, ob die Geschichte auch wahr sei. Als ihr versichert wurde, sie sei in den Büchern gedruckt und auf ein Fenster der Kirche in Iussienne gemalt, glaubte sie an ihre Echtheit.

»Ich denke«, meinte sie, »um so etwas ohne Sünde zu tun, muß man so heilig sein wie sie. Ich würde das nicht wagen.«

»Ich billige«, sagte der Abbé, »im Einklang mit den feinsten Köpfen unter den Doktoren die Handlung dieser Heiligen. Sie ist eine Lehre für die ehrbaren Frauen, die sich zu sehr auf ihre stolze Tugend versteifen. Erwägt man es wohl, so zeugt von Sinnlichkeit, das Fleisch zu hoch zu bewerten und, was man verachten muß, mit ausschweifender Sorgfalt zu bewahren. Matronen gibt es, die in sich einen Schatz glauben und das Interesse, das Gott und die Engel für ihre Person haben, offenbar übertreiben. Sie halten sich für ein natürliches heiliges Sakrament. Die heilige Maria aus Ägyptenland hatte ein tieferes Urteil. Obgleich sie hübsch und reizvoll gebaut war, erachtete sie, es sei unmäßiger Hochmut, ihre heilige Pilgerreise um eines an sich gleichgültigen Besitzes willen zu unterbrechen, der nicht ein kostbares Kleinod ist, sondern ein Ort zur Kasteiung. Sie hat diesen Ort kasteit, würdige Dame, und so betrat sie in bewunderungswerter Demut die Bahn der Reue, auf der sie Herrliches vollbracht hat.«

»Herr Abbé«, sagte meine Mutter, »ich verstehe Euch nicht. Für mich seid Ihr zu gelehrt.«

»Diese große Heilige«, sagte Bruder Angelus, »ist in der Kapelle meines Klosters in natürlicher Gestalt abgemalt, und ihr ganzer Körper ist durch Gottes Gnade mit langem, dickem Haar bekleidet. Man hat danach Bilder gemacht, deren eins, das gesegnet ist, ich Euch bringen werde, würdige Frau.«

Gerührt reichte ihm meine Mutter hinter des Meisters Rükken die Suppenschüssel. Und der gute Bruder saß in der Asche und tauchte still seinen Bart in die duftende Brühe.

»Nun ist es Zeit«, sagte mein Vater, »eine jener Flaschen zu entkorken, die ich für die hohen Feste aufspare, für Weihnachten, die Heiligen Drei Könige und den Tag des Sankt Laurentius. Nichts ist angenehmer, denn guten Wein trinken, wenn man ruhig zu Hause ist und von unholden Gästen nicht heimgesucht wird.«

Kaum hatte er diese Worte gesprochen, als die Tür aufging und ein großer, schwarzer Mann die Garküche betrat, im sausenden Schneewind.

»Ein Salamanderweib! ein Salamanderweib!« rief er.

Und ohne jemanden zu beachten, bückte er sich über den Herd, dessen Brand er mit seinem Stock aufstöberte, sehr zum Schaden des Bruders Angelus, der mit seiner Suppe Asche und Kohlen zu schlucken bekam und elendiglich hustete. Und der schwarze Mann wühlte noch immer das Feuer auf und schrie: »Ein Salamanderweib!... Ich sehe ein Salamanderweib!«, während von der Bewegung der Flammen sein Schatten, einen großen Raubvogel vergleichbar, an der Decke erzitterte.

Mein Vater war von dem Gebaren dieses Besuchers betroffen und sogar gereizt. Doch beherrschte er sich. Er stand auf, sein Wischtuch unter dem Arm, näherte sich dem Kamin und beugte sich, indem er beide Fäuste auf seine Schenkel stemmte, zum Ofen nieder.

Als er sein durcheinander gerütteltes Herdfeuer und den mit Asche bedeckten Bruder Angelus genugsam betrachtet hatte, sagte er: »Mögen der gnädige Herr entschuldigen, ich sehe hier nur einen argen Mönch und kein Salamanderweib.«

»Übrigens«, fügte mein Vater hinzu, »bedaure ich das nicht. Denn soviel ich weiß, ist es ein ekles, zottiges, gehörntes Tier mit großen Klauen.«

»Welcher Irrtum!« antwortete der schwarze Mann. »Die Salamanderweiber sehen aus wie Frauen oder vielmehr wie Nymphen und sind von vollkommener Schönheit. Doch ich bin ein Tor, Euch zu fragen, ob Ihr dieses hier bemerkt. Nur ein Philosoph kann ein Salamanderweib erblicken, und ich zweifle, ob es in dieser Küche Philosophen gibt.«

»Da könntet Ihr Euch irren, Herr«, sagte der Abbé Coignard. »Ich bin Doktor der Theologie, Magister der Künste; habe des längeren die griechischen und lateinischen Moralisten studiert, deren Maximen meine Seele in den Wechselfällen des

Lebens gekräftigt haben, und zumal den Boëtius habe ich als äußeres Heilmittel gegen die Leiden des Daseins gebraucht. Und hier neben mir sitzt Jakobus Bratspießdreher, mein Schüler, der die Sentenzen des Publius Syrus auswendig gelernt hat.«

Der Unbekannte richtete auf den Abbé zwei gelbe Augen, die über einer Adlernase seltsam glänzten, und entschuldigte sich höflicher, als seine wilde Miene zu vermuten gab, daß er eine Person von Verdiensten nicht sofort erkannt habe.

»Es ist äußerst wahrscheinlich«, fügte er hinzu, »daß dieses Salamanderweib Euretwegen oder Eures Schülers wegen gekommen ist. Als ich an der Garküche vorüberging, habe ich von der Straße es sehr deutlich gesehen. Noch sichtbarer wäre es, wenn das Feuer lebendiger wäre. Drum muß man, wenn man ein Salamanderweib im Kamin glaubt, die Glut gehörig schüren.«

Bei der ersten Bewegung, die der Unbekannte machte, um die Asche von neuem zu verwirren, deckte Bruder Angelus die Suppenschüssel mit einem Schoß seines Kittels ängstlich zu und schloß die Augen.

»Herr«, fuhr der Mann mit dem Salamanderweib fort, »erlaubet, daß Euer junger Schüler sich dem Herde nähere und sage, ob er nicht über den Flammen etwas sieht, was einer Frau gleichet.«

In diesem Augenblick bog sich der Rauch, der unter dem Rauchfang in die Höhe stieg, mit großer Anmut um und bildete Rundungen, die wohl einen gebäumten Rücken vorstellen konnten, falls man den Geist heftig dahin anspannte. Ich log also nicht gänzlich, wenn ich sagte, vielleicht sähe ich etwas.

Kaum hatte ich diese Antwort gegeben, da hob der Unbekannte seinen aus der Maßen langen Arm und hieb mich so rauh mit seiner Faust auf die Schulter, daß ich vermeinte, er habe mir das Schlüsselbein zerbrochen.

»Mein Kind«, sagte er unverweilt zu mir mit sehr sanfter Stimme, wobei er wohlwollenden Antlitzes mich betrachtete, »ich habe diesen starken Eindruck in Euch hervorrufen müssen, damit Ihr nie vergeßt, daß Ihr ein Salamanderweib gesehen habt. Es ist dies ein Zeichen, daß Ihr bestimmt seid, ein Gelehrter und vielleicht ein Magier zu werden. Auch Euer Gesicht prophezeite mir Günstiges von Eurer Klugheit.«

»Herr«, sagte meine Mutter, »er lernt, was er will, und soll mit Gottes Hilfe Abbé werden.«

Herr Hieronymus Coignard setzte hinzu, daß ich von seinen Lektionen etlichen Nutzen gehabt habe, und mein Vater fragte den Fremden, ob der gnädige Herr nicht einen Happen zu essen wünsche.

»Ich bedarf dessen nicht«, sagte der Mann, »und leicht vermag ich ein Jahr und mehr noch der Nahrung zu entbehren bis auf ein gewisses Elixir, dessen Bestandteile nur die Philosophen wissen. Diese Fähigkeit ist nicht bloß mir zu eigen, sondern allen Weisen gemeinsam, und man weiß, daß der berühmte Cardano mehrere Jahre sich jeglicher Speise enthielt, ohne dadurch angefochten zu werden. Im Gegenteil, sein Geist hat während dieser Zeit besondere Lebendigkeit erlangt. Indes«, fügte der Philosoph hinzu, »ich will von allem essen, was Ihr mir anbietet, nur zu dem Zwecke, Euch zu gefallen.«

Und ohne Umstände setzte er sich an unsern Tisch. Im selben Augenblick stieß Bruder Angelus seinen Schemel leise zwischen meinen Stuhl und den meines Lehrers und drängte sich herzu, um sein Stück von der Rebhuhnpastete zu erwischen, die meine Mutter gerade auftrug.

Als der Philosoph seinen Mantel über die Lehne seines Stuhles warf, sahen wir, daß er an seinemn Rock demantne Knöpfe hatte. Er träumte vor sich hin. Der Schatten seiner Nase hakte sich über seinen Mund, und seine hohlen Wangen sanken in die Kinnladen ein. Seine Düsterkeit verbreitete sich in der Runde. Sogar mein guter Lehrer trank stumm seinen Wein. Nur das Geräusch war noch zu vernehmen, das der Bruder machte, der an seiner Pastete kaute.

Plötzlich sagte der Philosoph: »Je mehr ich nachdenke, desto mehr bin ich überzeugt, daß das Salamanderweib um des jungen Burschen willen gekommen ist.«

Und mit seines Messers Spitze wies er auf mich.

»Herr«, sprach ich zu ihm, »sind die Salamanderweiber in Wahrheit so, wie Ihr sagt, so geschieht mir von diesem eine große Ehre und ich bin ihm dafür sehr verbunden. Allerdings habe ich es mehr erraten als gesehen, und diese erste Begegnung hat meine Neugier geweckt, ohne sie zu befriedigen.«

Mein guter Lehrer erstickte, wenn er nicht reden durfte, wie ihm der Schnabel gewachsen war.

»Herr«, sagte er plötzlich überlaut zu dem Philosophen, »ich bin einundfünfzig Jahre alt, Lizentiat der Künste und Doktor der Theologie. Ich habe alle griechischen und lateinischen Autoren gelesen, die nicht durch die Unbill der Zeit oder des Menschen Bosheit zugrunde gegangen sind, und habe kein Salamanderweib gesehen, woraus ich den Vernunftschluß ziehe, daß keines existiert.«

»Verzeiht«, sagte Bruder Angelus, den Rebhuhn und Entsetzen würgten. »Verzeiht! Zum Unglück gibt es Salamanderweiber, und ein Jesuitenpater, dessen Namen ich vergessen habe, hat von ihren Erscheinungen gehandelt. Ich selbst habe in einem Ort, der sich Sankt Claudius nennt, bei Bauern ein Salamanderweib in einem Kamin gesehen, dicht am Feuerkessel. Es hatte einen Katzenkopf, einen Krötenleib und einen Fischschwanz. Ich habe eine Schüssel Weihwasser über das Tier gegossen, und es hat sich in die Luft verflüchtigt mit entsetzlichem Knall, wie wenn man Fische bäckt, und inmitten beizenden Dunstes, der mir fast die Augen verbrannt hätte. Was ich sage, ist so wahr, daß mein Bart noch mindestens acht Tage lang versengt roch, was besser denn alles sonst des Tieres böse Natur bezeugt.«

»Ihr wollt unser spotten, Bruder«, sagte der Abbé, »Eure katzenköpfige Kröte ist um nichts wahrer als die Nymphe des Herrn da. Und obendrein ist sie eine greuliche Erfindung.«

Der Philosoph lachte. »Bruder Angelus«, sagte er, »hat das Salamanderweib der Weisen nicht sehen können. Wenn die Feuernymphen Kapuzinern begegnen, so drehen sie ihnen den Rükken zu.«

»Oh! oh!« sagte mein Vater und schüttete sich aus vor Lachen, »ein Nymphenrücken ist für einen Kapuziner noch zu gut.«

Und da er fröhlicher Laune war, schickte er dem Bruder eine dicke Scheibe von der Pastete.

Meine Mutter setzte den Braten mitten auf den Tisch und nahm die Gelegenheit wahr, um zu fragen, ob die Salamanderweiber gute Christinnen wären, was sie bezweifelte, da sie niemals gehört hatte, daß die Bewohner des Feuers den Herrn lobten.

»Würdige Frau«, antwortete der Abbé, »mehrere Theologen von der Gesellschaft Jesu haben die Existenz eines Volkes von Inkuben und Sukkuben anerkannt, die nicht eigentlich Dämonen sind, da sie nicht durch Besprengung mit Weihwasser sich in die Flucht schlagen lassen und nicht zur triumphierenden Kirche gehören. Denn ruhmvolle Geister hätten nicht, wie man zu Perugia erlebt hat, versucht, die Frau eines Bäckers zu verführen. Aber wenn Ihr meine Ansicht wollet, so sind das eher schmutzige Einbildungen eines Heuchlers als eines Doktors Gedanken. Man muß diese lächerlichen Teufeleien hassen und bejammern, daß die in der Kirche geborenen Söhne der Kirche sich von der Welt und von Gott eine weniger erhabene Idee machen als die, die ein Plato und ein Cicero in den Finsternissen des Heidentums sich bildeten. Gott, wage ich zu behaupten, ist dem Traume Scipios weniger fremd als jenen schwarzen Traktaten über Dämonologie, deren Autoren sich Christen und Katholiken nennen.«

»Herr Abbé, hütet Euch«, sagte der Philosoph. »Euer Cicero hatte überströmende, leichte Beredsamkeit, aber er war ein banaler Geist und in den heiligen Wissenschaften nicht sehr vorgerückt. Hörtet Ihr jemals von Hermes Trismegistos und der Smaragdenen Tafel?«

»Herr«, sagte der Abbé, »ich habe ein sehr altes Manuskript der Smaragdenen Tafel in der Bibliothek des Bischofs von Séez gefunden und hätte es einen Tag oder den anderen entziffert, wäre nicht das Kammermädchen der Frau Amtmännin gewesen, das in Paris sein Glück suchen ging und mich in seiner Kutsche mitnahm. Es war keine Zauberei dabei, Herr Philosoph, und ich gehorchte nur natürlichen Reizen:

Non facit hoc verbis; facie tenerisque lacertis
Devovet et flavis nostra puella comis.«

»Das ist ein neuer Beweis«, sagte der Philosoph, »daß die Frauen große Feindinnen der Wissenschaft sind. Auch muß der Weise sich vor jeglicher Beziehung mit ihnen bewahren.«

»Sogar in rechtmäßiger Ehe?« fragte mein Vater.

»Zumal in rechtmäßiger Ehe«, antwortete der Philosoph.

»Ach!« fragte mein Vater noch, »was bleibt Euren armen Weisen noch übrig, wenn sie in der Laune sind, ein wenig zu lachen?«

Der Philosoph sagte: »Die Salamanderweiber.«

Bei diesen Worten hob Bruder Angelus eine entsetzte Nase über seinen Teller.

»Sprecht nicht also, guter Herr«, murmelte er, »im Namen aller Heiligen meines Ordens, sprecht nicht also! Und vergesset nicht, daß das Salamanderweib nichts anderes ist als der Teufel, der, wie man weiß, die verschiedensten Gestalten annimmt, bald liebliche, wenn es ihm glückt, seine natürliche Häßlichkeit zu verbergen, bald scheußliche, so er sein wahres Wesen sehen läßt.«

»Hütet vielmehr Ihr Euch, Bruder Angelus«, erwiderte der Philosoph, »und da Ihr den Teufel fürchtet, erbost ihn nicht zu sehr und bringt ihn nicht durch unbesonnene Reden gegen Euch auf. Ihr wißt, daß der alte Widersacher, daß der große Erzlügner in der geistigen Welt eine Macht besitzt, mit der Gott selbst zu rechnen hat. Mehr noch: Gott, der ihn fürchtete, hat ihn mit seinen Geschäften beauftragt. Nehmt Euch in acht; sie sind einig.«

Der arme Kapuziner glaubte, als er diese Rede vernahm, den Teufel in Person zu hören und zu sehen, dem der Unbekannte durch seine Feueraugen, seine Hakennase, seine schwarze Hautfarbe und seine ganze lange, dürre Erscheinung glich. Seine Seele, die schon erstaunt war, versank vollends in heiligem Schrecken. Er fühlte auf sich die Klauen des Bösen, erzitterte an allen Gliedern, steckte sich, was er an guten Bissen erraffen konnte, in die Tasche, erhob sich ganz still und schlich, Teufelsbeschwörungen brabbelnd, rückwärts zur Tür.

Der Philosoph nahm des nicht wahr. Aus seiner Weste zog er ein in horniges Pergament gebundenes Büchlein, das er meinem guten Lehrer und mir aufgeschlagen hinhielt. Es war ein alter, von Abkürzungen und Ligaturen voller griechischer Text, der mir zuerst ein Zauberbuch schien. Jedoch der Abbé Coignard setzte seine Brille auf, schob das Buch in die richtige Entfernung und begann mühelos diese Schriftzeichen zu lesen, die mehr Garnknäueln ähnelten, die eine Katze halb abgehaspelt hätte, als den schlichten, ruhigen Lettern meines Sankt Johannes Chrysostomus, worin ich die Sprache Platos und des Evangeliums lernte. Als er seine Lektüre beendigt hatte, sagte er: »Herr, diese Stelle ist so aufzufassen: die Gelehrten unter den Ägyptern lernen zuerst die Buchstaben, die epistolographische heißen, hernach die Hieratik, deren sich die Hierogrammatiker bedienen, und letztens die Hieroglyphik.«

Dann zog er seine Brille herunter, schwang sie mit Frohlokken und fügte hinzu: »Ah! ah! Herr Philosoph, so rasch bin ich nicht zu fangen. Das steht im fünften Buch der Stromaten, deren Autor, Clemens der Alexandriner, nicht im Martyrologium angeführt wird, aus verschiedenen Gründen, die Seine Heiligkeit Benedikt XI. weisheitsvoll dargelegt hat, und deren oberster ist, daß dieser Vater in Glaubenssachen oft irrte. Solcher Ausschluß muß ihn wenig rühren, wenn man erwägt, welch philosophische Abneigung er Zeit seines Lebens gegen das Martyrium hatte. Er zog ihm die Verbannung vor und war beflissen, seinen Verfolgern eine Untat zu ersparen, denn er war ein sehr ehrenhafter Mann. Er schrieb mit Geschmack; sein Geist war lebendig, seine Sitten waren rein und sogar streng. Er hatte eine maßlose Leidenschaft für Allegorien und für Lattich.«

Der Philosoph streckte den Arm aus, der sich auf wunderbare Weise, wie mich dünkte, verlängerte und über den ganzen Tisch hinwegfuhr, um den Händen meines mit Wissen begabten Lehrers das Buch wieder zu entreißen.

»Es genügt«, sagte er und verleibte die Stromaten von neuem seiner Tasche ein. »Ich sehe, Herr Abbé, daß Ihr Griechisch versteht. Ihr habt diese Stelle recht gut wiedergegeben, wenigstens ihren vulgären, wörtlichen Sinn. Ich will Euer Glück machen und das Eures Schülers. Ich werde Euch beide in meinem Hause mit der Übersetzung griechischer Texte beschäftigen, die mir aus Ägypten zugegangen sind.«

Er wandte sich zu meinem Vater: »Ich denke, Herr Garkoch, daß Ihr einwilligen werdet, mir Euren Sohn zu lassen, damit ich einen Gelehrten und einen Biedermann aus ihm mache. Wenn es Eurer väterlichen Liebe ein zu großes Opfer ist, ihn mir ganz abzutreten, so will ich mit meinen Silberlingen Euch einen Küchenjungen halten, der in Eurer Bratküche ihn ersetzen wird.«

»Da der gnädige Herr solches Willens sind«, antwortete mein Vater, »werde ich Euch nicht hindern, meinem Sohn Gutes zu erweisen.«

»Unter der Bedingung«, sagte meine Mutter, »daß seiner Seele dabei nichts zustößt. Ihr müsset mir schwören, Herr, daß Ihr ein guter Christ seid.«

»Barbe«, sagte mein Vater zu ihr, »Ihr seid eine gottgefällige, ehrbare Frau, aber Ihr zwingt mich, bei diesem Herrn meine Unhöflichkeit zu entschuldigen, die in Wahrheit minder aus Eurer Gemütsart stammt, so gut ist, als aus Eurer vernachlässigten Erziehung.«

»Lasset diese wackere Frau nur reden«, sagte der Philosoph. »Sie möge sich beruhigen, ich bin ein sehr gläubiger Mensch.«

»Das ist gut!« sagte meine Mutter. »Gottes heiligen Namen soll man verehren.«

»Ich verehre alle seine Namen, gute Frau, denn er hat etliche. Er heißt Adonaï, Tetragrammaton, Jehova, Hotheos, Athanatos und Schyros. Und hat noch viele Namen dazu.«

»Davon wußte ich nichts«, sagte meine Mutter. »Aber was Ihr da sagt, überrascht mich nicht. Denn ich habe bemerkt, daß Leute von Stand viel mehr Namen tragen als gewöhnliche Leute. Ich bin aus Auneau gebürtig, nahe bei der Stadt Chartres, und war sehr klein, als der Herr des Dorfes die Zeitlichkeit segnete; ich erinnere mich sehr wohl, daß, als der Herold den Tod des entschlafenen Herrn ausschrie, er ihm beinahe so viele Namen gab, als in der Litanei der Heiligen vorhanden sind. Gern glaube ich, daß Gott mehr Namen hat als der Herr von Auneau, da er noch höheren Ranges ist. Die gelehrten Leute sind glücklich, daß sie alle wissen. Und wenn man Sohn Jakob durch Euch in dieser Kenntnis fortschreitet, so werde ich Euch, Herr, dafür sehr verpflichtet sein.«

»Dies wäre mithin abgemacht«, sagte der Philosoph. »Und Euch, Herr Abbé, wird es unzweifelhaft behagen, Griechisch zu übersetzen; für Löhnung, versteht sich.«

Mein guter Lehrer, der seit einigen Augenblicken die seltenen Geister seines Hirnes sammelte, die noch nicht rettungslos mit dem Dunst des Weines vermischt waren, füllte seinen Becher, erhob sich und sprach: »Herr Philosoph, mit frohem Herzen nehme ich Euer großmütiges Anerbieten an. Ihr seid ein prächtiger Sterblicher; es ist mir eine Ehre, Herr, Euch zu Diensten zu stehen. Für zwei Möbel empfinde ich hohe Achtung, für das Bett und für den Tisch. Der Tisch, der wechselweis' mit gelehrten Büchern und saftigen Gerichten besetzt ist, trägt die Nahrung von Körper und Geist; das Bett lädt zur sanften Ruhe ein und zur grausamen Liebe. Ein göttlicher Mann gewiß hat

Deukalions Söhnen das Bett und den Tisch geschenkt. Wenn ich bei Euch, Herr, diese beiden kostbaren Möbel finde, so will ich Euren Namen als den meines Wohltäters mit unsterblichem Lob begleiten und in griechischen und lateinischen Versen von verschiedentlichen Metren Euch rühmen.«

Sprach's und trank einen tiefen Schluck Wein.

»Gut denn«, erwiderte der Philosoph. »Morgen früh erwarte ich euch beide in meinem Hause. Ihr werdet die Straße von Sankt German bis zum Sandwegkreuz entlang gehen. Vom Fuße dieses Kreuzes wandelt hundert abgezählte Schritte gen Westen; dann findet ihr eine kleine, grüne Tür in einer Gartenmauer. Hebet den Griff hoch, der eine verschleierte Figur zeigt, die einen Finger auf ihren Mund legt. Den Greis, der euch diese Tür öffnet, fragt nach dem Herrn von Astarac.«

»Mein Sohn«, sprach mein guter Lehrer zu mir und zerrte mich am Ärmel, »ordnet das alles in Eurem Gedächtnis, tut das Kreuz hinein, den Griff und das übrige, auf daß wir diese Glückstür morgen finden können. Und Ihr, Herr Mäcen...«

Aber der Philosoph war schon fort, ohne daß ihn wer entweichen sah.

Tags drauf wanderten wir, mein Lehrer und ich, schon in der Frühe nach der Straße von Sankt German. Der Schnee, der unter des Himmels rotfahlem Licht die Erde deckte, machte die Luft stumm und taub. Die Straße war öde. Wir gingen in breiten Räderfurchen, zwischen Mauern von Gemüsegärten, wankenden Zäunen und niedrigen Häusern, deren Fenster uns mit verdächtigem Auge betrachteten. Wir ließen zwei bis drei halb eingestürzte Schuppen aus Erde und Stroh hinter uns und sahen inmitten einer trostlosen Ebene das Sandwegkreuz. Fünfzig Schritte weiter begann ein sehr großer, durch eine in Trümmern liegende Mauer abgeschlossener Park. Diese Mauer war von einem grünen Türlein durchbrochen, dessen Griff eine schreckhafte Figur darstellte, die den Finger auf dem Mund hatte. Leicht erkannten wir sie als die vom Philosophen geschilderte und hoben den Griff.

Nach geraumer Frist öffnete uns ein alter Diener und gab uns ein Zeichen, ihm durch einen verlassenen Park zu folgen. Nymphenstatuen, die des verewigten Königs erste Jugend gesehen hatten, bargen ihre Trauer und ihre Wunden unter dem Efeu. Am Ende des Ganges, dessen Schlammlöcher voller Schnee waren, erhob sich ein Schloß von Stein und Ziegel, das ebenso mürrisch war wie das von Madrid und mit seinem hohen Querdach von blauem Schiefer Dornröschens Schloß zu sein schien.

Während wir den Schritten des schweigsamen Dieners nachgingen, sagte der Abbé mir ins Ohr: »Ich gebe Euch zu, mein Sohn, daß mir vor diesem Schloß nicht gerade das Herz im Leibe lacht. Es bezeugt Rauheit, von der die Sitten der Franzosen noch zur Zeit des Königs Heinrich des Vierten verhärtet waren, und senkt Trauer und sogar Melancholie in die Seele durch die Verwahrlosung, in der man es leider belassen hat. Wieviel holder wäre uns, die zauberhaften Hügel von Tuskulum zu beschreiten, in der Hoffnung, Cicero unter den Pinien und Terebinthen seiner den Philosophen teuren Villa über die Tugend reden zu hören? Und habt Ihr nicht bemerkt, mein Sohn, daß auf dieser Straße weder eine Schenke noch irgend ein Gasthaus zu treffen sind, und daß wir, um kühlen Wein zu trinken, über die Brücke gehen und die Anhöhe bis zum Rundell der Hirtinnen ersteigen müssen? Zwar ist dort eine Herberge zum Roten Roß, wohin, wie ich mich erinnere, Frau von Saint-Ernest mich eines Tags mit ihrem Affen und ihrem Liebhaber geführt hat. Ihr könnt Euch nicht denken, Bratspießdreher, wie fein dort die Kost ist. Das Rote Roß ist gleichermaßen berühmt ob der Vormittagsschmäuse, die man dort bekommt, wie ob der Pferde und Wagen, die dort in reicher Zahl zu mieten sind. Ich habe mich selbst davon überzeugt, als ich eine Magd, die mir hübsch schien, in den Stall verfolgte. Aber sie war nicht hübsch;

mit richtigerem Urteil hätte man sie häßlich genannt. Ich färbte sie mit der Glut meines Begehrens, mein Sohn. Das ist der Zustand der Menschen, die sich selbst ausgeliefert sind: sie fallen in mitleidswürdige Irrtümer. Von leeren Bildern werden wir getäuscht; wir verfolgen Träume und umarmen Schatten; in Gott allein ist Wahrheit und Festigkeit.«

Indes stiegen wir hinter dem alten Diener die verfallenen Stufen der Freitreppe hinan.

»Weh!« raunte mir der Abbé ins Ohr, »ich beginne mich nach Eures Vaters Garküche zu sehnen, wo wir den Quintilian erklärten und gute Bissen aßen.«

Nachdem wir das erste Stockwerk einer breiten Treppe von Stein erklommen hatten, wurden wir in ein Gemach geführt, wo Herr von Astarac neben einem großen Feuer schrieb, inmitten ägyptischer Särge von Menschengestalt, die ihre mit heiligen Figuren bemalte Hülle und ihr goldenes Antlitz mit den langen, leuchtenden Augen an den Mauern emporrichteten.

Herr von Astarac lud uns höflich ein, uns zu setzen, und sprach: »Ich erwartete euch, Herren. Und da ihr beide mir die Gunst erweisen wollt, mir zu gehören, so bitte ich euch, dies Haus für das eure anzusehn. Ihr werdet darin mit der Übersetzung der griechischen Texte beschäftigt werden, die ich aus Ägypten zurückgebracht habe. Ich zweifle nicht, daß ihr mit höchstem Eifer diese Arbeit vollendet, wenn ihr ihren Zusammenhang mit dem von mir unternommenen Werke erfahrt, die verlorene Wissenschaft wiederzufinden, wodurch der Mensch in seine erste Macht über die Elemente aufs neue eingesetzt werden soll. Obgleich ich heute nicht vor euren Augen die Schleier der Natur lüften und Isis in ihrer blendenden Nacktheit euch zeigen will, so werde ich euch doch den Gegenstand meiner Studien anvertrauen ohne Furcht, daß ihr das Mysterium verratet, denn ich baue auf eure Redlichkeit und auch auf mein Vermögen, alles zu enträtseln und zu hindern, was man gegen mich versuchen könnte, und für meine Rache über geheime, schaudervolle Kräfte zu gebieten. Ermangelt ihr der Treue, Herren, an der ich nicht zweifle, so versichert meine Macht mich eures Schweigens, und ich laufe keine Gefahr, mich euch zu entdecken. Erfahret also, daß der Mensch aus Jehovas Händen mit der vollkommenen Wissenschaft hervorgegangen ist, die er seitdem verloren hat. Bei seiner Geburt war er sehr mächtig und sehr weise. Das sieht man in den Büchern Mosis. Doch erst muß man diese begreifen. Vor allem ist klar, daß Jehova nicht Gott ist, sondern ein großer Dämon, da er die Welt geschaffen hat. Der Gedanke von einem zugleich vollkommenen und schöpferischen Gott ist nur eine gotische Träumerei und so barbarisch, wie sie einem Welschen oder einem Sachsen ziemet. So ungeglätteten Geistes man auch sein mag, wird man nicht glauben, ein vollkommenes Wesen könne auch nur eine Haselnuß seiner Vollkommenheit zufügen. Das ist ganz sinnfällig. Gott hat keine Wahrnehmung. Denn was sollte er wahrnehmen, da er unendlich ist? Er ist nicht schöpferisch, denn er weiß nichts von Raum und Zeit, den notwendigen Bedingungen jedes Schaffensaktes. Moses war ein zu guter Philosoph, um zu lehren, Gott habe die Welt erschaffen. Er hielt Jehova für das, was er in Wirklichkeit ist, für einen mächtigen Dämon und, wenn man ihm einen Namen geben soll, für den Demiurgen.

Als somit Jehova den Menschen schuf, gab er ihm die Kenntnis der sichtbaren und der unsichtbaren Welt. Der Fall Adams und Evas, den ich euch an einem anderen Tage erklären werde, hat diese Kenntnis nicht gänzlich beim ersten Mann und beim ersten Weibe zerstört, deren Lehren auf ihre Kinder übergegangen sind. Diese Lehren, wovon die Beherrschung der Natur abhängt, sind im Buche Henoch verzeichnet. Die ägyptischen Priester hatten die Überlieferung bewahrt, die sie in geheimnisvollen Zeichen auf die Mauern der Tempel und die Särge der Toten ritzten. Einer ihrer Schüler war Moses, der in den Heiligtümern von Memphis erzogen ward. Seine Bücher, deren Zahl fünf und sogar sechs ist, umschließen wie ebenso viele kostbare

Archen die Schätze der göttlichen Wissenschaft. Man entdeckt darin die schönsten Geheimnisse, aber nur wenn man sie von den Interpolationen säubert, die sie entstellen, und wenn man den buchstäblichen, groben Sinn verschmäht, um nur an den feineren Sinn sich zu heften, den ich, wie später sich euch offenbaren wird, zum großen Teil entdeckt habe. Die Wahrheiten indes, die in den Tempeln Ägyptens wie Jungfrauen gehütet wurden, gingen auf die Weisen Alexandriens über, die sie noch bereicherten und mit dem ganzen reinen Golde krönten, das von Pythagoras und seinen Jüngern auf Griechenland vererbt wurde, von Pythagoras, mit dem die Mächte der Luft vertrauliche Gespräche pflogen. Es ist also, meine Herren, vonnöten, die Bücher der Hebräer zu erforschen, die Hieroglyphen der Ägypter und die Traktate jener Griechen, die man Gnostiker nennt, eben deshalb, weil sie die Erkenntnis hatten. Wie es sich gebührte, habe ich den schwierigsten Teil dieser ungeheuren Arbeit mir vorbehalten. Ich bemühe mich, jene Hieroglyphen zu entziffern, die die Ägypter in die Tempel der Götter und auf die Gräber der Priester geschrieben haben. Viele dieser Inschriften habe ich aus Ägypten zurückgebracht, und ihren Sinn habe ich vermöge des Schlüssels ergründet, den ich bei Klemens dem Alexandriner entdeckte.

Der Rabbiner Mosaïdes, der in Zurückgezogenheit bei mir lebt, arbeitet daran, den wahrhaftigen Sinn des Pentateuch wiederherzustellen. Er ist ein der Magie sehr kundiger Greis, der siebzehn Jahre in den Krypten der großen Pyramide eingeschlossen lebte, woselbst er die Bücher der Teth las. Was euch betrifft, Herren, so gedenke ich eure Wissenschaft zum Lesen der alexandrinischen Manuskripte zu verwenden, die ich selbst in großer Zahl gesammelt habe. Zweifellos werdet ihr dort wunderbare Geheimnisse finden, und ich zweifle auch nicht, daß ich durch diese drei Lichtquellen, die ägyptische, die hebräische und die griechische, bald die Mittel gewinnen werde, die mir noch fehlen, um über die sichtbare und die unsichtbare

Natur zu gebieten. Glaubet wohl, daß ich eure Dienste zu belohnen wissen werde, indem ich euch irgendwie an meiner Macht beteilige.

Ich spreche euch nicht von gemeinerem Lohn. Bei dem gegenwärtigen Stande meiner philosophischen Arbeiten ist das Geld für mich nur eine Läpperei.«

Als Herr von Astarac so weit geredet hatte, unterbrach ihn mein guter Lehrer: »Herr«, sagte er, »ich will Euch nicht verhehlen, daß das Geld, das Euch eine Läpperei ist, für mich eine brennheiße Sorge bedeutet, denn ich habe erprobt, daß es schwer war, auf anständige Weise oder durch das Gegenteil welches zu verdienen. Ich werde Euch also für die Sicherheit, die Ihr mir geben könnt, erkenntlich sein.«

Herr von Astarac beruhigte Herrn Hieronymus Coignard mit einer Handbewegung, die irgend einen unsichtbaren Gegenstand zu entfernen schien. Ich, der ich für alles Neugier hegte, was ich sah, wünschte nur, in ein neues Leben einzutreten.

Auf den Ruf seines Herrn zeigte sich der alte Diener, der uns die Tür geöffnet hatte, in der Stube.

»Ich gebe euch, Herren«, fuhr unser Gastfreund fort, »eure Freiheit bis zum Mittagsmahl. Jedoch wäre ich euch sehr verbunden, wenn ihr in die Zimmer hinaufgehen wolltet, die ich für euch habe rüsten lassen, und mir sagen, ob nichts darin fehlt. Kriton wird euch geleiten.«

Der schweigsame Kriton überzeugte sich, daß wir ihm folgten, ging hinaus und begann die Treppe zu erklimmen. Er wandelte auf ihr bis zum Dachstuhl. Hienach machte er etliche Schritte in einem langen Flur und bezeichnete uns zwei sehr reine Zimmer, worin ein gutes Feuer erglänzte. Niemals hätte ich geglaubt, ein außen so zerrüttetes Schloß, das von seiner Fassade nur rissige Mauern und dunkle Fenster sehen ließ, könne in einigen Teilen noch so bewohnbar sein. Meine erste Sorge war, die Örtlichkeit zu prüfen. Unsere Zimmer lagen nach dem

Felde zu, und der Ausblick über die sumpfigen Hänge der Seine erstreckte sich bis zum Kalvarienberg des Sankt Valerian. Als ich auf unsere Möbel blickte, sah ich auf dem Bette einen grauen Rock hingestreckt, eine passende Hose, einen Hut und einen Degen. Auf dem Teppich waren Schnallenschuhe artig gepaart, mit zusammengerückten Fersen und getrennten Spitzen, als hätten sie von selbst das Gefühl für schöne Haltung.

Ich zog daraus Mutmaßungen, die der Freigiebigkeit unseres Herrn günstig waren. Ihm zu Ehren verwandte ich große Sorgfalt auf meinem Anzug und überstreute mein Haar mit einer Menge Puder, wovon ich eine volle Schachtel auf einem Tischlein gefunden hatte. Nebenbei entdeckte ich in einer Lade des Wandschranks ein Spitzenhemd und weiße Strümpfe.

Nachdem ich mit Hemd, Strümpfen, Hose, Weste und Rock mich bekleidet hatte, drehte ich mich, den Hut unter dem Arm, die Hand auf dem Stichblatt meines Degens, im Zimmer umher, neigte mich in jedem Augenblick über meinen Spiegel und bedauerte, daß Kathrine die Spitzenklöpplerin mich nicht in so schmucker Tracht sehen könne.

Eine Zeit schon war ich bei diesen Übungen, als Herr Hieronymus Coignard mit einem neuen Leinenkragen und sehr achtbaren Bäffchen das Zimmer betrat.

»Bratspießdreher!« rief er, »seid Ihr es, mein Sohn? Vergesset niemals, daß Ihr diese schönen Kleider dem Wissen dankt, das ich Euch gegeben habe. Sie stehen einem Humanisten, wie Ihr seid, wohl an, denn humaniora heißet Lebenskunst. Doch beschauet mich, bitte, und sagt, ob ich gut aussehe. In diesem Rocke dünke ich mir ein sehr würdiger Mann. Dieser Herr von Astarac scheint ein Prachtmensch zu sein; schade, daß er toll ist. Aber er ist wenigstens an einer Stelle weise, da er seinen Diener Kriton, das heißt den Richter, nennt. Und wahr ist, daß unsre Diener Zeugen aller unsrer Handlungen sind. Zuweilen sind sie die Lenker. Als Mylord Verulam, Kanzler von England, dessen Philosophie ich wenig mag, der aber ein Gelehrter war, in die

Großkammer eingeführt ward, um dort abgeurteilt zu werden, erhoben sich ihm zu Ehren seine Lakaien, die mit einem Reichtum gekleidet waren, der den in des Kanzlers Haus entfalteten Prunk vermuten ließ. Aber Mylord Verulam sprach zu ihnen: ›Setzet euch! Eure Erhebung macht, daß ich erniedrigt werde.‹ In der Tat hatten diese Schurken durch ihre Ausgaben ihn um Hab und Gut gebracht und ihn zu Handlungen gelockt, um derentwillen er vergantet wurde. Bratspießdreher, mein Sohn, möge das Beispiel des Mylord Verulam, des Kanzlers von England und Autors des *Novum Organum*, stets Euch vorschweben. Doch um wieder von dem Herrn von Astarac zu reden, dem wir gehören, so ist es sehr schade, daß er ein Hexenmeister ist und den verruchten Wissenschaften zugetan. Ihr wisset, mein Sohn, daß ich in Glaubensartikeln gern peinlich bin. Es kostet mich Überwindung, einem Kabbalisten zu dienen, der unsre heiligen Schriften mit dem Hintern nach oben stülpt unter dem Vorwand, daß er so sie besser verstehe. Falls er indes, wie sein Name und seine Sprache anzeigen, ein gaskognischer Edelmann ist, so haben wir nichts zu fürchten. Ein Gaskogner kann mit dem Teufel einen Pakt schließen; seid versichert, daß der Teufel der Geprellte ist.«

Die Frühstücksglocke unterbrach unser Gespräch.

»Bratspießdreher, mein Sohn«, sagte mein guter Lehrer zu mir, als er die Treppen hinabstieg, »denkt während des Mahles daran, alle meine Bewegungen zu verfolgen und nachzuahmen. Da ich an der dritten Tafel des Bischofs von Séez gegessen habe, weiß ich mich zu benehmen. Es ist eine schwierige Kunst. Minder leicht ist's, wie ein Edelmann zu speisen, als wie er zu reden.«

Im Speisesaal fanden wir einen Tisch mit drei Gedecken, an dem wir auf die Einladung des Herrn von Astarac Platz nahmen.

Kriton, der des Haushofmeisters Amt hatte, tischte uns Sülze auf, Brühe und Brei, die zwölfmal durchgesiebt waren. Den Braten sahen wir nicht kommen. Obgleich wir, mein guter Lehrer und ich, sehr darauf achteten, unsre Überraschung zu bergen, erriet Herr von Astarac sie und sprach: »Dies, Herren, ist nur ein Versuch, und wenn ihr ihn nicht durchaus glücklich findet, so werde ich mich nicht darauf versteifen. Ich werde euch gewöhnlichere Gerichte auftragen lassen und selbst nicht verschmähen, sie zu berühren. Wenn die Schüsseln, die ich euch heute anbiete, schlecht hergerichtet sind, so ist es weniger die Schuld meines Kochs als die der Chemie, die noch in den Kinderschuhen steckt. Jedoch kann euch dies einen Begriff dessen geben, was in Zukunft sein wird. Gegenwärtig essen die Menschen ohne Philosophie. Sie ernähren sich nicht wie vernünftige Wesen. Sie denken nicht einmal daran. Sondern woran denken sie? Fast alle leben sie in Stumpfheit, und selbst die der Überlegung fähig sind, beschäftigen ihren Geist mit dummem Zeug wie dem Wortstreit und der Poetik. Betrachtet, Herren, die Mahlzeiten der Menschen seit den entrückten Zeiten, wo sie jeden Verkehr mit Sylphen und Salamanderweibern einstellten. Von den Genien der Luft verlassen, sanken sie in die Schwere der Unwissenheit und der Barbarei. Ohne Staat und ohne Kunst, lebten sie nackt und kläglich in Höhlen, am Rande der Gießbäche oder in den Bäumen der Wälder. Ihr einziges Gewerbe war die Jagd. Hatten sie ein scheues Wild überrascht oder durch Schnelligkeit erreicht, so verschlangen sie diese noch zuckende Beute.

Sie fraßen auch das Fleisch ihrer Genossen und ihrer schwachen Anverwandten, und die ersten Beisetzungsstätten der Menschen waren lebende Gräber, hungrige, taube Eingeweide. Nach langen Jahrhunderten der Roheit erschien ein göttlicher Mann, den die Griechen Prometheus genannt haben. Dieser Weise pflog unzweifelhaft in den Asylen der Nymphen mit dem Volk der Salamanderweiber Verkehr. Er lernte von ihnen die Kunst, Feuer zu erzeugen und zu bewahren, und lehrte sie den unseligen Sterblichen. Von den zahllosen Vorteilen, die die Menschen aus diesem Himmelsgeschenk hatten, war einer der glücklichsten, daß sie die Speisen kochen und durch dies Verfahren leichter und feiner machen konnten. Wesentlich dank dem Einfluß einer der Flamme unterworfenen Nahrung sind die Menschen langsam, in Stufen, einsichtsvoll, betriebsam, überlegt geworden, zur Pflege der Künste und der Wissenschaften geeignet. Doch dies war nur ein erster Schritt, und der Gedanke ist betrübend, daß so viele Millionen Jahre verflossen sind, ohne daß der zweite folgte. Seit den Zeiten, wo unsre Vorfahren auf einem Reisigfeuer Viertel von Bären brieten, im Schutz eines Felsens, haben wir einen wahren Fortschritt in der Küche nicht gemacht. Denn sicherlich, Herren, zählt ihr für nichts die Erfindungen des Lukullus und jene dicke Fleischtorte, der Vitellius den Namen Schild der Minerva gab, und ebenso unsre Braten, Pasteten, unser Schmorfleisch, unser Füllsel und alle jene Haufen von Fleischstücken, die nach der alten Barbarei schmecken.

Die Tafel des Königs in Fontainebleau, auf die man einen ganzen Hirsch in seinem zottigen Haar, mit seinem Geweih trägt, bietet dem Blicke des Philosophen ein ebenso rohes Schauspiel wie jenes der Troglodyten, die in der Asche kauern und Pferdeknochen benagen. Die strahlenden Gemälde des Saales, die Leibwache, die reichgekleideten Offiziere, die Musiker, die auf den Tribünen Weisen von Lambert und Lulli spielen, die seidenen Tücher, das Silbergeschirr, die goldenen Humpen, die venetianischen Gläser, die Fackeln, die gemeißelten, blumenbeladenen Aufsätze können die wahre Natur dieser unreinen Fleischkammer nicht verändern oder umzaubern, wo Männer und Weiber sich vor Tierleichen versammeln, vor zerbrochenen Knochen und zerrissenen Fleischteilen, um gierig sich zu sättigen. Oh! wie wenig philosophisch ist diese Nahrung. Mit stumpfer Gefräßigkeit verschlingen wir Muskeln, Fett und Eingeweide der Tiere, ohne in diesen Substanzen das zu unterscheiden, was wirklich zu unsrer Nahrung paßt, und das Übermaß dessen, was zu verwerfen ist; und schlagen uns auf gleiche Art Gutes und Schlechtes, Nützliches und Schädliches in den Bauch. Hier jedoch müßte man eine Trennung vornehmen, und fände sich in der ganzen Fakultät ein der Chemie und der Philosophie kundiger Arzt, so wären wir nicht mehr gezwungen, uns zu diesen ekelhaften Festgelagen niederzulassen.

Er würde uns, Herren, destilliertes Fleisch bereiten, das nur enthielte, was Sympathie und Wahlverwandtschaft zu unserm Körper hat. Man nähme nur die Quintessenz der Ochsen und Schweine, das Elixir der Rebhühner und der Masthühner, und was wir schluckten, könnten wir auch verdauen. Ich gebe die Hoffnung nicht auf, Herren, eines Tags dorthin zu gelangen, wenn ich über Chemie und Medizin etwas mehr nachdenke, als ich bis jetzt Muße hatte.«

Bei diesen Worten unsres Gastfreunds hob Herr Hieronymus Coignard die Augen über die schwarze Kraftsuppe, die seinen Teller füllte, und blickte unruhvoll zu Herrn von Astarac.

»Das wird«, hub dieser wieder an, »ein noch ziemlich ungenügender Fortschritt sein. Ein ehrenhafter Mensch kann nicht ohne Abscheu das Fleisch der Tiere essen, und die Völker dürfen sich nicht gesittet nennen, solange sie in ihren Städten Schlachthäuser und Fleischereien haben. Aber eines Tags werden wir uns dieser barbarischen Gewerbe zu entledigen wissen. Wenn wir die im Tierkörper enthaltenen Nährstoffe genau kennen, so wird es möglich werden, dieselben Stoffe aus den leblosen Körpern zu ziehen, die sie in reichem Maße liefern werden. In der Tat enthalten diese Körper alles, was in den beseelten Wesen vorhanden ist, da das Tierische aus dem Pflanzlichen gebildet ist, das seinerseits aus der trägen Materie seine Substanz gezogen hat.

Man wird sich dann mit Extrakten von Metallen und Mineralien nähren, die von den Physikern nach Gebühr behandelt sind. Zweifelt nicht, daß sie von erlesenem Geschmack sind und heilsam zu schlürfen. Sie werden in Retorten und Destillierblasen gekocht, und Alchimisten sind dann unsre Köche. Drängt es euch nicht, Herren, diese Wunder zu sehen? Ich verspreche sie euch für die nächste Zeit. Aber ihr erratet ihre außerordentlichen Wirkungen noch nicht.«

»In Wahrheit, Herr, ich errate sie nicht«, sagte mein guter Lehrer und trank einen Schluck Wein.

»So höret mir«, sagte Herr von Astarac, »einen Augenblick zu. Wenn die Menschen nicht mehr von langsamer Verdauung beschwert sind, werden sie wunderbar gewandt sein; ihre Sehfähigkeit wird durchdringend sein, und sie werden Schiffe schauen, die auf den Mondmeeren dahinsegeln. Ihre Gabe der Wahrnehmung wird sich klären, ihre Sitten werden sich sänftigen. Sie werden sehr fortschreiten in der Kenntnis Gottes und der Natur.

Doch man muß auf alle Veränderungen, die unausbleiblich sich einstellen, hinblicken. Der Bau sogar des menschlichen Körpers wird beeinflußt werden. Es ist Tatsache, daß die Organe, wenn sie sich nicht üben, einschrumpfen und zuletzt verschwinden. Man hat beobachtet, daß Fische, wenn man sie des Lichtes beraubt, erblinden. Und im Wallis habe ich Hirten gesehen, die, da sie sich nur von geronnener Milch nähren, früh schon ihre Zähne verlieren; etliche haben überhaupt keine gehabt. Hierin muß man die Natur bewundern, die nichts Unnützes duldet. Wenn die Menschen sich von dem Balsam nähren, wovon ich sprach, so werden ihre Eingeweide sich um mehrere Ellen verkürzen, und der Umfang des Bauches wird beträchtlich verringert werden.«

»Diesmal!« sagte mein guter Lehrer, »geht Ihr zu rasch, Herr, und lauft Gefahr, Schlechtes auszurichten. Nie habe ich vom Übel gefunden, daß die Frauen ein wenig Bauch hatten, vorausgesetzt, daß der Rest demgemäß ist. Für diese Schönheit bin ich empfänglich. Schneidet nicht unbesonnen ein Stück davon ab!«

»Darauf soll es nicht ankommen! Wir werden Hüfte und

Weichen der Frauen nach dem Kanon der griechischen Bildhauer sich formen lassen. Euch zu Gefallen, Herr Abbé, und mit Rücksicht auf die Arbeiten der Mutterschaft; obwohl ich, wenn ich frei reden soll, die Absicht habe, auch nach dieser Richtung verschiedene Wandlungen eintreten zu lassen, wovon ich eines Tags Euch unterhalten werde. Um auf unsern Gegenstand zurückzukommen, so muß ich Euch gestehen, daß alles, was ich Euch bisher angekündigt habe, nur ein Weg zu der wahrhaftigen Nahrung ist, der Nahrung der Sylphen und aller Geister der Luft. Sie trinken Licht, und dies genügt, ihrem Leib wunderbare Kraft und Geschmeidigkeit mitzuteilen. Es ist ihr einziger Trank. Eines Tags wird es der unsrige sein, Herren. Es handelt sich nur darum, die Sonnenstrahlen trinkbar zu machen. Ich gestehe, daß ich die Mittel zu diesem Ziele nicht in hinlänglicher Klarheit sehe, und ahne mannigfache Stockungen und große Hindernisse auf diesem Wege. Berührt jedoch irgend ein Weiser das Ziel, so werden die Menschen den Sylphen und den Salamanderweibern an Klugheit und Schönheit gleich sein.«

Mein guter Lehrer hörte diese Worte an, in sich versunken, mit traurig geneigtem Haupt. Er schien über die Veränderungen nachzudenken, die seiner Person durch die von unserm Gastfreund ersonnene Nahrung beschieden sein würden.

»Herr«, sagte er endlich, »sprachet Ihr nicht gestern in der Garküche von einem Elixir, das jeder anderen Nahrung überhebet?«

»Allerdings«, sagte Herr von Astarac, »aber diese Flüssigkeit ist nur für die Philosophen gut, und Ihr begreifet, wie eingeschränkt ihr Gebrauch darob ist. Besser ist es, nicht davon zu reden.«

Indessen ein Zweifel quälte mich; ich bat meinen Wirt um die Erlaubnis, ihn ihm vorzulegen, und war sicher, daß er mich sofort aufklären würde. Er gestattete mir zu reden, und ich sagte ihm: »Herr, haben diese Salamanderweiber, die Ihr so schön nennt, und von denen ich mir nach Eurem Bericht eine reizvolle Vorstellung mache, zum Unglück auch ihre Zähne mit dem Trinken des Lichts verdorben, wie die Bauern im Wallis die ihren eingebüßt haben, weil sie nur Milch tranken? Ich gestehe Euch, daß ich darüber in Unruhe bin.«

»Mein Sohn«, erwiderte Herr von Astarac, »Eure Neugier gefällt mir, und ich will sie befriedigen. Die Salamanderweiber haben keine Zähne im eigentlichen Sinn. Aber ihr Zahnfleisch ist mit zwei Reihen sehr weißer und sehr glänzender Perlen geziert, die ihrem Lächeln eine unsägliche Anmut verleihen. Wisset noch, daß diese Perlen verhärtetes Licht sind.«

Ich sagte Herrn von Astarac, dessen sei ich froh. Er fuhr fort: »Die Zähne des Menschen sind ein Zeichen seiner Wildheit. Wenn man sich nach Gebühr ernähren wird, so werden diese Zähne irgend einem Schmuck weichen, der den Perlen der Salamanderweiber ähneln wird. Dann wird man nicht mehr fassen, daß ein Liebender ohne Grausen und Ekel im Munde seiner Geliebten einer Hündin Zähne zu sehen vermochte.«

Nach dem Mittagsmahl führte unser Gastfreund uns in eine weite Galerie, die an seine Stube anstieß und als Bücherei diente. Man sah dort auf eichenen Brettern ein unzähliges Heer oder vielmehr ein großes Konzil von Büchern in Duodez, Oktav, Quart, Folio, in Hüllen von Kalb, Schafleder, Saffian, Pergament, Schweinsleder. Sechs Fenster beleuchteten diese stumme Versammlung, die sich von einem Ende des Saals bis zum anderen erstreckte, die hohen Wände entlang. Große Tische, die mit Himmelskugeln und astronomischen Geräten wechselten, nahmen die Mitte der Galerie ein. Herr von Astarac bat uns, den Ort, der uns der zur Arbeit bequemste scheine, zu wählen.

Aber mein guter Lehrer hatte den Kopf zurückgebeugt und beschnoberte alle Bücher mit Blick und Atem, wobei ihm vor Freude das Wasser im Munde zusammenlief.

»Beim Apollo!« rief er, »das ist eine großartige Bücherei! Die des Herrn Bischofs von Séez kann, so reich sie an Werken über kanonisches Recht war, mit dieser nicht verglichen werden. Für meine Wünsche gibt es keinen lieblicheren Aufenthalt, selbst die elysäischen Gefilde nicht, die Vergil beschrieben hat. Bei der ersten Prüfung schon fallen mir so viele seltene Werke und so viele kostbare Sammlungen auf, daß ich fast glaube, keine Bücherei eines Einzelnen übertreffe diese hier, die in Frankreich nur der mazarinischen und der königlichen nachsteht. Ich wage sogar angesichts der lateinischen und griechischen Manuskripte, die in diesen Winkel gedrängt sind, zu behaupten, daß man nach der Bodleiana, der Ambrosiana, der Laurentiana und der Vaticana noch, Herr, die Astaraciana nennen kann. Ohne mir zu schmeicheln, Trüffeln und Bücher wittere ich von fern, und ich halte Euch schon jetzt dem Peiresc, dem Groslier und dem Canevarius ebenbürtig, den Fürsten der Bibliophilen.«

»Ich schlage sie um vieles«, erwiderte Herr von Astarac sanft, »und diese Bücherei ist unendlich kostbarer denn alle, die ihr eben genannt habt. Die Bücherei des Königs ist nur Gerümpel neben der meinigen, falls Ihr nicht etwa einzig die Zahl der Bände und die Menge des geschwärzten Papiers betrachtet. Gabriel Vaudé und Euer Abbé Bignon, Bibliothekare von Ruf, waren neben mir nur saumselige Hirten einer elenden Hammelherde von Büchern. Ich räume ein, daß die Benediktiner fleißig sind, aber sie haben keinen Geist, und ihre Bibliotheken duften nach der Mittelmäßigkeit der Seelen, die sie geschaffen haben. Meine Galerie, Herr, richtet sich nicht nach dem Muster der anderen. Die Werke, die ich darin gesammelt habe, bilden ein Ganzes, das mir unfehlbar die Erkenntnis gewähren wird. Sie ist gnostisch, ökumenisch und geistig. Zögen alle auf diese zahllosen Blätter von Papier und Pergament gezeichneten Linien in guter Ordnung Euch ins Hirn, so würdet Ihr, Herr, alles wissen, alles können, Ihr wäret der Meister der Natur, der

Gestalten, der Dinge. Ihr würdet die Welt zwischen zwei Fingern Eurer Hand halten wie ich diese Körnlein Tabak in der meinigen.«

Bei diesen Worten reichte er meinem guten Lehrer die Dose.

»Ihr seid sehr gütig«, sagte der Herr Abbé Coignard.

Nochmals ließ er seine entzückten Blicke über diese wissenden Mauern schweifen und rief: »Hier zwischen dem dritten Fenster und dem vierten sind Bretter, die eine illustre Bürde tragen. Dort haben die orientalischen Manuskripte sich Stelldichein gegeben und scheinen im Gespräch miteinander. Ich sehe zehn bis zwölf sehr ehrwürdige unter den Fetzen von Purpur und goldgehefteter Seide, die sie umschließen. Etliche tragen wie ein byzantinischer Kaiser an ihrem Mantel Spangen von Juwelen. Andere sind in elfenbeinerne Platten gefügt.«

»Das sind«, sagte Herr von Astarac, »jüdische, arabische und persische Kabbalisten. Soeben habt Ihr die *Mächtige Hand* geöffnet. Daneben findet Ihr den *Bedeckten Tisch*, den *Treuen Hirten*, die *Trümmer des Tempels* und das *Licht in den Finsternissen*. Ein Platz ist leer: der der *Langsamen Wasser*, eines wertvollen Traktates, den Mosaïdes gerade studiert. Mosaïdes ist, wie ich euch gesagt habe, Herren, in meinem Hause mit der Entdeckung der tiefen Geheimnisse in den Schriften der Hebräer beschäftigt, und obschon er über ein Jahrhundert alt ist, willigt dieser Rabbiner ein, nicht eher zu sterben, als bis er den Sinn aller kabbalistischen Gleichnisse durchdrungen hat. Ich bin ihm dafür zu großem Dank verpflichtet und bitte euch, Herren, ihm, wenn ihr ihn seht, die Gefühle, die ich selbst habe, zu bezeugen.

Doch lassen wir dies und wenden wir uns dem zu, was im besonderen euch betrifft. An Euch habe ich gedacht, Herr Abbé, um die unschätzbaren griechischen Manuskripte ins Lateinische zu übertragen. Ich vertraue Eurem Wissen und Eurem Eifer und zweifle nicht, daß Euer junger Schüler Euch bald eine große Hilfe ist.«

Und er sprach zu mir: »Ja, mein Sohn, ich setze große Hoffnungen auf Euch. Zu einem guten Teile sind sie auf die Erziehung gegründet, die Ihr empfangen habt. Denn Ihr wurdet sozusagen in den Flammen genährt, unter einem Kamin, den die Salamanderweiber heimsuchen. Dieser Umstand ist wichtig.«

Während er redete, ergriff er eine Hand voll Manuskripte, die er auf den Tisch niederlegte.

»Dies«, sagte er und zeigte auf eine Papyrusrolle, »kommt aus Ägypten. Es ist ein Buch des Zozimos, des Panopolitaners, das man verloren glaubte und ich selbst im Sarg eines Serapispriesters wiedergefunden habe. Und was ihr dort seht«, fuhr er fort und wies uns Lumpen von leuchtenden und fasrigen Blättern, auf denen mit dem Pinsel gemalte griechische Buchstaben kaum erkenntlich waren, »das sind unerhörte Offenbarungen, deren eine man Sophar dem Perser, deren andere man Johannes, dem Erzpriester der heiligen Euagia, verdankt.

Ich werde euch unendlich verbunden sein, wenn ihr zuerst euch mit diesen Arbeiten beschäftigt. Dann werden wir die Manuskripte des Synesius, des Bischofs von Ptolemaïs, studieren, die des Olympiodorus und des Stephanus, die ich zu Ravenna in einem Kerker entdeckt habe, worin sie seit der Herrschaft des unwissenden Theodosius gesperrt waren, dem man den Beinamen des Großen gegeben hat.

Entwerft euch, Herren, von dieser ungeheuren Arbeit einen ersten Begriff. Im Hintergrund des Saales, rechts vom Kamin, werdet ihr die Grammatiken und Wörterbücher finden, die ich habe sammeln können, und die euch unterstützen werden. Erlaubet, daß ich euch verlasse; in meiner Stube harren vier oder fünf Sylphen mein. Kriton wird darüber wachen, daß euch nichts fehlt. Lebet wohl!«

Sobald Herr von Astarac draußen war, setzte mein guter Lehrer sich vor den Papyrus des Zozimos, bewaffnete sich mit einer Lupe, die er auf dem Tische fand, und begann die Entzifferung. Ich fragte ihn, ob er von dem Gehörten nicht überrascht sei.

Ohne den Kopf zu heben, antwortete er mir: »Mein Sohn, zu viele Arten von Menschen habe ich kennengelernt und zu verschiedene Glücksfälle durchschritten, um mich irgend einer Sache zu wundern. Dieser Edelmann scheint toll, weniger darum, weil er es wirklich ist, als darum, weil seine Gedanken im Unmaß denen des Haufens widerstreiten. Doch wollte man auf die Reden merken, die in der Welt gehalten zu werden pflegen, man fände darin noch weniger Sinn als in den Reden dieses Philosophen. Sich selbst überliefert, baut die erhabenste Menschenvernunft Paläste und Tempel aus Wolken, und fürwahr, Herr von Astarac ist ein schöner Wolkensammler. Nur in Gott ist Wahrheit; vergesset das nicht, mein Sohn! Dies aber ist in Wahrheit das Buch Imouth, das Zozimos, der Panopolitaner, für seine Schwester Theosebia geschrieben hat. Welcher Ruhm und welche Wonne ist dieses einzige, wie durch ein Wunder aufs neue gefundene Buch! Ihm will ich meine Tage und meine Nachtwachen widmen. Ich beklage, mein Sohn, die unwissenden Menschen, die Müßiggang in Ausschweifung stößt. Sie führen ein klägliches Leben. Was ist ein Weib im Vergleich zu einem Papyrus aus Alexandrien? Schätzet, bitte, diese hochedle Bücherei gegen die Schenke zum Kleinen Bacchus ab und das Gespräch mit diesem kostbaren Manuskript gegen die Liebkosungen, die man den Dirnen unter der Laube antut, und sagt mir, mein Sohn, auf welcher Seite die wahre Befriedigung ist! Ich, Gast der Musen, der ich zugelassen bin zu den stillen Orgien der Beschaulichkeit, die der Rhetor von Madaura wortmächtig pries, ich danke Gott, daß er einen Ehrenmann aus mir gemacht hat.«

Einen Monat oder sechs Wochen lang blieb Herr Coignard Tag und Nacht, wie er versprochen hatte, fleißig bei der Lektüre des Zozimos, des Panopolitaners. Während der Mahlzeiten, die wir am Tische des Herrn von Astarac nahmen, bewegte sich das Gespräch nur über die Meinungen der Gnostiker und die Erkenntnisse der alten Ägypter dahin. Ich leistete, da ich nur ein unerfahrener Schüler war, meinem guten Lehrer geringe Dienste. Aber ich bemühte mich, die Nachforschungen, zu denen er mich anhielt, nach meiner Fähigkeit zu erledigen; ich hatte einiges Vergnügen daran. Und fürwahr, wir lebten glücklich und in Ruhe. Der siebenten Woche zu gab Herr von Astarac mir Urlaub, meine Eltern in der Bratküche aufzusuchen. Der Laden schien mir seltsam verkleinert. Meine Mutter war allein darin und traurig. Als sie mich wie einen Fürsten gekleidet sah, stieß sie einen lauten Schrei aus.

»Mein Jakob«, sprach sie zu mir, »ich bin sehr glücklich.«

Und sie begann zu weinen. Wir umarmten uns. Dann wischte sie sich die Augen mit einem Zipfel ihrer groben Leinwandschürze und sagte: »Dein Vater ist im Kleinen Bacchus. Seit deiner Entfernung geht er oft dorthin, weil ihm das Haus in deiner Abwesenheit freudloser ist. Er wird zufrieden sein, dich wiederzusehen. Doch sage mir, Jakobchen, fühlst du in deinem neuen Stande dich wohl? Es hat mir schon viel Kummer bereitet, daß ich dich mit jenem Herrn abziehen ließ; sogar in der Beichte zum dritten Herrn Vikar habe ich mich angeklagt, daß ich das Wohlergehen deines Fleisches dem Heil deiner Seele vorzog und bei deiner Anstellung nicht genug an Gott dachte. Der dritte Herr Vikar hat mir das mit Güte ausgeredet und mich ermahnt, das Beispiel der starken Frauen aus der Schrift zu befolgen, deren er mir etliche nannte. Doch sind das Namen, die ich, wie ich sehe, nie behalten werde. Er hat sich nicht des näheren erklärt, weil es Sonnabend abend war und die Kirche voll von Weibern, die beichten wollten.«

Ich beruhigte meine gute Mutter nach Kräften und legte ihr dar, daß Herr von Astarac mich Griechisch arbeiten lasse, was die Sprache des Evangeliums ist. Diese Auffassung gefiel ihr. Und dennoch blieb sie sorgenvoll.

»Du wirst niemals erraten, Jakobchen«, sprach sie zu mir, »wer mir von Herrn von Astarac erzählt hat. Es ist Cadette

Sankt Avit, die Magd des Pfarrers von Sankt Benedikt. Sie stammt aus der Gascogne und ist aus einem Orte namens Laroque-Timbaut gebürtig, nahe bei Sankt Eulalien, wo Herr von Astarac Gebieter war. Du weißt, daß Cadette Sankt Avit bejahrt ist, wie für eines Pfarrers Magd sich ziemet. In ihrer Jugend, und zwar in ihrer Heimat, hat sie die drei Herren von Astarac gekannt, deren einer ein Schiff befehligte und im Meer ertrunken ist. Das war der jüngste. Der zweite, ein Regimentsoberst, zog in den Krieg und wurde getötet. Von den dreien lebt nur noch der älteste, Herkules von Astarac. Ihm gehörst du an, Jakob, zu deinem Wohl, wie ich hoffe. In seiner Jugend war er prunkvoll gekleidet, frei in seinen Sitten, doch von finsterer Gemütsart. Er hielt sich von öffentlichen Ämtern entfernt und zeigte keine Sucht, in des Königs Dienst einzutreten, wie seine Brüder gemacht hatten, die ein ehrenvolles Ende fanden. Er pflegte zu sagen, daß es kein Ruhm sei, einen Degen an der Seite zu tragen, und daß er kein schimpflicheres Handwerk als das edle Waffenhandwerk kenne, und daß ein Knochensammler vom Dorfe seiner Meinung nach hoch über einem Brigadeoffizier oder einem Marschall von Frankreich stehe. So waren seine Reden. Ich will gestehen, daß sie mir weder schlecht noch boshaft schienen, eher kühn und kraus. Doch irgendwie müssen sie verdammenswert sein, denn Cadette Sankt Avit sagte, der Pfarrer tadle sie, weil sie der von Gott eingerichteten Ordnung widersprächen und den Stellen der Bibel entgegengesetzt seien, wo Gott mit einem Namen genannt wird, der Feldmarschall bedeutet. Und das wäre eine große Sünde. Dieser Herr Herkules war dem Hofe so abhold, daß er sich weigerte, nach Versailles zu reisen, um gemäß den Rechten seiner Geburt dem König vorgestellt zu werden. Er sagte: ›Der König kommt nicht zu mir, ich gehe nicht zu ihm.‹ Und augenscheinlich, Jakobchen, ist das ein ganz natürliches Wort.«

Meine gute Mutter befragte mich ängstlich mit dem Blick und fuhr fort: »Was ich dir ferner mitzuteilen habe, ist noch schwerer zu glauben. Indes hat Cadette Sankt Avit mir das als eine unbedingt sichere Sache gemeldet. Ich will dir also sagen, daß Herr Herkules von Astarac, der auf seinen Landgütern Wohnung genommen hatte, kein anderes Ziel sich steckte, als die Sonnenstrahlen in Karaffen einzufangen. Cadette Sankt Avit weiß nicht, wie er dabei zu Werke ging, doch sicher ist, daß sich mit der Zeit in diesen Karaffen, wenn sie gut verstopft und im Marienbad erhitzt waren, ganz kleine, entzückende Weiblein bildeten, die wie Theaterprinzessinnen gekleidet waren... Du lachst, Jakobchen; aber man darf über solches nicht scherzen, wenn man die Folgen sieht. Es ist eine große Sünde, also Geschöpfe zu verfertigen, die nicht getauft werden können und an der ewigen Seligkeit nicht teilhaben. Denn du wähnst doch nicht, Herr von Astarac habe diese weiblichen Götzenbildchen in ihrer Flasche zum Priester getragen, damit er sie über das Taufbecken halte. Man hätte keine Patin gefunden.«

»Aber, liebe Mutter«, antwortete ich, »die Puppen des Herrn von Astarac bedurften der Taufe nicht, da sie an der Erbsünde nicht teilhatten.«

»Das habe ich nicht erwogen«, sagte meine Mutter, »und Cadette Sankt Avit selbst hat mir nichts davon gesagt, obwohl sie die Magd eines Pfarrers ist. Zum Unglück hat sie ganz jung die Gascogne verlassen, um nach Frankreich zu kommen, und erfuhr nichts mehr von Herrn von Astarac, seinen Karaffen und seinen Götzenbildchen. Ich hoffe, Jakobchen, daß er diesen verfluchten Werken entsagt hat, die man ohne des Bösen Hilfe nicht vollbringen kann.«

Ich fragte: »Sagt mir, gute Mutter, hat Cadette Sankt Avit, die Magd des Pfarrers, die Damen in den Karaffen mit eigenen Augen gesehen?«

»Nein, Kind. Herr von Astarac war viel zu heimlich, um diese Puppen zu zeigen. Aber sie hat darüber von einem Mann der Kirche namens Fulgentius gehört, der in dem Schlosse umging und schwur, daß er diese kleinen Personen ihrem Glaskerker entschweben sah, um ein Menuett zu tanzen. Und das war für sie um so mehr Grund, daran zu glauben. Denn man kann an dem zweifeln, was man sieht, aber nicht am Worte eines ehrsamen Mannes, zumal eines Mannes der Kirche. Noch ist ein Unsegen bei diesen Praktiken, daß sie äußerst kostspielig sind, und man kann sich nicht denken, sagte mir Cadette Sankt Avit, was Herr Herkules ausgegeben hat, um sich die verschieden geformten Flaschen, die Öfen und die Schmöker zu beschaffen, womit er sein Schloß angefüllt hatte. Durch den Tod seiner Brüder war er der reichste Edelmann seiner Provinz geworden, und obwohl er sein Gut in Narrheiten vergeudete, arbeiteten seine Landgüter für ihn. Cadette Sankt Avit schätzt, daß er trotz seinen Ausgaben heute noch sehr reich sein muß.«

Bei diesen Worten betrat mein Vater die Garküche. Zärtlich umarmte er mich und vertraute mir an, das Haus habe die Hälfte seiner Behaglichkeit eingebüßt, durch meine Abreise und die des Herrn Hieronymus Coignard, der freundlich sei und aufgeräumt. Er beglückwünschte mich zu meinen Kleidern und gab mir eine Lehrstunde in der Haltung, indem er versicherte, das Geschäft habe ihn an höfliche Manieren gewöhnt, durch den beständigen Zwang, die Kunden wie Edelleute zu begrüßen, selbst dann, wenn sie gemeines Pack waren. Er erteilte mir die Vorschrift, den Ellbogen zu runden und die Füße auswärts zu setzen, und riet mir obendrein, mir den Leander anzusehen auf der Messe von Sankt German und mich genau nach ihm zu richten.

Wir schmausten zusammen mit guter Lust und trennten uns, indem wir Tränenbäche vergossen. Ich liebte beide sehr, und besonders mußte ich weinen, weil ich fühlte, daß sie mir in sechswöchentlicher Abwesenheit nahezu fremd geworden waren. Und ich glaube, ihre Betrübnis kam von derselben Empfindung.

Als ich von der Bratküche wegging, war es schwarze Nacht. An der Ecke der Straße der Schreiber hörte ich eine fette, tiefe Stimme singen:

»Daß nun dein Blümlein ist versehrt,
Mein Kind, hast du dir selbst beschert.«

Und schon sah ich in der Richtung, woher diese Stimme kam, Bruder Angelus, dessen Sack auf seiner Schulter tanzte und der Kathrine die Spitzenklöpplerin um die Hüften gefaßt hatte. In der Dunkelheit marschierte er, wankenden, triumphierenden Schrittes, und unter seinen Sandalen spritzte das Wasser des Rinnsteins in großartigen Kotgarben hervor, die seinen wüsten Ruhm zu verherrlichen schienen, wie die Springquellen von Versailles den Königen zu Ehren in Betrieb gesetzt werden. Ich faßte vor einem Prellstein in einem Türwinkel Fuß, damit sie mich nicht sähen. Das war unnütze Vorsicht, denn sie waren miteinander beschäftigt. Kathrine hatte den Kopf nach hinten geworfen auf die Schulter des Mönches und lachte. Auf ihren feuchten Lippen und in ihren Augen zitterte ein Mondstrahl wie im Wasser der Brunnen. Und weiter zog ich mit verstörter Seele und gepreßtem Herzen und dachte an die runden Hüften dieses schönen Mädchens, das ein schmutziger Kapuziner in seine Arme drückte.

»Ist's möglich«, sprach ich zu mir, »daß ein so hübsches Ding in so abscheulichen Händen ist? Und wenn Kathrine mich verschmäht, muß sie mir dann durch ihre Vorliebe für diesen schmutzigen Bruder Angelus ihre Verachtung noch grausamer bezeigen?«

Diese Vorliebe schien mir staunenswert, und ich war davon ebenso überrascht wie angeekelt. Doch nicht umsonst war ich der Schüler des Herrn Hieronymus Coignard. Dieser unvergleichliche Lehrer hatte meinen Geist zur Betrachtung erzogen. Ich stellte mir die Satyrn vor, die man in den Gärten Nymphen rauben sieht, und überlegte, wenn Kathrine wie eine Nymphe gewachsen sei, seien diese Satyrn, so wie man sie uns zeigt, so gräßlich wie dieser Kapuziner. Ich schloß daraus, ich müsse mich nicht allzusehr über das wundern, was ich erblickt hatte. Doch wurde mein Kummer durch meine Vernunft nicht zerstreut, sicherlich, weil er nicht in dieser seinen Ursprung hatte. Solche Betrachtungen führten mich durch die Schatten der Nacht und den Kot des Tauwetters zur Straße von Sankt German, wo ich den Herrn Abbé Hieronymus Coignard traf, der in der Stadt gespeist hatte und nachts zum Sandkreuzweg zurückkehrte.

»Mein Sohn«, sagte er zu mir, »ich habe mich jetzt von Zozimos und den Gnostikern an der Tafel eines sehr gelehrten Geistlichen unterhalten, eines zweiten Pereisc. Der Wein war rauh und die Kost mittelmäßig. Doch Nektar und Ambrosia entströmten allen Reden.«

Hienach sprach mir mein guter Lehrer vom Panopolitaner mit unbegreiflicher Wortfülle. Ach! Schlecht hörte ich ihm zu und dachte an jenen Tropfen Mondlicht, der in der Nacht auf Kathrines Lippen gefallen war.

Endlich hielt er ein, und ich fragte ihn, worauf die Griechen die Neigung der Nymphen zu den Satyrn gegründet hätten. Mein guter Lehrer war bereit, auf alle Fragen zu antworten, so ausgedehnt war sein Wissen. Er sagte: »Mein Sohn, diese Neigung gründet sich auf eine natürliche Sympathie. Sie ist lebendig, obgleich sie weniger brennt als die Neigung der Satyrn für die Nymphen, der sie entspricht. Die Dichter haben den Unterschied sehr wohl beachtet. Bei dieser Gelegenheit werde ich Euch ein seltsames Abenteuer erzählen, das ich in einem Manuskript der Bücherei des Bischofs von Séez gelesen habe. Es war (ich sehe es noch) eine Sammlung in Folio, in einer guten Handschrift aus dem letzten Jahrhundert. Hier ist die absonderliche Tatsache, die darin erzählt wird. Ein normannischer Edelmann und seine Frau nahmen an einer öffentlichen Lustbarkeit teil, er als Satyr, sie als Nymphe, vermummt. Vom Ovid her weiß man, mit welcher Glut die Satyrn die Nymphen verfolgen. Dieser Edelmann hatte die Metamorphosen gelesen. Er verwuchs im Geiste so sehr mit seiner Vermummung, daß neun Monate später seine Frau ihm ein Kind mit gehörnter Stirn und Bocksbeinen gab. Wir wissen nicht, was mit dem Vater geschah, nur daß er nach einem allen Geschöpfen gemeinsamen Lose starb, indem er neben seinem kleinen Ziegenfüßler ein anderes, jüngeres Kind hinterließ, das ein Christ war und von menschlicher Gestalt. Dieses jüngere erbat von der Gerechtigkeit, daß sein Bruder der väterlichen Erbschaft enthoben würde, dieweilen er nicht zu der durch Jesu Christi Blut erlösten Gattung gehörte. Das Parlament der Normandie, das in Rouen tagte, gab ihm recht, und der Beschluß wurde eingezeichnet.«

Ich fragte meinen guten Lehrer, ob es möglich sei, daß eine Mummerei solche Wirkung auf die Natur habe, und daß die Art eines Kindes durch die eines Kleides bedingt würde. Der Herr Abbé Coignard mahnte mich, ich solle daran nicht glauben.

»Jakob Bratspießdreher, mein Sohn«, sprach er zu mir, »erinnert Euch, daß ein guter Geist alles zurückstößt, was der Vernunft zuwider ist, außer in Glaubenssachen, wo man blindlings glauben soll. Gott sei gedankt! ich war nie an den Dogmen unsrer sehr heiligen Religion beirrt und hoffe, daß dies noch in der Todesstunde der Fall ist.«

Unter solchen Gesprächen kamen wir ins Schloß. Das Dach schien von roter Helligkeit inmitten der Finsternisse erleuchtet. Aus einem der Schornsteine sprangen Funken, die in Garben aufstiegen und in goldenem Regen zurücksanken, unter dichtem Rauch, wovon der Himmel verschleiert war. Beide vermeinten wir, die Flammen hätten das Gebäude verzehrt. Mein guter Lehrer raufte sich die Haare und stöhnte: »Mein Zozimos! meine Papyri und meine griechischen Manuskripte! Zu Hilfe! Zu Hilfe! mein Zozimos!«

Wir liefen durch den großen Gang, über Wasserpfützen, in denen die Feuersbrunst sich spiegelte, und durchquerten den in dichten Schatten begrabenen Park. Er war ruhig und leer. Im

Schloß schien alles zu schlafen. Wir hörten das Feuer schnarchen, das die dunkle Treppe erfüllte. Wir erklommen die Stufen zwei zu zwei und blieben jeden Augenblick stehen, um zu hören, woher dieses furchtbare Geräusch kam.

Uns schien, es komme von einem Flur des ersten Stockwerks, wohin wir nie den Fuß gesetzt hatten. Wir tasteten uns in dieser Richtung durch, sahen durch die Spalten einer verschlossenen Tür rote Lichter und sprengten mit Aufgebot aller unsrer Kräfte die Türflügel. Sie gaben plötzlich nach.

Herr von Astarac, der sie geöffnet hatte, stand ruhig vor uns. Seine lange, schwarze Gestalt war von flammender Luft umrissen. Sanft fragte er uns, um welchen dringenden Geschäftes willen wir um diese Zeit ihn suchten.

Es war keine Feuersbrunst, sondern ein schreckliches Feuer, das aus einem großen Reverberierofen sich wälzte, der, wie ich später erfuhr, Athanor heißt. Der ganze ziemlich große Saal war voll von Glasflaschen mit langem Hals, worüber Glasrohre mit Entenschnäbeln sich wanden, Retorten, die aufgeblasenen Gesichtern glichen, und denen Rüsselnasen entstiegen, Tiegel, Brennkolben, Treibscherben, Destillierkolben und Vasen von unbekannter Form.

Mein guter Lehrer wischte sich das Antlitz ab, das wie heiße Kohlen funkelte: »Ach, Herr, wir haben geglaubt, das Schloß lodere wie dürres Stroh. Gott sei gedankt, die Bücherei ist nicht verbrannt. Doch sehe ich, daß Ihr an der spagyrischen Kunst arbeitet, Herr.«

»Ich will euch nicht verhehlen«, erwiderte Herr von Astarac, »daß ich große Fortschritte gemacht habe, ohne indes das Thelem zu finden, als welches meine Arbeiten vollenden soll. Im Augenblick, wo ihr diese Tür aufsprengtet, sammelte ich, Herren, den Geist der Welt und die Blume des Himmels, die der wahre Jungbrunnen ist. Versteht Ihr ein wenig von der Alchimisterei, Herr Coignard?«

Der Abbé erwiderte, daß er von ungefähr aus Büchern davon

wisse, jedoch die Übung für verderblich und der Religion zuwider halte. Herr von Astarac lächelte und sagte weiter: »Ihr seid ein zu gewandter Mann, Herr Coignard, um nicht den Fliegenden Adler, den Vogel des Hermes, das Huhn des Hermogenes, den Rabenkopf, den Grünen Löwen und den Phönix zu kennen.«

»Ich weiß von Hörensagen«, antwortete mein guter Lehrer, »daß diese Namen den philosophischen Stein in seinen verschiedenen Zuständen bezeichneten. Aber ich zweifle, ob es möglich ist, die Metalle zu verwandeln.«

Herr von Astarac erwiderte mit großer Sicherheit: »Nichts wird mir leichter sein, Herr, als Eure Ungewißheit zu beenden.«

Er schloß eine alte, lahme Truhe auf, die an die Mauer gelehnt war, nahm eine Kupfermünze mit dem Bildnis des alten Königs hervor und wies uns einen runden Fleck, der durch und durch ging.

»Dies ist«, sagte er, »die Wirkung des Steins, der das Kupfer in Silber verwandelt hat. Doch ist das nur eine Läpperei.«

Er kehrte zur Truhe zurück und zog einen eidicken Saphir heraus, einen Opal von wunderbarer Größe und eine Handvoll durchaus schöner Smaragde.

»Hier«, sagte er, »sind etliche meiner Werke, die Euch hinlänglich bezeugen, daß die spagyrische Kunst nicht der Traum eines Schwarmgeistes ist.«

Unten in der Mulde, wohin diese Steine geworfen waren, lagen fünf bis sechs Diamanten, von denen Herr von Astarac überhaupt nicht sprach. Mein guter Lehrer fragte ihn, ob er auch diese bereitet habe. Und nachdem der Alchimist bejahte, erwiderte der Abbé: »Herr, ich möchte Euch raten, aus Vorsicht zuerst diese da den Neugierigen zu zeigen. Wenn Ihr zuerst den Saphir, den Opal und den Rubin erscheinen lasset, wird man Euch sagen, der Teufel allein habe solche Steine hervorbringen können, und wird einen Prozeß wegen Zauberei gegen Euch anstrengen. Auch könnte der Teufel bequemlich auf diesen Öfen leben, die Flammen atmen. Ich bin seit einer Viertelstunde ihnen nah und fühle mich schon halb geschmort.«

Herr von Astarac lächelte mit Wohlwollen und bemerkte, indem er uns verabschiedete: »Obgleich ich weiß, was ich über die Wirklichkeit des Teufels und des Anderen denken soll, willige ich gern ein, mit den Personen, die daran glauben, von ihnen zu reden. Der Teufel und der Andere sind sozusagen Charaktere; und reden kann man von ihnen wie von Achill und Thersites. Seid überzeugt, Herren, wenn der Teufel so ist, wie man ihn schildert, dann bewohnt er nicht ein so feines Element wie das Feuer. Es ist ein großer Widersinn, ein so ekles Tier in die Sonne zu versetzen. Doch wie ich, Herr Bratspießdreher, dem Kapuziner Eurer Frau Mutter zu sagen die Ehre hatte, schätze ich, daß die Christen Satan und die Dämonen verleumden. Daß es in irgend einer unbekannten Welt noch boshaftere Wesen gibt als die Menschen, ist möglich, jedoch beinah unfaßlich. Wenn sie existieren, so bewohnen sie sicherlich Gegenden, die des Lichtes beraubt sind, und wenn sie brennen, so brennen sie im Eis, das tatsächlich kochende Schmerzen verursacht, nicht in illustren Flammen, zwischen den glühenden Töchtern der Sterne. Sie leiden, da sie boshaft sind, und die Bosheit ein Leiden ist; doch das können nur Frostbeulen sein. Euren Satan, Herren, den eure Theologen verabscheuen, schätze ich nicht als so verächtlich, wenn ich nach allem urteilen soll, was ihr davon sagt, und wollte ein Abenteuer seine Existenz, so würde ich ihn nicht für ein ekles Tier halten, sondern für einen kleinen Sylphengeist oder wenigstens für einen etwas höhnischen, sehr klugen Metallgnomen.«

Mein guter Lehrer verstopfte sich die Ohren und entfloh, um nicht mehr zu hören.

»Welche Gottlosigkeit, Bratspießdreher, mein Sohn«, rief er auf der Treppe, »welche Lästerungen! Habt Ihr die ganze Verwerflichkeit der Maximen dieses Philosophen gefühlt? Er treibt den Atheismus bis zu einer Art fröhlicher Raserei, die mich staunen macht. Doch hiedurch ist er fast unschuldig. Er ist von jeglichem Glauben getrennt und kann nicht die heilige Kirche zerreißen wie viele, die durch ein halb abgeschnittenes, noch blutendes Glied mit ihr verbunden bleiben. So sind, mein Sohn, die Lutheraner und Calvinisten, von denen die Kirche an der Bruchstelle brandig wird. Im Gegenteil, die Atheisten verdammen sich ganz allein, und man kann ohne Sünde bei ihnen speisen. Deshalb erübrigen sich für uns Gewissensbisse ob des Lebens bei diesem Herrn von Astarac, der weder an Gott noch an den Teufel glaubt. Doch habt Ihr, Bratspießdreher, mein Sohn, gesehen, daß unten in der Mulde eine Handvoll kleiner Diamanten war, deren Zahl er selbst nicht zu kennen scheint, und die sehr schönes Wasser haben? Ich zweifle am Opal und an den Saphiren. Aber die kleinen Diamanten sind wohl echt.«

Wir kamen zu unsern hochgelegenen Stuben und wünschten einander gute Nacht.

Bis zum Frühjahr verbrachten wir, mein guter Lehrer und ich, ein gleichmäßiges Einsiedlerleben. Morgens arbeiteten wir, in unsre Galerie gesperrt, und kehrten nach dem Mittagsmahl dorthin zurück, als sei es zum Spektakel, wie Herr Hieronymus Coignard sich auszulassen pflegte; doch, wie dieser ausgezeichnete Mann sagte, nicht um uns nach Art der Edelleute und Lakaien ein possenhaftes Spektakel zu geben, sondern um die zwar widerspruchsvollen, aber erhabenen Dialoge der Autoren der Vorzeit zu hören.

Solchergestalt schritten die Lektüre und die Übersetzung des Panopolitaners wunderbar fort. Ich steuerte nichts dazu bei. Eine solche Arbeit übertraf meine Kenntnisse, und ich hatte Mühe genug, die Umrisse zu lernen, die auf dem Papyrus die griechischen Lettern annehmen. Indes half ich meinem Lehrer, die Autoren nachzuschlagen, die ihn bei seinen Forschungen unterstützen konnten, zumal Olympiodor und Photius, die mir seit jener Zeit vertraut geblieben sind. Die kleinen Dienste, die ich ihm leistete, erhöhten mich sehr in meiner eigenen Achtung.

Nach einem harten, langen Winter war ich gerade im Begriff, ein Gelehrter zu werden, als plötzlich der Frühling hinzukam mit seiner galanten Begleitung von Licht, zartem Grün und Vogelsang. Der Duft der Lilien, der zur Bibliothek aufstieg, ließ mich in zerfließende Träumereien sinken, denen mein guter Lehrer mich rauh entriß, indem er zu mir sprach: »Jakob Bratspießdreher, klettert bitte auf die Leiter und sehet, ob jener schurkische Manethon nicht von einem Gotte Imhotep redet, der durch seine Widersprüche mich wie ein Teufel plagt!«

Und behaglich füllte mein guter Lehrer sich die Nase mit Tabak.

»Mein Sohn«, sprach er weiter, »es ist auffällig, daß unsre Kleider auf unsern sittlichen Zustand einen großen Einfluß haben. Seit meine Bäffchen mit etlichen Brühen befleckt sind, die ich darauf träufte, scheine ich mir nicht mehr so anständig. Bratspießdreher, kitzelt nicht jetzt, wo Ihr wie ein Marquis gekleidet seid, Euch die Lust, der Toilette eines Opernmädchens beizuwohnen und eine Rolle falscher Louis auf einen Pharaotisch zu stoßen? Fasset nicht übel auf, was ich Euch sage, und erwägt, daß man einer Memme nur eine Bärenmütze zu geben braucht, damit sie im Dienste des Königs sich den Kopf entzweihauen läßt. Bratspießdreher, unsre Gefühle sind aus tausend Dingen gebildet, die durch ihre Kleinheit uns entgehen, und das Schicksal unsrer unsterblichen Seele hängt zuweilen von einem Hauche ab, der zu schwach ist, einen Grashalm zu ducken. Wir sind das Spielzeug der Winde. Doch reichet mir bitte die Rudimente des Vossius, deren Rotschnitt ich dort unter Eurem linken Arm gähnen sehe.«

An jenem Tage führte Herr von Astarac nach dem Mittagmahl meinen guten Lehrer und mich zu einem Rundgang durch den Park. Er lenkte uns der westlichen Seite zu, die nach Rueil und dem Valerian-Berg hin lag. Das war die tiefste, trostloseste Seite. Efeu und von den Kaninchen abgeschorenes Gras bedeckten die Laubgänge, die hie und da von großen Stämmen toter Bäume verbaut waren. Die Marmorstatuen am Rande lächelten, ohne von ihrem Einsturz zu wissen. Eine Nymphe gab mit ihrer zerbrochenen Hand, die sie ihren Lippen näherte, einem Hirten ein Zeichen, er solle verschwiegen sein. Ein junger Faun, dessen Kopf auf dem Boden lag, suchte noch seine Flöte an den Mund zu bringen. Und alle diese göttlichen Wesen lehrten uns, so schien es, die Unbill der Zeit und des Glückes zu verachten. Wir folgten dem Rand eines Kanals, wo im Regenwasser Teichfrösche sich nährten. Um ein Rundell erhoben sich geneigte Becken, woraus die Tauben tranken. Als wir zu diesem Ort gelangt waren, schlugen wir einen engen, in das Buschholz geschnittenen Pfad ein.

»Schreitet behutsam«, sagte Herr von Astarac uns. »Dieser Pfad ist insofern gefährlich, als er mit Mandragoren besetzt ist, die zur Nachtzeit am Fuße der Bäume singen. Sie haben sich in die Erde verborgen. Hütet euch, darauf zu treten; ihr würdet sonst von der Liebeskrankheit oder dem Durst nach Reichtum befallen und wäret verloren, denn die Leidenschaften welche die Mandragora einflößt, sind schwermutsvoll.«

Ich fragte, wie es möglich sei, diese unsichtbare Gefahr zu vermeiden. Herr von Astarac erwiderte mir, daß man durch ahnenden Blick ihr entrinnen könne, sonst nicht.

»Übrigens«, fügte er bei, »waltet auf diesem Pfade Verhängnis.«

Er führte stracks auf ein unter dem Efeu verstecktes Gartenhaus von Ziegelstein zu, das zweifellos einst einem Wächter als Wohnung gedient hatte. Dort verlor sich der Park in dem dumpfen Morast der Seine.

»Ihr seht dieses Gartenhaus«, sagte Herr von Astarac. »Es schließt den gelehrtesten aller Menschen ein. Dort ergründet Mosaïdes, der mehr als hundertundzwölf Jahre alt ist, mit hoheitsvoller Hartnäckigkeit die Geheimnisse der Natur. Er hat den Imbonatus und Bartoloni weit hinter sich gelassen. Ich rechnete es mir zur Ehre an, Herren, den größten Kabbalisten seit Henoch, dem Sohne des Kain, unter meinem Dach zu behausen. Doch das Gewissen seiner Religion hat Mosaïdes gehindert, sich an meinen Tisch zu setzen, den er für einen christlichen hält, womit er ihm zu große Ehre erweist. Ihr könnt euch nicht vorstellen, wie wütend der Haß dieses Weisen gegen die Christen ist. Nur mit Widerstreben hat er sich dazu verstanden, in diesem Gartenhaus zu wohnen, drinnen er allein lebt mit seiner Nichte Jahel. Herren, ihr dürft nicht länger die Bekanntschaft des Mosaïdes versäumen, und ich will euch beide dem göttlichen Manne sofort zeigen.«

Nach solchen Reden schob Herr von Astarac uns in das Gartenhaus und hieß uns durch eine Wendeltreppe in ein Zimmer steigen, worin unter verstreuten Manuskripten in einem großen Lehnstuhl ein Greis saß mit lebendigen Augen und krummer Nase, von dessen fliehendem Kinn zwei magere Strähnen weißen Barts herniederschwammen. Eine Samtkappe, die einer Kaiserkrone glich, deckte seinen Kahlkopf, und seinen Leib, der unmenschlich mager war, hatte er in eine alte Robe von gelber, blendender, schmutziger Seide gewickelt.

Obgleich seine durchbohrenden Blicke auf uns gewandt waren, gab er mit keiner Regung kund, daß er unseren Eintritt bemerkt hatte. Auf seinem Antlitz lag schmerzlicher Starrsinn, und langsam rollte er zwischen seinen verrunzelten Fingern das Rohr, das er zum Schreiben benutzte.

»Erwartet von Mosaïdes nicht leere Worte«, sagte Herr von Astarac zu uns. »Seit langem pflegt dieser Weise nur Zwiesprache mit den Genien und mit mir. Seine Reden sind erhaben. Da er zweifellos nicht bereit sein wird, sich mit euch, Herren, zu unterhalten, will ich in kurzen Worten von seinen Verdiensten euch einen Begriff geben. Als erster hat er den geistigen Sinn der Bücher Mosis ergründet, nach dem Werte der hebräischen Buchstaben, der von der alphabetischen Ordnung der Schriftzeichen abhängt. Vom elften Buchstaben ab war diese Ordnung verwirrt worden. Mosaïdes hat sie wiederhergestellt, was Atrabis, Philo, Avicenna, Raymundus Lullus, Pico de la Mirandola, Reuchlin, Henricus Morus und Robert Flydd nicht vermocht hatten. Mosaïdes weist die Zahl des Goldes, die dem Jehova in der Geisterwelt entspricht. Und ihr begreift, Herren, daß dies unendliche Folgen hat.«

Mein guter Lehrer zog seine Dose aus der Tasche, bot sie mit Höflichkeit dar, schlürfte eine Prise Tabak und sagte: »Glaubt Ihr nicht, Herr von Astarac, daß diese Kenntnisse höchst geeignet sind, Euch am Ausgang solches Zwischenwegs in die Gewalt des Teufels zu liefern? Denn sichtlich irrt dieser Herr Mosaïdes in der Deutung der heiligen Schrift. Als unser Herr zum Heile der Menschheit am Kreuze starb, fühlte die Synagoge, wie eine Binde ihr auf die Augen fiel; sie wankte wie ein berauschtes Weib, und ihre Krone stürzte ihr vom Haupte. Seitdem ist die Einsicht in das Alte Testament in der katholischen Kirche beschlossen, der auch ich trotz meinen vielfachen Sünden angehöre.«

Bei diesen Worten hatte Mosaïdes, der einem Gotte mit Bocksgesicht ähnelte, ein entsetzliches Lächeln und sprach zu meinem Lehrer mit langsamer, bitterer, gleichsam ferner Stimme: »Die Maschora hat dir ihre Geheimnisse nicht anvertraut und die Mischna ihre Rätsel nicht enthüllt.«

»Mosaïdes«, hub Herr von Astarac wieder an, »deutet mit Klarheit nicht allein die Bücher Mosis, sondern auch das Buch Henoch, das viel beträchtlicher ist, und das die Christen verworfen haben, weil sie es nicht begriffen, wie der Hahn der arabischen Fabel die Perle verschmähte, die in seine Körner gefallen war. Dieses Buch Henoch, Herr Abbé Coignard, ist um so kostbarer, als man dort die ersten Gespräche der Menschentöchter mit den Sylphen sieht. Denn Ihr versteht wohl, daß die Engel, die Henoch uns zeigt, wie sie mit den Frauen in Liebe verkehren, Sylphen und Salamanderweiber sind.«

»Ich werde es verstehen, Herr«, antwortete mein guter Lehrer, »um Euch nicht zu betrüben. Jedoch nach dem aufbewahrten Rest des Buches Henoch, das offenbar apokryph ist, argwöhne ich, daß diese Engel nicht Sylphen, sondern phönizische Kaufleute waren.«

»Und worauf«, fragte Herr von Astarac, »errichtet Ihr eine so seltsame Meinung?«

»Ich errichte sie darauf, Herr, daß es in dem Buche heißt, die Engel hätten die Frauen den Gebrauch der Armspangen und Halsbänder gelehrt, die Kunst, sich die Augen zu malen und allerlei Färbemittel zu verwerten. Im selben Buch heißt es auch, die Engel hätten die Menschentöchter die Eigentümlichkeiten der Wurzeln und Bäume gelehrt, die Zaubersprüche, die Kunst, die Sterne zu beobachten. Seien wir ehrlich, Herr! Sehen diese Engel nicht ganz so aus wie die Tyrier oder die Sidonier, die auf irgend einem halb öden Gestade landeten und am Fuße der Felsen ihren Kram auspackten, um die Töchter der wilden Stämme zu verlocken? Diese Händler gaben ihnen kupferne Armbänder, Amulette und Heilkräuter im Tausch gegen Ambra, Weihrauch und Pelzwerk und setzten jene schönen, unwissenden Geschöpfe in Staunen, indem sie ihnen mit einer bei der Schiffahrt erlangten Kenntnis von den Sternen sprachen. Das ist klar, und ich möchte wohl wissen, durch welche Stelle Herr Mosaïdes dies entkräften könnte.«

Mosaïdes war stumm, und Herr von Astarac lächelte aufs neue.

»Herr Coignard«, sagte er, »Ihr vernünftelt nicht übel, da Ihr doch von der Gnosis und der Kabbala gar nichts kennt. Und Eure Worte lassen mich dem nachhängen, daß es vielleicht einige metallkundige Sylphen und Goldschmiede unter jenen Sylphen gab, die sich den Menschentöchtern in Liebe einten. In der Tat beschäftigen die Gnomen sich gern mit der Goldschmiedekunst, und wahrscheinlich haben diese erfindungsreichen Dämonen die Armbänder geschmiedet, von denen Ihr glaubt, sie seien phönizischen Ursprungs. Doch ich warne Euch, wenn Ihr mit Mosaïdes in der Kenntnis der menschlichen Altertümer Euch messet, so werdet Ihr im Nachteil sein. Er hat die Denkmäler wieder entdeckt, die man verschollen wähnte, darunter die Säule des Seth und die Orakel der Sambethe, der Tochter des Noah, der ältesten Sibylle.«

»Oh!« schrie mein guter Lehrer und sprang auf der staubigen Diele empor, von wo eine Wolke in die Höhe schwebte, »oh! wie viel Träumereien! Das ist zu viel! Ihr wollt Euren Spott mit mir treiben! Und Herr Mosaïdes kann nicht eine solche Menge der Tollheiten in seinem Kopf beherbergen, unter seiner großen Mütze, die der Krone des Karolus Magnus gleicht. Diese Säule des Seth ist eine lächerliche Ausgeburt des Dümmlings Flavius Josephus, eine absurde Erzählung, die vor Euch noch niemanden betrogen hatte. Und sehr neugierig wäre ich, die Weissagungen der Sambethe, der Tochter Noahs, zu erfahren, und Herr Mosaïdes, der mit seinen Worten ziemlich zu geizen scheint, würde mich verpflichten, wenn er etliche aus seinem Munde schallen ließe, denn er ist, wie ich mit Vergnügen feststelle, nicht imstande, sie auf dem geheimeren Wege hervorzubringen, auf dem die alten Sibyllen ihre rätselhaften Antworten zu verlautbaren gewohnt waren.«

Mosaïdes, der nicht zu hören schien, sagte plötzlich: »Die Tochter Noahs hat gesprochen; Sambethe hat gesagt: Der Elende, der lacht und höhnt, wird die Stimme nicht vernehmen, die aus dem siebenten Tabernakel kommt; der Gottlose wird kläglich zugrunde gehen.«

Nach diesem Orakel verabschiedeten wir drei uns von Mosaïdes.

In jenem Jahre strahlte der Sommer, und mich erfaßte der Wunsch zu lustwandeln. Eines Tags irrte ich unter den Bäumen des Korsos der Königin umher mit zwei Talern, die ich des Morgens in einer Tasche meiner Hose gefunden hatte, und die noch die einzige Wirkung waren, wodurch mein Goldmacher seine Freigebigkeit bekundet hatte. Ich setzte mich vor die Tür eines Fruchtsafthändlers an einen Tisch, dessen Kleinheit zu meiner Einsamkeit und meinem bescheidenen Sinne paßte, und dort schickte ich mich an, über mein launenhaftes Schicksal zu grübeln, während mir zur Seite Musketiere mit Töchtern der Welt spanischen Wein tranken. Ich zweifelte, ob das Sandwegkreuz, Herr von Astarac, Mosaïdes, der Papyrus des Zozimos und mein schöner Rock nicht Träume seien, aus denen ich erwachen müßte, um mich in Barchentweste vor dem Bratspieß der Königin Pedauque wiederzufinden.

Ich wurde aus meiner Träumerei aufgestört und fühlte, wie mich jemand beim Ärmel zupfte. Und vor mir sah ich Bruder Angelus, dessen Gesicht zwischen seiner Kapuze und seinem Barte verschwand.

»Herr Jakob Menetrier«, sprach er mit leiser Stimme zu mir, »ein Fräulein, das Euch hold ist, erwartet Euch in ihrer Karosse auf der Landstraße zwischen dem Fluß und dem Tor zum Sitzungssaal.«

Das Herz klopfte mir ungestüm. Von diesem Abenteuer erschreckt und entzückt, begab ich mich sogleich nach dem vom Kapuziner angezeigten Ort, ging jedoch ruhigen Schrittes, was mir am vorteilhaftesten schien. Als ich zur Uferstraße kam, sah ich eine Karosse mit einer kleinen, auf den Rand des Wagenschlags gelegten Hand.

Bei meiner Annäherung öffnete sich dieser Wagenschlag, und ich war sehr überrascht, als ich in der Karosse das Fräulein Kathrine fand in einem Kleide aus rosigem Atlas, das Köpfchen mit einer Ohrkappenmuschel bedeckt, worin ihr blondes Haar mit der schwarzen Spitze koste.

Betroffen stand ich, auf das Trittbrett gebannt.

»Kommt her«, sprach sie zu mir, »und setzt Euch nahe zu mir. Schließt den Wagenschlag, bitte. Es braucht uns keiner zu sehen. Als ich eben über den Korso fuhr, sah ich Euch bei dem

Fruchtsafthändler. Sofort habe ich den Bruder nach Euch geschickt, den ich wegen der Fastübungen angenommen habe und seitdem um mich behalte, denn in jedem Stand soll man mitleidig sein. Ihr schautet sehr gut aus, Herr Jakob, vor Eurem Tischlein, den Degen quer über die Schenkel, mit der verärgerten Miene eines feinen Mannes. Ich habe für Euch immer Freundschaft empfunden und bin keins von jenen Weibern, die im Glück die Freunde von einst verachten.«

»He! was? Fräulein Kathrine«, rief ich, »diese Karosse, diese Lakaien, dieses Atlaskleid...«

»Hat mir«, sagte sie, »die Güte des Herrn de la Guéritaude beschafft, der zu den reichsten Finanzpächtern gehört. Er hat dem König Geld geliehen. Er ist ein vorzüglicher Freund, den ich um keinen Preis kränken möchte. Aber er ist nicht so liebenswürdig, wie Ihr, Herr Jakob. Er hat mir auch ein Häuschen in Grenelle geschenkt, das ich Euch vom Keller bis zum Speicher zeigen werde. Herr Jakob, mich freut es sehr, sehen zu dürfen, daß Ihr Euer Glück macht. Das Verdienst wird immer entdeckt. Ihr werdet mein Schlafgemach erblicken, das dem des Fräuleins Davilliers nachgeahmt ist. Es hat überall Spiegel, mit Türkenaffen aus Porzellan. Wie geht es Eurem biederen Vater? Unter uns, er hat sein Weib und seine Bratküche ein wenig vernachlässigt. Das ist bei einem Manne von seinem Beruf ein schweres Unrecht. Aber reden wir von Euch!«

»Nein, von Euch, Fräulein Kathrine«, sagte ich endlich. »Ihr seid sehr hübsch, und es ist sehr schade, daß Ihr die Kapuziner liebt. Denn die Generalpächter muß man Euch verzeihen.«

»Oh!« sagte sie, »werft mir den Bruder Angelus nicht vor. Ich habe ihn nur für das Heil meiner Seele, und wollte ich dem Herrn de la Guéritaude einen Nebenbuhler geben, so wäre es...«

»So wäre es?«

»Fragt mich nicht, Herr Jakob. Ihr seid undankbar. Denn Ihr wißt, daß ich Euch stets ausgezeichnet habe. Jedoch Ihr hattet dessen nicht acht.«

»Im Gegenteil, ich war für Euren Spott sehr empfindlich, Fräulein Kathrine. Ihr beschämtet mich damit, daß ich noch keinen Bart am Kinne hatte. Oft habt Ihr gesagt, ich sei ein wenig einfältig.«

»Das war die Wahrheit, Herr Jakob, und mehr noch als Ihr denkt. Was habt Ihr nicht erraten, daß ich Euch wohlgesinnt war?«

»Und weshalb, Kathrine, wart Ihr so hübsch, daß man sich vor Euch fürchtete? Ich hatte nicht den Mut, Euch anzuschauen. Und dann habe ich eines Tags gesehen, daß Ihr im Ernst mir zürntet.«

»Ich hatte Grund dazu, Herr Jakob. Ihr hattet mir die Savoyardin mit dem Bäuerinnentuch vorgezogen, den Auswurf vom Tor des Sankt Nikolaus.«

»Ah! glaubt mir, Kathrine, das geschah nicht aus Geschmack oder Neigung, nur weil sie sich kräftiger Mittel bediente, um meiner Schüchternheit zu obsiegen.«

»Ah! Freund, glaubt mir, die ich älter bin denn Ihr: die Schüchternheit ist eine große Sünde wider die Liebe. Habt Ihr denn nicht gesehen, daß diese Bettlerin Löcher in den Strümpfen hatte und einen Kotstreifen von einer halben Elle unten an ihren Röcken?«

»Das habe ich gesehen, Kathrine!«

»Habt Ihr nicht gesehen, Jakob, daß sie schlecht beschaffen war und dazu schon sehr abgeschafft?«

»Das habe ich gesehen, Kathrine!«

»Wie habt Ihr dann dieses savoyardische Lumpenweib geliebt, Ihr, der Ihr weiße Haut habt und feine Manieren?«

»Ich begreife es selbst nicht, Kathrine. Meine Phantasie mußte in jenem Augenblick Eures Bildes voll sein. Und da es genügt hat, mir den Mut und die Stärke zu verleihen, die Ihr heute tadelt, so stellt Euch, Kathrine, meine Seligkeit vor, hätte ich Euch in meine Arme gedrückt, Euch oder nur ein Mädchen, das Euch ähnlich gewesen wäre. Denn ich habe Euch sehr geliebt.«

Sie faßte mich bei den Händen und seufzte. In schwermütigem Ton fuhr ich fort: »Ja, ich habe Euch geliebt, Kathrine, und würde Euch noch lieben, wäre nicht dieser abscheuliche Mönch.«

Sie war empört: »Welcher Verdacht! Ihr kränkt mich. Das ist eine Narrheit.«

»So liebt Ihr die Kapuziner nicht?«

»Pfui!«

Mich deuchte es nicht die rechte Zeit, sie deswegen zu bedrängen, und ich faßte sie um die Hüfte; wir umarmten uns, unsre Lippen begegneten sich, und ich fühlte, wie mein ganzes Wesen in Wollust schmolz.

Nach einem Augenblick weicher Hingabe machte sie sich mit rosigen Wangen, feuchtem Blick und halboffenen Lippen los. An jenem Tag erfuhr ich, wie sehr ein Weib durch den Kuß, den man auf ihren Mund preßt, verschönert und geschmückt wird. Der meine hatte auf Kathrines Wangen die sanftesten Rosen sprießen lassen und die blauen Blumen ihrer Augen mit funkelndem Tau genetzt.

»Ihr seid ein Kind!« sagte sie und rückte ihre Ohrkappe zurecht. »Geht! Ihr könnt keinen Augenblick länger verweilen. Herr de la Guéritaude wird kommen. Er liebt mich mit einer Ungeduld, die der Stunde des Stelldicheins vorauseilt.«

Als sie auf meinem Gesicht den Kummer las, den ich darob empfand, begann sie wieder mit zärtlicher Lebhaftigkeit: »Doch hört mir zu, Jakob. Allabendlich um neun Uhr geht er nach Hause zu seinem alten Weibe, das mit den Jahren zänkisch geworden ist und seine Untreue nicht mehr duldet, seit sie außerstande ist, sie ihm zu vergelten, wovon ihre Eifersucht grauenhaft ist. Kommt heute abend um halb zehn Uhr. Ich werde Euch empfangen. Mein Haus liegt am Ecke der Fährstraße. Ihr werdet es an den drei Fenstern jedes Stockwerks erkennen und am Balkon, der voller Rosen hängt. Ihr wißt, daß ich die Blumen immer geliebt habe. Auf heut abend!«

Mit einer kosenden Gebärde stieß sie mich fort, worin sie das Bedauern, mich nicht halten zu können, zu verraten schien; dann legte sie den Finger auf den Mund und flüsterte nochmals: »Auf heut abend!«

Ich weiß nicht, wie es mir möglich war, mich Kathrines Armen zu entreißen. Doch gewiß ist, daß ich, als ich aus der Karosse sprang, beinahe auf Herrn von Astarac fiel, dessen hohe Gestalt wie ein Baum am Rande der Landstraße festgewurzelt war. Ich begrüßte ihn höflich und bezeugte meine Überraschung ob eines so glücklichen Zufalls.

»Der Zufall«, sprach er zu mir, »verringert sich in dem Maße, wie unsre Kenntnis sich mehrt; von mir wird er geleugnet. Ich wußte, mein Sohn, daß ich Euch hier treffen würde. Ich muß mit Euch eine Unterredung haben, die ich zu lange aufschob. Kommt, bitte, wir wollen die Einsamkeit und das Schweigen suchen, die meine Rede erfordert. Setzt nicht eine sorgenvolle Miene auf! Die Geheimnisse, die ich Euch entschleiern werde, sind zwar erhaben, doch lieblich.«

Nach solchen Worten führte er mich an den Rand der Seine bis zur Insel der Schwäne, die inmitten des Flusses wie ein Schiff aus Laub sich erhob. Dort gab er dem Fährmann ein Zeichen, und dessen Boot trug uns auf die grüne Insel, die nur von etlichen altersschwachen Soldaten besucht wird, die an schönen Tagen hier des Kugelspiels sich bemüßigen und einen Schoppen leeren. Am Himmel entzündete die Nacht ihre ersten Sterne und ließ die Insekten im Busche zirpen. Die Insel war öde. Herr von Astarac nahm auf einer Holzbank Platz, am lichten Ende eines Nußbaumganges, lud mich ein, mich neben ihn zu setzen, und sprach zu mir folgendermaßen: »Drei Arten von

Menschen, mein Sohn, soll der Philosoph seine Geheimnisse hehlen. Den Fürsten, weil es unbesonnen wäre, ihre Macht zu vergrößern, den Ehrgeizigen, deren grausamen Geist man nicht bewaffnen soll, und den Wüstlingen, die in der verborgenen Wissenschaft das Mittel zur Sättigung ihrer bösen Lust finden werden. Euch aber kann ich mich eröffnen, da Ihr kein Wüstling seid, denn den Irrtum, der Euch vorhin diesem Mädchen fast in die Arme trieb, erachte ich für nichts, noch ehrgeizig, da Ihr bisher in Zufriedenheit den väterlichen Bratspieß gedreht habt. Ich kann Euch also furchtlos die geheimen Gesetze des Weltalls entdecken.

Ihr müßt nicht glauben, daß das Leben auf die engen Bedingungen eingeschränkt ist, in denen es sich dem Blick des großen Haufens kundtut. Wenn sie lehren, der Mensch sei Gegenstand und Zweck der Schöpfung, so vernünfteln Eure Theologen und Philosophen wie Asseln in Versailles oder den Tuilerien, die glauben würden, die Feuchtigkeit der Keller sei für sie und der Rest des Schlosses nicht bewohnbar. Das Weltsystem, das der Domherr Copernicus im letzten Jahrhundert lehrte, nach Aristarch von Samos und den pythagoreischen Philosophen, ist Euch zweifellos bekannt, da man dieselben Abrisse für die kleinen Abcschüler und für die Dialoge der Stadtklatschen gemacht hat. Bei mir habt Ihr eine Maschine gesehen, die sie mittels eines Uhrwerks vollständig erläutert.

Schlagt die Augen auf, mein Sohn, und seht Euch zu Häupten den Wagen Davids, der, von Mizar und ihren beiden illustren Gefährtinnen gezogen, sich um den Pol dreht; Arcturus, die Vega der Leier, die Ähre der Jungfrau, die Krone Ariadnens und ihre reizende Perle. Das sind Sonnen. Ein einziger Blick auf die Welt zeigt Euch, daß die ganze Schöpfung ein Werk aus Feuer ist und das Leben unter seinen schönsten Formen von Flammen sich nähren muß!

Und was sind Planeten? Kottropfen, etwas Schmutz und Fäulnis. Betrachtet den feierlichen Chor der Sterne, die Versammlung der Sonnen. Sie erreichen oder übertreffen die unsrige an Größe und Macht, und wenn ich Euch in einer hellen Winternacht in einem Fernglas den Sirius weise, so werden Eure Augen und Eure Seele davon geblendet sein.

Glaubt Ihr im Ernst, daß Sirius, Altair, Regulus, Aldebaran, kurz alle diese Sonnen, nur Lichter sind? Glaubt Ihr, dieser alte Phöbus, der unablässig in die Räume, worin wir schwimmen, Hitze und Licht ausgießt, habe keine andere Tätigkeit, als die Erde zu erleuchten und etliche andere nicht wahrnehmbare, ekle Planeten? Was für eine Kerze, die eine Million mal so dick ist wie das Wohnhaus!

Ich mußte Euch zuerst die Vorstellung nahelegen, daß das Weltall aus Sonnen zusammengesetzt ist, und die Planeten, die es enthalten kann, noch weniger als nichts sind. Aber ich sehe voraus, daß Ihr einen Einwand erheben wollt, und will darauf antworten. Die Sonnen, wollt Ihr mir sagen, entfernen sich in der Folge der Jahrhunderte, und auch sie werden zu Kot. – Nein, werde ich Euch antworten; denn sie unterhalten sich durch die Kometen, die sie anziehen und die hinein versinken. Das ist der Wohnsitz des wahren Lebens. Die Planeten und diese Erde, worauf wir leben, sind nur eine Stätte für Larven. Solchen Wahrheiten mußte ich zuerst Euch unterwerfen.

Jetzt, da Ihr versteht, mein Sohn, daß das Feuer das wesentliche Element ist, werdet Ihr besser begreifen, daß, was ich Euch lehren werde, beträchtlicher ist denn alles, was Ihr bisher gelernt habt, und sogar, was jemals Erasmus, Turnebius und Scaliger wußten. Ich rede nicht von den Theologen wie Quesnel und Bossuet, die, unter uns, die Hefe des menschlichen Geistes sind und nicht einsichtsvoller als ein Hauptmann der Leibwache. Wir wollen nicht zögern, diese Hirne zu verachten, die nach Umfang und Art den Eiern von Zaunkönigen vergleichbar sind, und wollen sofort auf den Gegenstand meiner Rede kommen. Während die aus Erde gebildeten Geschöpfe einen Grad der Vollkommenheit nicht überschreiten, der, was Schönheit der Formen betrifft, von Antinous und Frau von Parabère erreicht ward und zu dem durch Erkenntniskraft nur Demokrit und ich gelangten, sind die aus Feuer gebildeten Wesen von einer Weisheit und von Gaben, deren Größe wir uns gar nicht denken können.

So ist, mein Sohn, die Natur der glorreichen Kinder der Sonnen; sie haben die Ordnung des Weltalls inne, wie wir die Regeln des Schachspiels inne haben, und der Lauf der Gestirne am Himmel verstört sie nicht mehr, als uns die Züge des Königs, des Turmes und des Läufers über das Brett in Verlegenheit bringen. Diese Genien schaffen Welten in den Teilen des Raumes, wo es noch keine gibt, und richten sie nach ihrem Gefallen ein. Das lenkt sie einen Augenblick von ihrem großen Geschäfte ab, in unsäglichen Liebesbündnissen sich untereinander zu vereinigen. Gestern drehte ich mein Fernglas nach dem Zeichen der Jungfrau hin und bemerkte dort einen fernen Wirbel von Licht. Unzweifelhaft, mein Sohn, ist das eines Feuerwesens noch gestaltloses Werk.

In Wahrheit hat das Weltall keinen anderen Ursprung. Es ist mit nichten die Wirkung eines einzigen Willens, sondern das Ergebnis der erhabenen Launen einer großen Zahl von Genien, die sich erholten, indem sie daran arbeiteten, jeglicher zu seiner Zeit und auf seiner Seite. Das erklärt des Weltalls Verschiedenheit, Pracht und Unvollkommenheit. Denn die Kraft und die Hellsicht dieser Genien sind zwar unermeßlich, aber begrenzt. Ich würde Euch täuschen, wenn ich Euch sagen wollte, ein Mann, und sei er Philosoph und Magier, könne mit ihnen vertrauten Umgang haben. Keiner hat sich mir offenbart, und alles, was ich Euch mitteile, habe ich nur durch das Schlußverfahren und aus anderer Munde. Daher wäre es, so sicher ihre Existenz ist, verwegen, ihre Sitten und ihren Charakter beschreiben zu wollen. Man muß wissen, daß man nichts weiß, mein Sohn, und ich befleißige mich, nur vollkommen beobachtete Tatsachen zu äußern. Lassen wir also diese Genien oder vielmehr diese Demiurgen ihrem fernen Ruhm und reden wir von jenen glänzenden Wesen, die uns näher sind. Hier, mein Sohn, müßt Ihr aufhorchen.

Wenn ich soeben bei der Erwähnung der Planeten einem Gefühl der Verachtung nachgegeben habe, so rührte es daher, daß ich nur die feste Oberfläche oder Rinde dieser kleinen Kugel oder Kreisel betrachtet habe und die Tiere, die kümmerlich darüber schleichen. In anderem Tone hätte ich Euch gesprochen, wenn mein Geist mit den Planeten auch die Luft und die Dämpfe umfangen hätte, die sie einhüllen. Denn die Luft ist ein Element, das an Adel nur dem Feuer nachsteht, woraus folgt, daß der Rang und der Glanz der Planeten nur in der Luft, die sie badet, ruhen. Diese Wolken, diese weichen Dämpfe, diese Hauche, diese Helligkeiten, diese blauen Wogen, diese ziehenden Inseln von Purpur und Gold, die über uns hinwegschwimmen, sind der Aufenthalt anbetungswürdiger Völker. Man nennt sie Sylphen und Salamanderweiber. Sie sind unendlich liebliche, schöne Geschöpfe. Uns ist verstattet, mit ihnen Verhältnisse einzugehen, deren Wonnen undenkbar sind. Die Salamanderweiber sind so gestaltet, daß neben ihnen die hübscheste Person des Hofes oder der Stadt nur eine widerliche Lumpendirne ist. Sie geben den Philosophen gern sich hin. Ohne Zweifel habt Ihr von jenem Wunder gehört, das Herrn Descartes auf seinen Reisen begleitete. Die einen sagten, es sei eine natürliche Tochter, die er überallhin mitführe; die anderen dachten, es sei ein Automat, den er mit unnachahmlicher Kunst verfertigt habe. In Wirklichkeit war es ein Salamanderweib, das der kluge Mann zu seiner Freundin erwählt hatte. Er trennte sich nie von ihr. Während einer Überfahrt über das holländische Meer nahm er sie an Bord in einer Kiste aus kostbarem Holz, die mit Atlas gefüttert war. Die Form dieser Kiste und die Vorsicht, womit Herr Descartes sie bewahrte, reizten die Neugier des Kapitäns, der, während der Philosoph schlummerte, den Deckel hob und das Salamanderweib aufspürte.

Dieser unwissende, plumpe Mensch wähnte, ein so wunderbares Geschöpf sei Teufelswerk. Entsetzt warf er es ins Meer. Aber Ihr könnt Euch vorstellen, daß diese schöne Person nicht ertrank und daß es ihr leicht war, ihren Freund, Herrn Descartes, wieder einzuholen. Sie blieb ihm treu, solange er lebte, und verließ diese Erde bei seinem Tode, um nicht zurückzukehren.

Dieses Beispiel von vielen ziehe ich an, um Euch die Liebe der Philosophen und der Salamanderweiber zu lehren. Ihre Liebesverhältnisse sind zu erhaben, um durch Verträge bestimmt zu werden; und Ihr werdet einräumen, daß die lächerlichen Bräuche der Hochzeiten für solche Bündnisse sich nicht eignen würden. Fürwahr, wie schön wäre es, könnten ein Notar in Perücke und ein dicker Pfaffe ihre Nasen hineinstecken! Diese Herren sind nur dazu berufen, die gemeine Ehe eines Mannes und einer Frau zu unterfertigen. Die Hymen der Salamanderweiber und der Weisen haben fürstlichere Zeugen. Die Völker der Luft feiern sie auf Schiffen, die, von leichtem Hauch getragen, mit rosenbekränztem Hinterteil bei Harfenklang auf unsichtbaren Wogen dahinsegeln. Doch glaubet nicht, diese Bündnisse seien haltlos und könnten unschwer gebrochen werden, weil sie nicht auf ein schmutziges Register in einer elenden Sakristei eingeschrieben werden. Sie werden von den Geistern beschützt, die auf den Wolken spielen, aus denen der Blitz zuckt und der Donner herabrollt. Ich entschleiere Euch, mein Sohn, Dinge, die Euch nützen werden, denn an gewissen Vorbedeutungen habe ich erkannt, daß Ihr für das Bett eines Salamanderweibes bestimmt seid.«

»Weh! Herr«, rief ich, »dieses Schicksal erschreckt mich, und mein Gewissen quält mich fast ebensosehr wie den holländischen Kapitän, der die Freundin des Herrn Descartes in das Meer warf. Ich kann mich nicht dagegen wehren, daß ich wie er denke, diese luftigen Damen seien Dämonen. Ich würde mich fürchten, Herr, meine Seele mit ihnen zu verlieren, denn diese Heiraten sind der Natur zuwider und hadern mit dem göttlichen Gesetz. Warum ist Herr Hieronymus Coignard, mein guter Lehrer, nicht hier, um Euch zu hören! Ich bin sicher, daß er mich durch gute Beweisgründe gegen die Wonnen Eurer Salamanderweiber, Herr, und Eurer Beredsamkeit kräftigen würde.«

»Der Abbé Coignard«, entgegnete Herr von Astarac, »übersetzt wunderbar aus dem Griechischen. Doch aus seinen Büchern soll man ihn nicht hervorholen. Er hat keine Philosophie. Ihr, mein Sohn, vernünftelt mit der geistigen Schwäche Eurer Unwissenheit, und die Dürftigkeit Eures Denkens betrübt mich. Diese Bündnisse, sagt Ihr, sind der Natur zuwider. Was wißt Ihr davon? Und welches Mittel hättet Ihr, es zu erfahren? Wie soll man Natürliches und Widernatürliches unterscheiden? Kennt man die Allmutter Isis genug, um das trennen zu können, was nach ihrem Sinne und was ihr entgegen ist? Doch genauer: nichts ist ihr entgegen und alles geschieht nach ihrem Sinn, denn alles, was existiert, wird in das Spiel ihrer Organe einbezogen und folgt den unzähligen Haltungen ihres Leibes. Woher sollten, bitte ich Euch, die Feinde kommen, die sie verletzen sollten? Nichts handelt gegen sie und nichts außer ihr, und die Kräfte, die sie scheinbar bekämpfen, sind nur ihres eigenen Lebens Regungen.

Die Toren allein sind ihrer selbst sicher genug, um zu verfügen, ob eine Handlung natürlich ist oder nicht. Doch begeben wir uns einen Augenblick in ihren Wahn und ihr Vorurteil und heucheln wir die Anerkenntnis, daß Taten der Natur zuwider möglich seien. Sollen diese Taten deshalb böse oder verdammenswert sein? Ich halte mich hier an die landläufige Auffassung der Moralisten, die die Tugend als eine Bewältigung der Instinkte darstellen, als ein Vorgehen gegen den Hang, den wir in uns tragen, als einen Kampf mit dem erbsündigen Menschen. Nach ihrem eignen Geständnis ist die Tugend der Natur zuwider, und sie können also eine Tat, welcherlei sie auch sein mag, nicht verdammen, insofern sie mit der Tugend Gemeinsames hat.

Diese Abschweifung, mein Sohn, unternahm ich, um Euch die klägliche Nichtigkeit Eurer Vernunftgründe darzulegen. Ich würde Euch beleidigen, wollte ich glauben, Ihr hättet noch etwelche Zweifel an der Unschuld des fleischlichen Verkehrs der Menschen mit den Salamanderweibern. Nun erfahret, daß solche Heiraten, statt durch das religiöse Gesetz verboten zu sein, von diesem Gesetz mit Ausschluß aller anderen befohlen werden. Ich werde Euch offenkundige Beweise liefern.«

Er hielt ein, zog seine Dose aus der Tasche und steckte sich eine Prise Tabak in die Nase.

Die Nacht war tief. Der Mond goß über den Fluß sein flüssiges Licht, das mit dem Widerschein der Laternen darauf erzitterte. Der Flug der Eintagsfliegen umwirbelte uns leicht. Die scharfe Stimme der Insekten wurde laut im Schweigen des Weltalls. Eine solche Milde schwebte vom Himmel hernieder, daß es schien, als ströme Milch in die Helligkeit der Sterne.

Herr von Astarac hub folgendermaßen wieder an: »Die Bibel, mein Sohn, und zumal die Bücher Mosis schließen große und nützliche Wahrheiten ein. Diese Meinung scheint absurd und unvernünftig bei der Behandlung, die die Theologen dem widerfahren ließen, was sie die Schrift nennen, und woraus sie durch ihre Kommentare, Erklärungen und Erwägungen ein Handbuch des Irrtums gemacht haben, eine Bibliothek des Unsinns, ein Magazin der Einfalt, ein Kabinett der Lügen, eine Galerie der Torheit, ein Lyceum der Unwissenheit, ein Museum der Unschicklichkeit, die Gerätkammer der menschlichen Dummheit und Bosheit. Wisset, mein Sohn, daß sie im Anfang ein Tempel voll himmlischen Lichtes war.

Ich habe das Glück gehabt, diesen in seinem ersten Glanze wiederherzustellen. Die Wahrheit verpflichtet mich auszusagen, daß Mosaïdes mir durch seine Einsicht in die Sprache und das Alphabet der Hebräer viel geholfen hat. Doch unser Hauptgegenstand darf uns nicht entschwinden. Lernet also zunächst, mein Sohn, daß der Sinn der Bibel bildlich ist und der Grundirrtum der Theologen der war, daß sie buchstäblich faßten, was als Symbol zu gelten hat. Vergegenwärtigt Euch diese Wahrheit bei meiner weiteren Rede.

Der Demiurg, den man Jehova nennt und der noch viele andere Namen besitzt, da man gemeinhin alle Begriffe auf ihn anwendet, die Eigenschaft oder Größe bezeichnen, hatte nicht gerade die Welt erschaffen, denn das zu sagen wäre töricht, aber einen kleinen Gau der Welt zur Wohnung Adams und Evas eingerichtet. Damals gab es im Raum feine Geschöpfe, die Jehova nicht gebildet hatte und die zu bilden er nicht fähig war. Es war das Werk mehrerer anderer Demiurgen, die älter waren als er und geschickter. Seine Kunst war nicht größer als die eines meisterlichen Töpfers, der aus Ton Wesen zu kneten wußte wie Töpfe, genau so, wie wir sind. Was ich sage, soll ihn nicht herabwürdigen, denn ein solches Werk geht noch weit über menschliche Kräfte.

Aber der niedere Wert der siebentägigen Schöpfung mußte gezeigt werden. Jehovas Arbeitsstoff war nicht das Feuer, das allein das höchste Leben gebiert, sondern Kot, woraus er nur die Werke eines geistvollen Keramikers entstehen lassen konnte. Wir sind nichts anderes, mein Sohn, als belebtes Tongeschirr. Man darf den Jehova nicht beschuldigen, daß er über die Eigenschaft seiner Arbeit sich betrogen habe. Wenn er sie im ersten Augenblick und in der Glut des Schaffens gut fand, so hat er doch bald seinen Irrtum erkannt, und die Bibel ist voll des Ausdrucks seiner Unzufriedenheit, die sogar zu böser Verstimmung ward und zum Zorne. Nie hat ein Handwerker die Gegenstände seines Fleißes mit mehr Ekel und Abscheu behandelt. Er dachte sie zu zerstören, und hat in der Tat einen großen Teil ertränkt. Diese Sintflut, deren Erinnerung von den Juden, den Griechen und den Chinesen bewahrt worden ist, bereitete dem unglücklichen Demiurgen eine letzte Enttäuschung. Bald erkannte er, wie vergeblich und lächerlich ein solches Rasen sei, er war entmutigt und von einer Dumpfheit befangen, deren Fortschritt seit Noah bis auf unsre Tage, wo er ungeheuerlich ist, nicht mehr aufgehört hat. Aber, wie ich sehe, bin ich abgeirrt. Das ist das Peinliche bei diesen uferlosen Themen, daß man sich nicht begrenzen kann. Wenn unser Geist sich darauf stürzt, so gleicht er jenen Sonnensöhnen, die von einem Ende der Welt zum anderen springen.

Wir wollen in das irdische Paradies zurückkehren, wohin der Demiurg die beiden von seiner Hand gekneteten Gefäße, Adam und Eva, gebracht hatte. Sie lebten nicht allein zwischen Tieren und Pflanzen. Die von den Demiurgen des Feuers erschaffenen Geister der Luft schwammen über ihnen und betrachteten sie mit einer Dringlichkeit, in der Zuneigung und Erbarmen wechselten. Dies hatte Jehova vorausgesehen. Eilends wollen wir zu seinem Lobe sagen, daß er auf die Genien des Feuers, denen wir hinfort ihre wahren Namen Elfen und Salamanderweiber geben können, gerechnet hatte, um seine Tonfigürchen zu verbessern und zu vervollkommnen. Er hatte in seiner Klugheit sich gesagt: ›Mein Adam und meine Eva, die undurchsichtig und in ihrem Ton verkittet sind, entbehren der Luft und des Lichtes. Ich habe ihnen keine Flügel geben können. Aber wenn sie mit den Elfen und den Salamanderweibern sich einen, die ein Demiurg geschaffen hat, der mächtiger und feiner ist als ich, dann werden sie Kinder zeugen, die von den Lichtgeschlechtern ebenso abstammen wie vom Tongeschlecht, und die ihrerseits lichtere Kinder haben werden, bis endlich ihre Nachkommenschaft an Schönheit den Söhnen und Töchtern der Luft und des Feuers gleich ist.‹

Allerdings hatte er nichts vernachlässigt, um auf seinen Adam und seine Eva die Blicke der Sylphen und der Salamanderweiber zu lenken. Er hatte das Weib in der Form eines Henkelkrugs gebildet, mit einer Harmonie gebogener Linien, durch die allein er als Fürst der Geometer bestätigt wäre, und es gelang ihm, für die Plumpheit der Materie durch die Formenpracht zu entschädigen. Den Adam hatte er mit minder weicher, doch stärkerer Hand geknetet und seinem Leib eine solche Ordnung in so vollkommenen Proportionen geliehen, daß diese Ordnung und diese Maße später von den Griechen für die Baukunst verwandt wurden und aller Tempel Schönheitszier waren.

Ihr seht also, mein Sohn, daß Jehova sich nach Kräften gemüht hatte, seine Geschöpfe für die luftigen Küsse, die er für sie erhoffte, auszustatten. Ich verharre nicht bei der Sorgfalt, mit der er diese Bündnisse fruchtbar zu machen suchte. Die Ökonomie der Geschlechter zeigt seine Weisheit in diesem Punkte hinlänglich. Darum durfte er zuerst seiner List und seiner Geschicklichkeit sich preisen. Wie ich schon sagte, betrachteten die Sylphen und die Salamanderweiber Adam und Eva mit jener Dringlichkeit, jener Zuneigung, jener Rührung, die der Liebe erste Bestandteile sind. Sie näherten sich ihnen und wurden von den kunstvollen Fallen verlockt, die Jehova auf dem Leib und unmittelbar auf dem Bauche dieser beiden Henkelkrüge aufgestellt hatte. Jahrhundertelang genossen der erste Mann und das erste Weib die wonnigen Umarmungen der Genien der Luft und empfingen davon ewige Jugend.

Dies war ihr Los und würde noch das unsrige sein. Warum mußten die Eltern des Menschengeschlechts, dieser erhabenen Wollust müde, beieinander verbrecherische Ergötzung suchen? Doch aus Ton geknetet, mein Sohn, verlangten sie nach dem Unrat. Ach! Sie erkannten sich so, wie sie von den Genien erkannt worden waren.

Das hatte ihnen der Demiurg aufs strengste verboten. Da er mit Recht fürchtete, sie würden zusammen ihnen ähnliche, dicke, irdene, schwere Kinder bekommen, hatte er ihnen unter Androhung härtester Strafen untersagt, einander zu nahen. Dies ist der Sinn jenes Wortes der Erde: ›Von der Frucht des Baumes mitten im Paradies hat Gott uns verwehrt zu essen und daran zu rühren, aus Furcht, daß wir sonst des Todes sterben.‹ Denn, versteht mich wohl, mein Sohn, der Apfel, dessen es die bejammernswerte Eva gelüstete, war nicht die Frucht eines Apfelbaums; es ist dies eine Allegorie, deren Sinn ich Euch entschleiert habe. Obgleich er unvollkommen war und manchmal jähzornig und launisch, war Jehova ein zu kluger Demiurg, um wegen eines Apfels oder Granatapfels zu grollen. Um also sinnlose Erdichtungen aufrechtzuerhalten, muß man ein Bischof oder ein Kapuziner sein. Und der Beweis, daß der Apfel das war, was ich sagte, ist, daß Eva mit einer Buße gezüchtigt ward, die ihrer Sünde entsprach. Er sagte ihr nicht: ›Mit Schmerzen sollst du verdauen‹, sondern: ›Mit Schmerzen sollst du gebären‹. Nun bitte ich Euch, welche Beziehung kann man zwischen einem Apfel und einer Schwergeburt ersinnen? Im Gegenteil, die Strafe ist genau angepaßt, wenn das Vergehen so war, wie ich Euch vortrug.

Dies, mein Sohn, ist die wahrhafte Erklärung der Erbsünde. Sie lehrt Euch Eure Pflicht, die nämlich, Euch von den Weibern fernzuhalten. Eure Neigung zu ihnen ist verhängnisvoll. Alle Kinder, die auf diesem Wege geboren werden, sind schwachköpfig und elend.«

»Aber«, rief ich betroffen, »Herr, kann man sie denn noch auf anderem Wege zeugen?«

»Zum Glück«, sagte er, »wird eine große Zahl durch die Vereinigung der Menschen mit den Genien der Luft gezeugt. Und diese Kinder sind klug und schön. So sind die Riesen geboren worden, von denen Hesiod und Moses reden. So wurde Pythagoras geboren, an dem das Salamanderweib, seine Mutter, so viel Anteil hatte, daß sie ihm sogar einen goldenen Schenkel schuf. So wurden Alexander der Große geboren, den man den Sohn der Olympias und einer Schlange nannte, Scipio Afrikanus, Aristomenes von Messenien, Julius Cäsar, Porphyros, der Kaiser Julian, der den von Constantin dem Abtrünnigen beseitigten Kult des Feuers wiederherstellte, der Zauberer Merlin, der Sohn eines Sylphen und einer Nonne, der Tochter des Karolus Magnus, Sankt Thomas von Aquino, Paracelsus und neuerdings Herr Van Helmont.«

Ich versprach dem Herrn von Astarac, da dem so war, mich der Freundschaft eines Salamanderweibes zu leihen, wenn eines sich fände, das gefällig genug wäre, zu mir zu kommen. Er versicherte mir, ich würde nicht einem, sondern zwanzig bis dreißig begegnen, zwischen denen ich nur die Qual der Wahl hätte. Und weniger aus Lust, das Abenteuer zu versuchen, als um ihm zu Willen zu sein, fragte ich den Philosophen, wie es denn möglich sei, mit diesen luftigen Personen sich in Verbindung zu setzen.

»Nichts ist leichter«, antwortete er mir. »Es genügt eine Glaskugel, deren Gebrauch ich Euch erläutern werde. Ich habe bei mir zu Hause eine ziemliche Menge solcher Kugeln und werde Euch bald in meiner Stube die notwendigen Aufklärungen geben. Doch für heute nichts mehr!«

Er erhob sich und ging zur Fähre, woselbst uns der Bootsmann erwartete, der auf dem Rücken lag und im Mondschein schnarchte. Als wir ans Ufer stiegen, entfernte er sich rasch und schwand sofort in der Nacht dahin.

Von diesem langen Gespräch blieb mir die wirre Empfindung eines Traumes; der Gedanke an Kathrine war mir fühlbarer. Trotz der Erhabenheit, die mir gesagt worden waren, hungerte es mich, sie zu sehen, obwohl ich nicht gespeist hatte. Die Meinungen des Philosophen waren mir nicht tief genug in die Sinne gedrungen, um mich Abscheu vor diesem hübschen Mädchen hegen zu lassen. Ich war gewillt, mein Glück aufs äußerste zu treiben, bevor ich eine jener schönen Furien besäße, die irdische Nebenbuhlerinnen nicht wollen. Ich fürchtete nur, zu so vorgerückter Nachtstunde sei Kathrine überdrüssig geworden, mein zu harren. Ich lief am Fluß entlang, galoppierte über die Königsbrücke und stürzte in die Fährstraße. In einer Minute erreichte ich die Straße von Grenelle, wo ich Schreie hörte, die mit Degengeklirr vermengt waren. Der Lärm kam von dem Hause, das Kathrine mir geschildert hatte. Dort auf dem Pflaster schwankten Schatten und Laternen, und Schreie gellten: »Zu Hilfe, Jesus! Sie schlagen mich tot!« – »Los auf den Kapuziner! Fest! Stecht zu!« – »Jesus Maria, schützet mich!« – »Seht doch den Jammerkerl! Los! los! Stecht zu, Schurken, stecht fest zu!«

An den Häusern ringsum gingen die Fenster auf, und Köpfe in Schlafmützen schauten hervor.

Plötzlich raste dieses ganze Gewühl und dieser ganze Lärm wie eine Pirsch an mir vorbei, und ich erkannte Bruder Angelus, der so hurtig Fersengeld gab, daß seine Sandalen ihm gegen den Hintern flogen, während drei große Lümmel von Lakaien, die wie Schweizer gekleidet waren, ihm nachliefen und ihm mit der Spitze ihrer Hellebarden das Leder spickten. Ihr Gebieter, ein junger Edelmann, der kurz war und rot von Antlitz, hetzte mit Wort und Gebärde sie auf, wie man mit Hunden tut.

»Fest! fest! Stecht zu! Das Vieh hat ein dickes Fell.«

Als er dicht bei mir war, sagte ich: »Ach! Herr, Ihr habt kein Erbarmen.«

»Man sieht wohl«, erwiderte er, »daß kein Kapuziner Eure Geliebte karessiert hat und daß Ihr nicht die gnädige Frau hier in den Armen dieses stinkenden Viehs ertappt habt. Man bequemt sich ihrem Finanzpächter an, da man Lebensart hat. Aber ein Kapuziner ist unerträglich. Seht dort die schamlose Metze!«

Und er zeigte mir Kathrine im Hemd unter der Tür mit von Tränen schimmernden Augen, mit zerrauftem Haar. Sie rang die Arme, war schöner als je und flüsterte mit erlöschender Stimme, die mir die Seele zerriß: »Laßt ihn nicht sterben! Es ist Angelus, es ist der Bruder!«

Die Galgenstricke von Lakaien kehrten zurück und meldeten, sie hätten die Verfolgung eingestellt, weil sie die Nachtwache sahen; aber zuvor hätten sie dem heiligen Mann ihre Piken einen halben Finger tief in den Hintern gebohrt. Die Schlafmützen wichen von den Fenstern, die wieder geschlossen wurden, und während der junge Herr mit seinen Leuten redete, näherte ich mich Kathrine, deren Tränen auf ihren Wangen trockneten in den niedlichen Grübchen ihres Lächelns.

»Der arme Bruder ist gerettet«, sprach sie zu mir. »Aber ich habe für ihn gezittert. Die Männer sind schrecklich. Wenn sie jemanden lieben, dann wollen sie nichts hören.«

»Kathrine«, sagte ich gereizt, »habt Ihr mich nur kommen lassen, damit ich dem Zank Eurer Freunde beiwohne? Ach! ich habe kein Recht, mich daran zu beteiligen.«

»Ihr hättet es, Herr Jakob«, sprach sie, »Ihr hättet es, wenn Ihr gewollt hättet.«

»Aber«, fuhr ich fort, »Ihr seid die am meisten beschäftigte Person von Paris. Von diesem jungen Edelmann hattet Ihr mir nichts erzählt.«

»Ich habe auch nicht an ihn gedacht. Er ist unversehens gekommen.«

»Und hat Euch mit dem Bruder Angelus ertappt.«

»Er hat zu sehen geglaubt, was gar nicht der Fall war. Er ist ein Besessener, dem man keine Vernunft predigen kann.«

Ihr halboffenes Hemd ließ aus den Spitzen eine Brust hervorquellen, die so reif wie eine schöne Frucht und mit einer Rosenknospe geschmückt war. Ich faßte sie in meine Arme und bedeckte ihren Busen mit Küssen.

»Himmel!« rief sie, »auf der Straße, vor Herrn von Anquetil, der uns sieht!«

»Wer ist das, Herr von Anquetil?«

»Das ist der Mörder des Bruder Angelus, bei Gott! Wer sonst soll es denn sein?«

»Fürwahr, Kathrine, sonst braucht es keinen, Eure Freunde sind in genügender Kraft um Euch!«

»Herr Jakob, bitte, beschimpft mich nicht!«

»Ich beschimpfe Euch nicht, Kathrine; ich erkenne Eure

Reize an, denen ich ebenso huldigen möchte wie so viele andere.«

»Herr Jakob, was Ihr da sagt, riecht häßlich nach Eures biederen Vaters Bratküche.«

»Unlängst noch wart Ihr sehr zufrieden, Fräulein Kathrine, den Rauch aus seinem Kamin zu schnobern.«

»Pfui! der Ekel! der Plattfuß! Er schmäht ein Weib!«

Da sie zu keifen und sich aufzuregen begann, verließ Herr von Anquetil seine Leute, kam auf uns zu, stieß sie in das Haus, nannte sie eine Schelmin und ein Luder, trat hinter ihr in den Flur und schlug mir die Tür vor der Nase zu.

Während der ganzen Woche, die auf dieses peinliche Abenteuer folgte, haftete der Gedanke an Kathrine in meinem Geiste. Ihr Bild strahlte auf den Blättern der Foliobände, worüber ich mich neigte, in der Bücherei, neben meinem guten Lehrer, und Photius, Olympiodor, Fabricius, Vossius berichteten mir nur noch von einem kleinen Fräulein im Spitzenhemd. Diese Visionen verführten mich zur Faulheit. Doch Herr Hieronymus Coignard, der gegen andere so nachsichtig war wie gegen sich selbst, lächelte mild zu meiner Unruhe und meiner Zerstreutheit.

»Jakob Bratspießdreher«, sprach dieser gute Lehrer eines Tags zu mir, »fallen nicht die Wandlungen der Moral durch die Jahrhunderte hindurch Euch auf? Die Bücher, die in dieser wunderbaren Astaraciana versammelt sind, bezeugen, wie unsicher die Menschen darüber waren. Wenn ich dies erwäge, mein Sohn, so tue ich es, um Eurem Geist den zuverlässigen, heilsamen Gedanken einzuschärfen, daß es keine guten Sitten außerhalb der Religion gibt und daß die Maximen der Philosophen, die eine natürliche Moral einzusetzen beanspruchen, nur Grillen und Hirngespinste sind. Der Vernunftgrund der guten Sitten ist nicht in der Natur, die in sich selbst gleichgültig ist und von Gut und Böse nichts weiß. Er ist im göttlichen Wort, gegen das man sich nicht verfehlen soll, falls man nicht zur Reue nach Gebühr bereit ist. Die menschlichen Gesetze sind auf den Nutzen gegründet, und dies kann nur ein scheinbarer, trügerischer Nutzen sein, denn man weiß nicht von Natur, was den Menschen nützlich ist und was in Wirklichkeit für sie sich eignet. Dabei steht in den Sammlungen der Gewohnheitsrechte eine reichliche Hälfte von Artikeln, die nur das Vorurteil veranlaßt hat. Da die menschlichen Gesetze durch Androhung von Buße gestützt werden, kann man sie mit List und Verstellung umgehen. Jeder Mensch, der des Nachdenkens fähig ist, ist ihnen überlegen. Sie sind nur Mausefallen für Dumme.

Anders, mein Sohn, verhält es sich mit den göttlichen Gesetzen. Sie lassen sich nicht vorschreiben, nicht vermeiden, sie sind beständig. Ihr Widersinn ist nur scheinbar und verbirgt eine unbegreifliche Weisheit. Wenn sie unsre Vernunft beirren, so geschieht es durch ihre Macht, und weil sie mit den wahren, nicht den scheinbaren Zielen des Menschen eins sind. Wenn man das Glück hat, sie zu kennen, soll man sie beobachten. Indessen, mein Sohn, sträube ich mich nicht zu gestehen, daß die Beobachtung dieser Gesetze, die im Dekalog und in den Geboten der Kirche enthalten sind, meist schwer ist und fast unmöglich ohne die Gnade, die zuweilen auf sich warten läßt, da sie zu erhoffen Pflicht ist. Deshalb sind wir sämtlich arme Sünder.

Und hierin muß man die Ökonomie der christlichen Religion bewundern, die das Heil vor allem auf die Reue gründet. Es ist zu bemerken, mein Sohn, daß die größten Heiligen Büßer sind, und da die Reue sich nach den Verfehlungen abstuft, so sind die größten Sünder der Stoff zu den größten Heiligen. Ich könnte diese Doktrin mit einer reichen Zahl wunderbarer Beispiele belegen. Aber ich habe genug davon gesagt, um Euch fühlen zu lassen, daß die erste Materie der Heiligkeit das Begehren ist, die Unenthaltsamkeit, jede Lüsternheit des Körpers und des Geistes. Man soll nur, wenn man diese Materie angehäuft hat, sie nach der theologischen Kunst behandeln und gleichsam zu einer Figur der Reue modellieren, was die Sache von etlichen Jahren ist, von etlichen Tagen und zuweilen von einem einzigen Augenblick, wie man an der völligen Zerknirschung sieht. Jakobus Bratspießdreher, wenn Ihr mich wohl verstanden habt, werdet Ihr Euch nicht in der kläglichen Sorge erschöpfen, ein Mann nach dem Sinne der Welt zu werden, sondern nur studieren, wie Ihr der göttlichen Gerechtigkeit Genüge leisten könnt.«

Ich fühlte unaufhörlich die hohe Weisheit, die in den Maximen meines guten Lehrers lag. Ich fürchtete nur, diese Moral müßte, falls sie ohne Unterscheidung ausgeübt würde, den Menschen in die größten Wirrnisse bringen. Ich meldete meine Zweifel Herrn Hieronymus Coignard, der mich folgendermaßen beruhigte: »Jakobus Bratspießdreher, Ihr beachtet nicht, was ich ausdrücklich Euch gesagt habe, nämlich daß, was Ihr Wirrnis nennt, dies nur in den Augen der bürgerlichen und geistlichen Gesetzmacher und Richter ist und in Beziehung auf die menschlichen Gesetze, die willkürlich sind und vergänglich, und daß mit einem Wort nur die Herdenseele nach diesen Gesetzen handelt. Ein Mann von Geist berühmt sich nicht, nach den Regeln zu tun, die im Schloßgefängnis und beim geistlichen Richter gebräuchlich sind. Er sorgt nur für sein Heil und glaubt sich nicht entehrt, wenn er auf den Seitenwegen zum Himmel geht, darauf die größten Heiligen wandelten. Hätte die glückselige Pelagia nicht das Handwerk betrieben, von dem, wie Ihr wißt, Hannchen die Leierfrau unter der Kirchenhalle Sankt Benedikts des Krummen lebt, so hätte diese Heilige nicht so ergiebig zu büßen vermocht; und hätte sie wie eine Matrone in mittelmäßiger, landläufiger Ehrbarkeit gelebt, so würde sie wohl kaum in dem Augenblick, wo ich rede, den Psalter vor der Hütte spielen, drinnen der Heilige der Heiligen in seiner Glorie ruht. Nennt Ihr das so schön geordnete Leben einer Vorausbestimmten Wirrnis? Nein! So niedrige Worte soll man dem Leutnant der Schergen überlassen, der vielleicht nach seinem Tode kein Plätzchen hinter den Unglücklichen findet, die er heute schmählich zum Hospital schleppt. Außer der Vernichtung der Seele und der ewigen Verdammnis gibt es keine Wirrnis, kein Verbrechen, nichts Böses in dieser vergänglichen Welt, worin alles im Hinblick auf die göttliche Welt sich regeln und einrichten muß. Erkennet also, Bratspießdreher, mein Sohn, daß die in der Meinung der Menschen tadelhaftesten Handlungen zu gutem Ende führen können, und versucht nicht mehr, die menschliche Gerechtigkeit mit der Gottes zu versöhnen, die allein gerecht ist, nicht in unserm Sinn, sondern durch Definition. Für den Augenblick, mein Sohn, werdet Ihr mich verpflichten, wenn Ihr im Vossius die Bedeutung von fünf oder sechs dunklen Begriffen sucht, die der Panopolitaner anwendet, mit dem ich mich in Finsternissen jener hassenswerten Art schlage, die selbst das große Herz des Ajax staunen machte, nach der Erzählung des Homer, des Fürsten der Dichter und Historiker. Diese alten Alchimisten hatten einen harten Stil; Manilius hat, Herr von Astarac möge das verzeihen, mit mehr Geschmack über dieselben Stoffe geschrieben.«

Kaum hatte mein guter Lehrer diese letzten Worte ausgesprochen, als ein Schatten zwischen ihm und mir sich erhob. Es war der des Herrn von Astarac oder vielmehr Herr von Astarac selbst, schmal und schwarz wie ein Schatten.

Mochte er diese Rede nicht gehört haben, mochte er sie verachten, er ließ keinen Ärger sehen. Im Gegenteil, er beglückwünschte Herrn Hieronymus Coignard zu seinem Eifer und seinem Wissen und setzte hinzu, er rechne auf das Licht seines Verstandes, um das größte Werk, das je ein Mensch gewagt habe, zu vollenden. Dann wandte er sich mir zu und sagte: »Mein Sohn, ich bitte Euch, für eine kurze Weile in meine Stube zu kommen, wo ich Euch ein folgenschweres Geheimnis mitteilen will.«

Ich folgte ihm in das Zimmer, worin er mich und meinen

guten Lehrer zuerst empfangen hatte an dem Tage, da er uns beide in seinen Dienst nahm. Ich fand dort die alten Ägypter mit dem goldenen Antlitz wieder, die gegen die Mauer gestellt waren. Eine Glaskugel von der Größe eines Kürbis lag auf dem Tische. Herr von Astarac ließ sich in ein Sofa niederfallen, gab mir ein Zeichen, ich solle mich ihm gegenüber setzen, strich sich zwei oder drei Malen mit einer von Edelgestein und Amuletten beladenen Hand über die Stirn und sprach: »Mein Sohn, ich will Euch nicht durch den Glauben beleidigen, daß Ihr nach unserm Gespräch auf der Insel der Schwäne noch einen Zweifel an der Existenz der Sylphen und der Salamanderweiber hegt, die ebenso wirklich ist wie die der Menschen und sogar noch viel wirklicher, wenn man die Wirklichkeit nach der Dauer der Erscheinungen bemißt, wodurch sie sich offenbart; denn diese Existenz ist viel länger als die unsrige. Von Jahrhundert zu Jahrhundert schweifen die Salamanderweiber in unveränderlicher Jugend; etliche haben Noah, Menes und Pythagoras erblickt. Der Reichtum ihrer Erinnerungen und die Frische ihres Gedächtnisses leiht ihrer Unterhaltung den höchsten Reiz. Man hat sogar behauptet, sie erlangten in den Armen der Menschen die Unsterblichkeit, und die Hoffnung, nicht zu sterben, ziehe sie in das Bett der Philosophen. Doch das sind Lügen, die einem besonnenen Geist nichts anhaben. Jede Vereinigung der Geschlechter ist, statt den Liebenden die Unsterblichkeit zu sichern, ein Zeichen des Todes, und müßten wir immer leben, so würden wir die Liebe nicht kennen. Nicht anders dürfte es mit den Salamanderweibern sein, die in den Armen der Weisen eine einzige Unsterblichkeit suchen: die ihrer Gattung. Und sie ist die einzige, die man mit Vernunft erhoffen kann. Und obwohl ich mir verspreche, mit Hilfe der Wissenschaft das menschliche Leben um ein Erkleckliches zu verlängern und es auf mindestens fünf bis sechs Jahrhunderte auszudehnen, habe ich mir niemals geschmeichelt, ihm unendliche Dauer zu sichern. Unsinnig wäre es, gegen die natürliche Ordnung etwas zu unternehmen. Stoßt mithin als wichtige Fabel den Gedanken von der Unsterblichkeit zurück, die aus einem Kusse geschöpft werde. Es ist eine Schmach für mehrere Kabbalisten, daß sie überhaupt darauf gerieten. Nichtsdestoweniger wahr ist, daß die Salamanderweiber eine Schwäche für Menschenliebe haben. Ihr sollt es ungesäumt erfahren. Auf ihren Besuch habe ich Euch hinlänglich gerüstet, und da Ihr seit der Nacht Eurer Weihe unreinen Verkehr mit Weibern nicht mehr gehabt habt, sollt Ihr den Lohn Eurer Keuschheit empfangen.«

Meine natürliche Einfalt litt darunter, daß mir ein Lob gespendet ward, das ich wider Willen mir verdient hatte, und ich dachte, Herrn von Astarac meine schuldigen Gedanken zu bekennen. Er ließ mir keine Zeit zu beichten und hub mit Lebhaftigkeit wieder an:

»Es erübrigt nur noch, mein Sohn, daß ich Euch den Schlüssel gebe, der das Reich der Genien Euch öffnet. Dies werde ich ohne Verzug tun.«

Er war aufgestanden und legte die Hand auf die Kugel inmitten des Tisches.

»Dieser Ball«, fügte er hinzu, »ist voll von Sonnenstaub, der durch seine Reinheit sich Euren Blicken entzieht. Denn er ist viel zu fein, um den plumpen Sinnen der Menschen wahrnehmbar zu werden. So, mein Sohn, sind des Weltalls schönste Teile für uns unsichtbar und enthüllen sich nur dem Gelehrten, der mit Apparaten bewaffnet ist, die sich eignen, sie aufzuspüren. Die Flüsse und die Felder der Luft zum Beispiel bleiben Euch unsichtbar, obwohl in Wirklichkeit ihr Anblick viel reicher ist und mannigfacher als derjenige der schönsten Erdlandschaft.

Wisset also, daß in dem Ball Sonnenstaub ist von souveräner Eignung, das Feuer, das in uns ist, zu entzünden. Und die Wirkung dieser Hitze ist bald zu spüren. Sie besteht in einer Feinheit der Sinne, die uns erlaubt, die Luftgestalten, die um uns schwimmen, zu sehen und zu berühren. Sobald Ihr das Siegel aufgebrochen habt, der dieses Balles Mündung verschließt, und den entweichenden Sonnenstaub atmet, werdet Ihr in diesem Zimmer eines Geschöpfes oder mehrerer gewahr werden, die Frauen durch das System gebogener Linien ähneln, das ihr Leib darstellt, die aber weit schöner sind, als je Frauen waren, und die in Wirklichkeit Salamanderweiber sind. Zweifellos wird jenes, das ich im vergangenen Jahr in Eures Vaters Garküche sah, Euch zuerst erscheinen, denn es ist Euch zugeneigt, und ich rate Euch, sein Verlangen baldigst zu stillen. Setzt Euch also bequem auf diesen Stuhl vor diesen Tisch, entkorkt diesen Ball und atmet sanft den Inhalt ein. Bald werdet Ihr, was ich angekündigt habe, nach und nach sich vollziehen sehen. Ich verlasse Euch. Lebt wohl.«

Und er verschwand auf seine Art, die seltsam plötzlich war. Ich blieb allein vor diesem Glasball und zauderte, ihn zu entkorken, in Furcht, es könne irgend eine betäubende Essenz daraus fahren. Ich dachte, vielleicht habe Herr von Astarac nach der Kunst Dämpfe eingeführt, wodurch, die sie atmen, entschlummern und von Salamanderweibern träumen. Ich war noch nicht Philosoph genug, um nach solcherlei Glück zu begehren. Vielleicht, sagte ich mir, machen diese Dämpfe toll. Kurz, ich war so mißtrauisch, daß ich einen Augenblick daran dachte, in die Bücherei zu gehen und den Herrn Abbé Coignard, meinen guten Lehrer, um Rat zu fragen. Jedoch ich erkannte sofort, das sei ein vergebliches Mittel. Wenn er mich von Sonnenstaub, sagte ich mir, und von Luftgenien reden hört, so wird er mir antworten: »Jakob Bratspießdreher, seid eingedenk, niemals den Widersinn zu glauben, sondern auf Eure Vernunft in allen Dingen Euch zu verlassen, außer in den Dingen unsrer heiligen Religion. Gebt mir diese Bälle preis und diesen Staub mitsamt all den anderen Tollheiten der Kabbala und der spagyrischen Kunst.«

Ich glaubte ihn selbst zwischen zwei Prisen Tabak diese kleine Rede halten zu hören und wußte nicht, was ich auf eine so christliche Sprache entgegnen sollte. Andererseits erwog ich im voraus, in welcher Verlegenheit ich Herrn von Astarac gegenüber sein würde, wenn er Nachricht von dem Salamanderweib wünschte. Was sollte ich ihm antworten? Wie sollte ich ihm meine Scheu und meinen Verzicht bekennen, ohne zugleich mein Mißtrauen und meine Furcht zu verraten? Und dann war ich, ohne es zu wissen, auf das Abenteuer neugierig. Ich bin nicht leichtgläubig. Vielmehr habe ich einen wunderbaren Hang zum Zweifel, und dieser Hang treibt mich zum Mißtrauen gegen den Verstand und gegen das, was klar ist, so gut wie gegen das übrige. Auf alles Sonderbare, was man mir sagt, erwidere ich bei mir: Warum nicht? Dieses Warum nicht? stritt vor dem Ball gegen meine natürliche Einsicht an. Dieses Warum nicht? lockte mich zur Gläubigkeit, und der Vermerk ist hier nicht unangebracht, daß nichts glauben alles glauben heißt, und daß man nicht allzu freien und leeren Geistes sein soll, auf daß nicht von ungefähr sich Ballast von unmäßigem Umfang und Gewicht dort aufstapele, für den in vernünftig und mittelmäßig mit Glauben besetzten Geistern kein Ort ist. Während ich, die Hand auf dem Wachssiegel, mich erinnerte, was mir meine Mutter von Zauberkaraffen erzählt habe, raunte mein Warum nicht? mir zu, vielleicht sehe man doch im Sonnenstaub die Feen der Luft. Aber sobald dieser Gedanke, nachdem er in meinem Geiste Fuß gefaßt hatte, sich dort festsetzen und es sich wohl sein lassen wollte, fand ich ihn barock, widersinnig, grotesk. Wenn Gedanken sich aufdrängen, werden sie rasch sehr dreist. Nur wenige vermögen etwas anderes als liebliche Besucherinnen; und sicherlich hatte dieser hier das Ansehen der Tollheit. Indes ich mich fragte: Soll ich öffnen, soll ich nicht öffnen? zerbrach plötzlich das Siegel, das ich beständig mit den Fingern preßte, in meiner Hand, und die Flasche war entkorkt.

Ich wartete, ich beobachtete. Ich sah nichts und fühlte nichts. Ich war enttäuscht, so hurtig ist die Hoffnung, die Grenzen der Natur zu überschreiten, und so rasch schlüpft sie in unsre Seelen! Nichts! nicht einmal ein verschwommener, wirrer Trug, ein ungewisses Bild. Es kam, was ich vorausgesehen hatte: welche Enttäuschung! Ich empfand darob etwas wie Verdruß. In meinen Sessel zurückgelehnt, schwor ich vor diesen Ägyptern mit den langen, schwarzen Augen, die mich umgaben, in Zukunft meine Seele den Lügen der Kabbalisten besser zu verschließen. Einmal mehr erkannte ich die Weisheit meines guten Lehrers und war gewillt, nach seinem Beispiel in allen Dingen, die den christlichen und katholischen Glauben nicht betreffen, der Vernunft zu folgen. Welche Einfalt, den Besuch einer Salamanderdame zu erwarten! Ist es möglich, daß es Salamanderweiber gibt? Doch was wissen wir davon, und warum nicht?

Das Wetter, das seit Mittag schwer war, wurde unheimlich schwül. Von langen Tagen der Ruhe und Abgeschiedenheit benommen, fühlte ich auf meiner Stirn und meinen Lidern eine Last. Das Gewitter, das sich näherte, drückte mich gänzlich nieder. Ich ließ meine Arme fallen und glitt mit zurückgelehntem Kopf und geschlossenen Augen in einen Halbschlaf, der voll goldener Ägypter war und unzüchtiger Träume. Dieser Dämmerzustand, in dem nur noch der Liebessinn wie Feuer in der Nacht in mir lebte, dauerte eine ungewisse Zeit an, als ich durch ein leichtes Geräusch von Schritten und zerknitterten Stoffen erweckt ward. Ich schlug die Augen auf und schrie.

Ein wunderbares Geschöpf stand vor mir in schwarzem Atlaskleid; sie hatte ein Spitzentuch um den Kopf, war braun mit blauen Augen, ihre Züge waren fest in jungem, reinem Fleisch, ihre Wangen rund und ihr Mund von einem unsichtbaren Kusse beseelt. Ihr kurzes Kleid ließ kleine, kecke, heitere, launige Füße sehen. Gerade, rund, in ihrer wollüstigen Vollkommenheit ein wenig aufgerafft stand sie da. Unter dem Samtband um ihren Hals sah man einen viereckigen Ausschnitt ihres braunen und dennoch leuchtenden Busens. Neugierig blickte sie mich an.

Ich habe erwähnt, daß ich vom Schlummer nach Liebe lüstern war. Ich erhob mich und stürzte mich auf sie.

»Entschuldiget«, sprach sie zu mir, »ich suchte Herrn von Astarac.«

Ich sagte: »Gnädige Frau, hier ist kein Herr von Astarac. Hier seid Ihr und ich. Ich habe Euch erwartet. Ihr seid ein Salamanderweib. Ich habe die Kristallflasche geöffnet. Ihr seid gekommen, Ihr gehört mir.«

Ich nahm sie in die Arme und bedeckte jedes Stück Fleisch, das meine Lippen am Rande der Kleider finden konnten, mit Küssen.

Sie machte sich los und sagte: »Ihr seid verrückt.«

»Das ist sehr natürlich«, antwortete ich ihr. »Wer sollte es an meiner Stelle nicht sein?«

Sie senkte die Augen, errötete und lächelte. Ich warf mich ihr zu Füßen.

»Da Herr von Astarac nicht hier ist«, sagte sie, »muß ich mich zurückziehen.«

»Bleibt«, rief ich und stieß den Riegel vor.

Sie fragte mich: »Wißt Ihr, ob er bald zurückkommt?«

»Nein, gnädige Frau, er kommt noch lange nicht zurück. Er hat mich mit den Salamanderweibern allein gelassen. Ich will nur eines, und das seid Ihr.«

Ich faßte sie in meine Arme, trug sie zum Sofa, fiel mit ihr darüber und bedeckte sie mit Küssen. Ich kannte mich nicht mehr. Sie schrie, ich hörte es nicht. Ihre offenen Handflächen stießen mich zurück, ihre Nägel kratzten mich, und dieser vergebliche Widerstand stachelte mein Begehren an. Ich drückte und umschlang sie, die aufgelöst auf dem Rücken lag. Ihr erweichter Körper gab nach, sie schloß die Augen; und bald fühlte ich im Triumph, wie ihre schönen Arme versöhnt mich gegen sich preßten.

Dann, ach, lösten wir uns aus dieser wonnigen Umklammerung und betrachteten einander überrascht. Sie war ihrer Wiedergeburt in Schicklichkeit beflissen, strich ihre Röcke herunter und schwieg.

»Ich liebe Euch«, sagte ich ihr. »Wie heißt Ihr?«

Ich dachte nicht, sie sei ein Salamanderweib, und hatte es, um die Wahrheit zu gestehen, nicht im Ernste geglaubt.

»Ich heiße Jahel«, sprach sie.

»Wie? Ihr seid die Nichte des Mosaïdes?«

»Ja, doch schweigt. Wenn er wüßte...«

»Was täte er dann?«

»Oh! mir nichts. Aber Euch viel Unheil. Er liebt die Christen nicht.«

»Und Ihr?«

»Oh! ich liebe die Juden nicht.«

»Jahel, liebt Ihr mich ein wenig?«

»Aber mir scheint, Herr, nach dem, was wir uns gesagt haben, ist Eure Frage eine Beleidigung.«

»Ihr habt recht, Fräulein, doch ich strebe nach Verzeihung für eine Lebhaftigkeit, eine Glut, die nicht erst besorgt waren, nach Euren Gefühlen zu fragen.«

»Oh! Herr, macht Euch nicht schuldiger, als Ihr seid. All Eure Heftigkeit und alle Eure Glut hätten Euch nichts genutzt, wenn Ihr mir nicht gefallen hättet. Soeben, als ich Euch entschlummert in diesem Sessel fand, habe ich Euch angenehm gefunden, ich habe Eures Erwachens geharrt, und das übrige wißt Ihr.«

Ich antwortete ihr mit einem Kusse. Sie gab ihn mir zurück. Und was für einen Kuß. Mir war, als zerschmölzen Walderdbeeren in meinem Munde. Mein Begehren ward von neuem entfacht, und hitzig drückte ich sie an mein Herz.

»Diesmal«, sprach sie, »seid weniger stürmisch und denkt nicht bloß an Euch. In der Liebe soll man nicht selbstsüchtig sein. Das wissen die jungen Leute nicht genug. Aber man erzieht sie.«

Wir tauchten in den Abgrund der Wonnen. Nachher sagte

die göttliche Jahel zu mir: »Habt Ihr einen Kamm? Ich sehe aus wie eine Hexe.«

»Jahel«, antwortete ich ihr, »ich habe keinen Kamm; ich erwartete ein Salamanderweib. Ich bete Euch an.«

»Betet mich an, mein Freund, doch seid verschwiegen. Ihr kennt Mosaïdes nicht.«

»Wie! Jahel! ist er denn so schrecklich mit hundertunddreißig Jahren, von denen er fünfundsiebzig in einer Pyramide verbracht hat?«

»Ich sehe, mein Freund, daß man Euch über meinen Oheim Geschichten aufgebunden hat und daß Ihr so einfältig ward, sie zu glauben. Sein Alter ist unbekannt; ich selbst weiß es nicht und habe ihn stets als Greis gesehen. Ich weiß nur, daß er knochig ist und von ungewöhnlicher Stärke. Er war Geldwechsler in Lissabon, wo es ihm zustieß, daß er einen Christen tötete, den er mit meiner Muhme Myriam ertappt hatte. Er floh und führte mich mit sich. Seitdem liebt er mich mit der Zärtlichkeit einer Mutter. Er sagt mir Dinge, die man nur den kleinen Kindern sagt, und weint, wenn er mich betrachtet, während ich schlafe.«

»Ihr wohnt bei ihm?«

»Ja, in dem Gartenhaus des Wächters, am anderen Ende des Parkes.«

»Ich weiß, man geht durch den Mandragorensteg. Warum habe ich Euch nicht früher getroffen? Durch welches Verhängnis habe ich so nahe bei Euch gewohnt und ohne Euch zu sehen dahingelebt? Doch was sage ich, dahingelebt? Heißt das leben, wenn man Euch nicht kennt? Ihr seid also in dieses Gartenhaus eingesperrt?«

»Allerdings bin ich sehr abgeschlossen und darf nicht, wie ich möchte, auf dic Straßen, wo man lustwandelt, in die Läden und die Komödie. Die Zärtlichkeit des Mosaïdes läßt mich nicht frei. Eifersüchtig bewacht er mich, und außer sechs kleinen Goldtassen, die er von Lissabon mitgeschleppt hat, liebt er nur mich auf der Welt. Da er an mir viel mehr hängt als an meiner Muhme Myriam, so würde er Euch, mein Freund, noch wilder töten als den Portugiesen. Ich warne Euch, um Euch verschwiegen zu machen, und weil das den Mutigen nicht zurückhalten wird. Seid Ihr von Rang und Familie, mein Freund?«

»Ach! nein!« erwiderte ich, »mein Vater hat ein Gewerbe und eine Art von Kaufgeschäft.«

»Ist er wenigstens beim Pachtwesen, hat er einen Finanzposten? Nein? Schade. So muß ich Euch um Euretwillen lieben. Doch sagt mir die Wahrheit: kommt Herr von Astarac nicht bald?«

Bei diesem Namen, dieser Frage schoß mir ein grauenhafter Zweifel durch den Sinn. Ich beargwöhnte diese entzückende Jahel, sie sei mir von dem Kabbalisten zugeschickt worden, um mir die Rolle des Salamanderweibs zu spielen. Ich klagte sie sogar im Innern an, sie sei die Nymphe dieses alten Narren. Um sofort aufgeklärt zu werden, fragte ich sie rauh, ob sie öfters in diesem Schlosse Salamanderweib sei.

»Ich verstehe Euch nicht«, antwortete sie mir und sah auf mich mit Augen voll unschuldigen Staunens. »Ihr redet wie Herr von Astarac selbst, und ich würde Euch von seiner Sucht befallen glauben, hätte ich nicht erprobt, daß Ihr seine Abneigung gegen die Frauen nicht teilet. Er kann sie nicht ausstehen, und für mich ist es eine wahre Pein, ihn aufzusuchen und mit ihm zu sprechen. Jedoch suchte ich ihn vorhin, als ich Euch gefunden habe.«

In meiner Freude über solche Gewißheit bedeckte ich sie mit Küssen. Sie richtete es ein, mir zu zeigen, daß sie schwarze Strümpfe hatte, die über dem Knie durch Bänder mit Demantschnallen befestigt waren, und dieser Anblick führte meinen Geist auf die Vorstellungen zurück, die ihr gefielen. Obendrein redete sie mir sehr listig und heiß zu, und ich bemerkte, daß sie für das Spiel zu schwärmen begann, indes ich seiner schon müde wurde. Aber ich tat, was ich konnte, und hatte nochmals das Glück, dieser schönen Person den Schimpf, den sie am wenigsten verdiente, zu ersparen. Es schien mir, daß sie nicht unzufrieden mit mir war. Ruhigen Antlitzes erhob sie sich und sprach zu mir: »Wißt Ihr in Wahrheit nicht, ob Herr von Astarac nicht bald zurückkommt? Ich will Euch gestehen, daß ich von dem Gehalt, das er meinem Oheim schuldet, eine kleine Summe erbitten wollte, deren ich zur Stunde dringend bedarf.«

Ich entschuldigte mich und zog aus meiner Börse drei Taler, die sie mit Liebenswürdigkeit annahm. Das war alles, was mir von den zu seltenen Geschenken des Kabbalisten blieb, der einen Beruf daraus machte, das Geld zu verschmähen, und leider vergaß, mir meinen Sold zu zahlen.

Ich fragte Fräulein Jahel, ob ich nicht das Glück haben sollte, sie wiederzusehen.

»Ihr sollt es haben«, sagte sie.

Und wir verabredeten, sie sollte jedesmal, wenn sie dem Landhaus, worin sie bewacht wurde, entschlüpfen könnte, nachts in mein Zimmer hinaufsteigen.

»Gebt jedoch darauf acht«, sprach ich, »daß meine Tür die vierte rechts ist im Flur, und die fünfte die meines guten Lehrers, des Abbé Coignard. Die anderen gehen nur auf Speicher, wo zwei bis drei Küchenjungen wohnen und etliche Hunderte von Ratten.«

Sie versicherte mir, sie werde sich vor einem Irrtum hüten und an meine Tür kratzen und an keine sonst.

»Übrigens«, sagte sie noch, »scheint Euer Abbé Coignard ein ganz guter Kerl zu sein. Ich glaube, daß wir von ihm nichts zu fürchten haben. An dem Tage, wo er mit Euch meinen Oheim besuchte, habe ich ihn durch ein Spähloch gesehen. Er schien mir freundlich, obschon ich nicht verstand, was er sagte. Besonders seine Nase deuchte mich höchst witzig und begabt. Ihr Träger muß ein gescheiter Mensch sein, und ich verlange nach seiner Bekanntschaft. Der Verkehr mit geistvollen Leuten ist immer nützlich. Es ärgert mich nur, daß er durch die Freiheit seiner Worte und durch seinen Spott meinem Oheim mißfallen hat. Mosaïdes haßt ihn, und im Hasse ist er so gewaltig, wie ein Christ sich das gar nicht zu denken vermag.«

»Fräulein«, antwortete ich ihr, »der Herr Abbé Coignard ist ein sehr gelehrter Mann, und mehr noch, er hat Philosophie und Wohlwollen. Er kennt die Welt, und Ihr habt recht, an die Klugheit seines Rats zu glauben. Ich ordne mich seinen Ansichten gänzlich unter. Doch, sagt mir, habt Ihr nicht auch mich an jenem Tage durch das Spähloch im Gartenhaus erblickt?«

»Ich habe Euch gesehen«, sagte sie, »und hehle Euch nicht, daß Ihr mir ins Auge gestochen habt. Doch nun muß ich zu meinem Oheim. Lebt wohl!«

Herr von Astarac verfehlte nicht, abends nach dem Mahl mich wegen des Salamanderweibes auszufragen. Vor seiner Neugier war ich etwas verlegen. Ich antwortete, die Begegnung habe meine Erwartungen übertroffen, sonst jedoch glaube ich in die für derlei Abenteuer gebotene Verschwiegenheit mich hüllen zu müssen.

»Diese Verschwiegenheit, mein Sohn«, sagte er mir, »ist nicht so wichtig, wie Ihr Euch einbildet. Die Salamanderweiber verlangen für die Liebschaften, deren sie sich nicht schämen, nicht das Geheimnis. Eine dieser Nymphen, die mich liebt, hat, wenn ich abwesend bin, keinen süßeren Zeitvertreib, als meinen Namenszug mit ihrem verschlungen in die Rinde der Bäume zu ritzen, wovon Ihr Euch überzeugen könnt, wenn Ihr den Stamm von fünf oder sechs Pinien prüfet, deren zarte Kronen Ihr von hier aus seht. Aber habt Ihr nicht bemerkt, mein Sohn, daß diese wahrhaft erhabenen Liebschaften keinerlei Ermüdung hinterlassen, sondern dem Herzen neue Kraft gewähren? Ich bin sicher, daß Ihr nach dem, was sich ereignet hat, Eure Nacht mit der Übersetzung von mindestens sechzig Seiten des Zozimos, des Panopolitaners, hinbringen werdet.«

Ich gestand ihm, daß ich im Gegenteil sehr schläfrig sei, was er mit dem Staunen über eine erste Begegnung erklärte. So blieb dieser große Mann gewiß, daß ich mit einem Salamanderweib verkehrt habe. Ihn zu täuschen, quälte mein Gewissen, aber ich war dazu gezwungen, und er betrog sich selbst so gut, daß man seinen Wahn nicht noch sehr vermehren konnte. Ich ging also friedlich schlafen, legte mich zu Bett und blies nach dem schönsten meiner Tage die Kerze aus.

Jahel hielt Wort. Schon am zweiten Tage kratzte sie an meine Tür. In unsrer Kammer fühlten wir uns noch viel wohler als in der Stube des Herrn von Astarac, und was bei unsrer ersten Bekanntschaft vor sich gegangen war, war nur ein Kinderspiel gegenüber der Liebe, womit diese zweite Begegnung uns berauschte. In der Morgendämmerung riß sie sich aus meinen Armen unter tausend Schwüren, bald wieder da zu sein, und nannte mich ihre Seele, ihr Leben und ihren Lumpen.

An jenem Tage stand ich sehr spät auf. Als ich in die Bücherei hinunterging, hockte mein Lehrer auf dem Papyrus des Zozimos mit seiner Feder in einer, seiner Lupe in der anderen Hand, wert der Bewunderung jedes, der die Literatur zu schätzen weiß.

»Jakob Bratspießdreher«, sagte er zu mir, »die Hauptschwierigkeit dieser Lektüre besteht darin, daß verschiedene Buchstaben leicht miteinander zu verwechseln sind, und für den Erfolg der Entzifferung ist es von Belang, eine Tafel der Lettern aufzustellen, die zu solchen Irrtümern verleiten. Denn wenn wir nicht achtsam sind, laufen wir in Gefahr, schlecht zu lesen, zu unsrer ewigen Schmach und zu gerechtem Tadel. Heute noch habe ich lächerliche Fehler gemacht. Ich muß wohl seit dem Morgen verstörten Geistes gewesen sein durch das, was ich nachts gesehen habe, und was ich Euch erzählen will.

Vor Tag wachte ich auf und bekam Lust, einen Schluck jenes Weißweins zu trinken, den ich, wie Ihr Euch erinnert, gestern vor Herrn von Astarac lobte. Denn, mein Sohn, zwischen dem Weißwein und dem Hahnenschrei ist eine Sympathie, die gewiß von Noahs Zeiten herrührt, und ich bin sicher, hätte Sankt Petrus in der verwünschten Nacht, da er im Hofe des Hohenpriesters war, einen Finger Moselwein getrunken oder auch nur Weißwein von Orléans, so hätte er Jesum nicht verleugnet, ehe der Hahn zum zweitenmal krähte. Doch keineswegs, mein Sohn, dürfen wir diese böse Handlung bedauern, denn es war von Belang, daß die Weissagungen erfüllt wurden. Und hätte dieser Petrus oder Kephas nicht in jener Nacht die niedrigste Gemeinheit begangen, so wäre er heute nicht der größte Heilige im Paradies und der Eckstein unsrer heiligen Kirche, zur Verwirrung der ehrbaren Weltkinder, die da sehen, daß die Schlüssel ihres ewigen Heiles von einem feigen Schuft gehalten werden. O heilsames Beispiel, das den Menschen den trügerischen Einflüsterungen der Menschenehre entzieht und auf die Pfade des Heils bringt! O weise Ökonomie der Religion! O göttliche Weisheit, die Demütige und Elende erhöht, um die Stolzen zu demütigen! O Wunder! O Geheimnis! Zur ewigen Schmach der Pharisäer und der Gerechten trägt ein grober Fischer vom See Tiberias, der ob seiner dicken Feigheit von den Küchenmägden verlacht ward, die mit ihm im Hofe des Hohenpriesters sich wärmten, trägt ein Bauer und eine Memme, die ihren Herrn und ihren Glauben vor Trampeln verleugnete, die sicher weniger hübsch waren als das Kammermädchen der Frau Amtmännin von Séez, auf der Stirn die dreifache Krone, am Finger den päpstlichen Ring, sitzt über den Fürstbischöfen, den Königen und dem Kaiser und hat das Recht, zu binden und loszubinden; der achtbarste Mann, die ehrsamste Dame werden nur, wenn er sie hineinläßt, in den Himmel kommen. Doch sagt mir, bitte, Bratspießdreher, mein Sohn, wie weit ich erzählt hatte, als ich meinen Faden in den großen Sankt Petrus, den Fürsten der Apostel, verhaspelte. Ich glaube, daß ich von einem Glase Weißwein sprach, das ich vor Tag getrunken habe. Im Hemde stieg ich in die Küche und zog aus einem Schranke, dessen Schlüssel ich mir am Abend klug gesichert hatte, eine Flasche, die ich mit Genuß leerte. Dann stieg ich die Treppe wieder empor und traf zwischen dem zweiten und dem dritten Stockwerk ein kleines Fräulein in weißem Nachtgewand, das die Stufen hinabschlüpfte. Sie schien sehr erschreckt und floh ans Ende des Flurs. Ich verfolgte sie, holte sie ein, griff sie und umarmte sie aus plötzlicher, unwiderstehlicher Sympathie. Tadelt mich nicht, mein Sohn; an meiner Stelle hättet Ihr dasselbe getan und vielleicht mehr noch. Es ist ein hübsches Mädchen und gleicht dem Kammermädchen der Amtmännin, nur daß sie noch lebhafteren Blick hat. Sie wagte nicht zu schreien. Sie raunte mir ins Ohr: ›Laßt mich, laßt mich, Ihr seid toll!‹ Seht, Bratspießdreher, am Handgelenk trage ich noch die Spuren ihrer Nägel. Warum habe ich nicht den Eindruck des Kusses, den sie mir gab, ebenso lebendig auf meinen Lippen bewahrt!«

»Wie, Herr Abbé«, rief ich, »sie hat Euch einen Kuß gegeben?«

»Seid dessen sicher, mein Sohn«, erwiderte mein guter Lehrer mir, »daß Ihr an meiner Stelle auch einen empfangen hättet unter der Bedingung, daß Ihr gleich mir die Gelegenheit ergriffet. Ich glaube Euch gesagt zu haben, daß ich dieses Fräulein eng umschlang. Sie versuchte zu fliehen, sie erstickte ihre Schreie, sie murmelte Klagen.

›Gebt mich los, um Gottes willen! Der Tag ist da, noch einen Augenblick, und ich bin verloren.‹

Ihre Furcht, ihr Schreck, ihre Gefahr hätten jeden Barbaren gerührt. Ich bin kein Unmensch. Ich gab sie frei gegen einen Kuß, den sie mir sofort gab. Glaubt mir auf mein Wort; nie habe ich einen köstlicheren empfangen.«

Bei diesem Satz seiner Erzählung hob mein guter Lehrer die Nase, um eine Prise Tabak einzuziehen, und sah meine Verwirrung und meinen Schmerz, die er für Überraschung hielt.

»Jakob Bratspießdreher«, hub er wieder an, »was ich Euch

noch zu sagen habe, wird Euch weit mehr überraschen. Mit Bedauern also ließ ich dieses hübsche Fräulein fahren; aber meine Neugier lud mich ein, ihr nachzugehen. Ihr auf den Fersen stieg ich die Treppe hinab, sah sie durch den Vorflur gehen, aus der kleinen Tür schreiten, die nach den Feldern zu liegt, auf der Seite, wo der Park am tiefsten ist, und in den Laubgang hineinlaufen. Ich lief dicht hinter ihr. Ich dachte mir wohl, im Hemdchen und in der Nachtmütze werde sie keinen großen Weg haben. Sie schlug den Pfad der Mandragoren ein. Meine Neugier wurde dadurch verdoppelt, und ich folgte ihr bis zum Gartenhaus des Mosaïdes. In diesem Augenblick erschien der ekle Jude an seinem Fenster mit seinem Kleid und seiner großen Mütze wie die Figuren, die man mittags an den alten Uhren sieht, die gotischer und lächerlicher sind als die Kirchen, worin sie bewahrt werden zur Freude der Bauern und zum Nutzen des Küsters.

Er entdeckte mich unter dem Laub, als eben das hübsche Mädchen, rasch wie Galathea, in das Gartenhaus schlich. So nahm es sich aus, als jage ich auf sie nach Art, Sitte und Brauch der Satyrn, von denen wir eines Tages sprachen, als wir die schönen Stellen des Ovid verglichen. Und mein Gewand erhöhte die Ähnlichkeit noch, denn ich glaube Euch gesagt zu haben, mein Sohn, daß ich im Hemde war. Bei meinem Anblick funkelten die Augen des Mosaïdes. Aus seinem schmutziggelben Überrock zog er einen ganz niedlichen Dolch und fuchtelte zum Fenster mit einem Arm heraus, der nichts von greisenhafter Schwere hatte. Inzwischen schleuderte er mir Schmähungen in zwei Sprachen zu. Ja, Bratspießdreher, meine grammatischen Kenntnisse berechtigen mich zu sagen, daß sie zweisprachig waren und daß Spanisch oder vielmehr Portugiesisch darin sich mit dem Hebräischen mischte. Zu meiner Wut erfaßte ich den genauen Sinn nicht, denn ich verstehe jene beiden Sprachen nicht, obwohl ich sie an gewissen Lauten, die häufig wiederkehren, erkenne. Wahrscheinlich klagte er mich an, ich wollte dieses Mädchen verführen, das wohl seine Nichte Jahel ist, die, wenn Ihr Euch erinnert, Herr von Astarac uns öfters genannt hat. Dadurch enthielten seine Schimpfreden ein gut Teil Schmeichelei, denn so wie ich, mein Sohn, durch das fortschreitende Alter und die Ermüdung eines bewegten Lebens geworden bin, kann ich die Liebe der Jungfrau nicht mehr beanspruchen. Ach! wenn ich nicht Bischof werde, so ist dies eine Schüssel, wovon ich nie mehr kosten darf. Ich bedaure es. Aber man soll sich nicht zu hartnäckig an die vergänglichen Güter dieser Welt heften, und wir sollen alles verlassen, was uns verläßt. Mosaïdes also schwang seinen Dolch und stieß aus seiner Kehle rauhe Töne, die mit heiserem Bellen abwechselten, so daß ich geschmäht und getadelt ward mit Gesang oder in einer Kantilene. Und ohne mir zu schmeicheln, mein Sohn, darf ich sagen, daß ich auf feierliche, zeremoniöse Art als Wüstling und Verführer abgestraft worden bin. Als dieser Mosaïdes mit seinen Flüchen aufhörte, bemühte ich mich, ihm eine Erwiderung zu geben, die zweisprachig war wie sein Angriff. Ich entgegnete ihm auf Lateinisch und Französisch, er sei ein Mörder und Heiligtumschänder, er habe kleine Kinder erwürgt und geweihte Hostien mit dem Messer durchbohrt. Der kühle Morgenwind, der über meine Beine dahinstreifte, erinnerte mich, daß ich im Hemde war. Ich war darob etwas verlegen, denn offenbar, mein Sohn, ist ein Mann ohne Hosen in schlechter Verfassung, um die heiligen Wahrheiten zu bekunden, den Irrtum zu zermalmen und das Verbrechen zu verfolgen. Indes malte ich ihm aufs entsetzlichste seine Untaten und drohte ihm mit der göttlichen und der menschlichen Gerechtigkeit.«

»Wie! mein guter Lehrer«, rief ich, »dieser Mosaïdes, der eine so hübsche Nichte hat, hat Neugeborene erwürgt und Hostien mit dem Messer durchbohrt?«

»Ich weiß nichts davon«, antwortete mir Herr Hieronymus Coignard, »und kann auch nichts wissen. Aber diese Verbrechen gehören ihm zu, da es die seines Stammes sind, und ohne

Unbill kann ich ihm sie zuteilen. Ich habe in diesem Ungläubigen eine lange Reihe verbrecherischer Ahnen gestraft. Denn Euch ist doch bekannt, was man von den Juden und ihren abscheulichen Riten sagt. In der alten Kosmographie von Münster ist eine Figur, die Juden darstellt, wie sie ein Kind verstümmeln, und sie sind an dem Rad oder Rädchen von Tuch kenntlich, das sie zum Zeichen ihrer Schmach auf ihren Kleidern tragen. Ich glaube jedoch nicht, daß dies bei ihnen ein häuslicher, täglicher Brauch ist. Ich bezweifle auch, daß alle diese Israeliten so dazu neigen, die heiligen Abendmahlsgestalten zu beschimpfen. Sie dessen anschuldigen heißt glauben, daß sie so tief wie wir von der Gottheit unsers Herrn Jesus Christus durchdrungen seien. Denn man ist kein Glaubensschänder ohne den Glauben, und der Jude, der die heilige Hostie aufspießte, hat gerade dadurch der Wahrheit der Transsubstantiation ehrlich gehuldigt. Das sind, mein Sohn, Fabeln, die man den Toren lassen soll, und wenn ich sie dem grauenhaften Mosaïdes ins Antlitz geschleudert habe, so geschah es weniger auf den Rat gesunder Kritik als unter den gebieterischen Antrieben des Rachedurstes und des Zornes.«

»Ah! Herr«, sagte ich ihm, »Ihr konntet Euch begnügen, ihm jenen Portugiesen vorzuwerfen, den er aus Eifersucht getötet hat, denn das ist ein wahrhaftiger Mord.«

»Wie!« rief mein guter Lehrer, »Mosaïdes hat einen Christen getötet. Bratspießdreher, das ist ein gefährlicher Nachbar für uns. Aber Ihr werdet aus diesem Abenteuer dieselben Schlüsse wie ich ziehen. Sicher ist seine Nichte die Geliebte des Herrn von Astarac, dessen Zimmer sie zweifellos verließ, als ich ihr auf der Treppe begegnete.

Ich habe zu viel Religion, um nicht zu bedauern, daß eine so liebenswürdige Person aus dem Stamme hervorgegangen ist, der Jesum Christum gekreuzigt hat. Ach! Zweifelt nicht, mein Sohn, dieser ekle Mardochai ist der Oheim einer Esther, die nicht sechs Monate lang in Myrrhen gebeizt werden muß, um des Bettes eines Königs wert zu sein. Der alte spagyrische Rabe ist nicht das, was einer solchen Schönheit ansteht, und ich spüre Neigung, mich für sie zu erwärmen.

Mosaïdes muß sie sehr heimlich halten, denn wollte sie einmal auf dem Korso oder in der Komödie sich zeigen, so fiele tags drauf die ganze Welt ihr zu Füßen. Wünscht Ihr sie nicht zu sehen, Bratspießdreher?«

Ich antwortete, daß ich dies lebhaft wünsche, und wir beide versenkten uns wieder in unser Griechisch.

An jenem Abend gerieten mein guter Lehrer und ich in die Fährstraße, und da es heiß war, sprach Herr Hieronymus Coignard zu mir: »Jakob Bratspießdreher, mein Sohn, wie wäre es, wenn wir nach links steuerten, in die Straße von Grenelle, und eine Schenke suchten? Dann brauchen wir noch einen Schankwirt, der Wein zu zwei Heller die Kanne verkauft. Denn ich bin des Geldes entblößt, mein Sohn, und glaube, daß Ihr nicht besser damit versehen seid durch die Unbill des Herrn von Astarac, der vielleicht Gold macht, aber seinen Sekretären und Dienstboten keines gibt, wie Euer Beispiel zeigt und meines. Er läßt uns in kläglichem Zustand. Ich habe keinen roten Heller in meiner Tasche und sehe, daß ich mit Fleiß und List dieses Übel heilen muß. Schön ist es, die Armut mit Fassung zu ertragen, wie Epiktet, der so einen unvergänglichen Ruhm sich erworben hat. Aber dies ist eine Übung, deren ich verdrossen bin, und die mir durch die Gewohnheit zur Last geworden ist. Ich fühle, es ist an der Zeit, daß ich meine Tugend ändere, und daß ich erlerne, Reichtümer zu besitzen, ohne daß sie mich besitzen, was die edelste Verfassung ist, zu der eines Philosophen Seele sich aufschwingen kann. Bald will ich irgend etwas gewinnen, um zu zeigen, daß meine Weisheit im Unglück mir nicht treulos wird. Ich suche die Mittel, und du siehst, wie ich darüber nachdenke, Bratspießdreher.«

Während mein guter Lehrer mit edlem Anstand so redete,

nahten wir uns dem hübschen Hôtel, in dem Herr de la Guéritaude Fräulein Kathrine wohnen ließ. »Ihr werdet es«, hatte sie mir gesagt, »an dem Balkon erkennen, der voller Rosen hängt.« Es war nicht hell genug, daß ich die Rosen zu sehen vermochte, aber mir war, als röche ich sie. Nachdem ich einige Schritte gegangen war, erkannte ich sie am Fenster; sie hatte einen Krug mit Wasser in den Händen und benetzte die Blumen. Als sie mich gleichfalls auf der Straße erkannte, lachte sie und sandte mir einen Kuß. Hierauf wurde eine Hand durch das Fensterkreuz gesteckt, die ihr auf die Wange einen Schlag gab, worüber sie so erstaunt war, daß sie den Krug mit Wasser fahren ließ, der beinahe meinem guten Lehrer aufs Haupt gefallen wäre. Dann verschwand die schöne Geohrfeigte, und der Ohrfeiger, der an ihrer statt am Fenster erschien, neigte sich über das Gitter und rief: »Gott sei gelobt, Herr, Ihr seid nicht der Kapuziner! Ich kann es nicht dulden, daß meine Geliebte diesem stinkenden Vieh Küsse schickt, das unablässig sich unter diesem Fenster herumtreibt. Diesmal wenigstens muß ich über ihre Wahl nicht erröten. Ihr scheint mir ein Ehrenmann, und ich glaube Euch schon gesehen zu haben. Habt die Güte und kommt herauf! Hierinnen ist ein Nachtmahl gerüstet. Ihr werdet mich verpflichten, wenn Ihr den Herrn Abbé mitbringt, der einen Krug Wasser auf den Kopf bekommen hat und sich schüttelt wie ein nasser Hund. Nach dem Mahl werden wir Karten spielen, und wenn es Tag wird, wollen wir uns die Kehle zerschneiden. Aber dies wird eine reine Höflichkeit sein und nur Euch zu Ehren, Herr, denn in Wahrheit ist dieses Mädchen einen Degenstoß nicht wert. Sie ist eine Schelmin, die ich mein Lebtag nicht wiedersehen will.«

In dem, der also sprach, erkannte ich Herrn von Anquetil, den ich neulich gesehen hatte, wie er so lebhaft seine Leute hetzte, den Bruder Angelus in den Hintern zu stechen. Er redete höflich und behandelte mich als Edelmann. Ich fühlte die ganze Gunst, die er mir erwies, indem er einwilligte, mir die

Kehle zu zerschneiden. Mein guter Lehrer war für so viel Verbindlichkeit nicht weniger dankbar. Nachdem er sich, wie er mußte, geschüttelt hatte, sagte er zu mir: »Jakob Bratspießdreher, eine so gnädige Einladung dürfen wir nicht ablehnen.«

Schon waren zwei Lakaien mit Fackeln unten. Sie führten uns in einen Saal, wo eine gemischte Mahlzeit auf einem von zwei silbernen Kandelabern beleuchteten Tische gerüstet war. Herr von Anquetil bat uns, Platz zu nehmen, und mein guter Lehrer knüpfte sich das Wischtuch um den Hals. Schon hatte er einen Krammetsvogel auf seine Gabel gepflanzt, als Schluchzen uns das Ohr zerriß.

»Gebt auf diese Schreie nicht acht«, sprach Herr von Anquetil, »Kathrine stöhnt in dem Zimmer, in das ich sie gesperrt habe.«

»Ach! Herr, Ihr müßt ihr verzeihen«, antwortete mein guter Lehrer, der traurig den kleinen Vogel auf der Spitze seiner Gabel betrachtete. »Die angenehmsten Speisen schmecken bitter, wenn sie mit Tränen und Seufzern gewürzt werden. Hättet Ihr das Herz, eine Frau weinen zu lassen? Begnadigt diese, bitte! Ist sie denn so schuldig, weil sie meinem jungen Schüler einen Kuß gesandt hat, der ihr Nachbar und ihr Gefährte zur Zeit ihrer gemeinschaftlichen Dürftigkeit gewesen ist, damals, als die Reize dieses hübschen Mädchens nur unter dem Weingeländer des Kleinen Bacchus berühmt waren? Hierin ist alles Unschuld, falls eine menschliche Handlung und zumal die Handlung eines Weibes jemals unschuldig sein kann und gänzlich frei von der erblichen Sündhaftigkeit. Lasset noch, Herr, mich Euch sagen, daß die Eifersucht ein gotisches Gefühl ist, ein trauriger Rest barbarischer Sitten, der in einer feinen, wohlgeborenen Seele nicht zu finden sein darf.«

»Herr Abbé«, erwiderte Herr von Anquetil, »woraus schließt Ihr, ich sei eifersüchtig? Ich bin es nicht. Aber ich dulde nicht, daß ein Weib mich verspottet.«

»Wir sind der Spielball der Winde«, sagte mein guter Lehrer

und seufzte. »Alles lacht unser, der Himmel, die Sterne, der Regen, die Zephire, der Schatten, das Licht und das Weib. Erlaubet, Herr, daß Kathrine mit uns speise. Sie ist hübsch, sie erheitert Eure Tafel. Alles, was sie hat tun können, der Kuß und das übrige, macht ihren Anblick um nichts weniger hold. Die Untreue der Weiber entstellt ihr Gesicht nicht. Die Natur, die ihren Gefallen daran hat, sie zu schmücken, ist gegen ihre Fehler gleichgültig. Ahmet ihr nach, Herr, und verzeiht Kathrinen.«

Ich einte meine Bitte denen meines guten Lehrers, und Herr von Anquetil willigte ein, die Gefangene zu befreien. Er näherte sich der Tür, woraus die Schreie drangen, öffnete sie und rief Kathrine, die nur mit verdoppelten Klagen antwortete.

»Herren«, sagte ihr Liebhaber zu uns, »dort liegt sie mit plattem Bauch auf dem Bett, den Kopf in den Kissen, und jedesmal, wenn sie schluchzt, hebt sie einen lächerlichen Steiß empor. Seht euch das an. Deswegen machen wir uns so viel Pein und begehen so viele Dummheiten! ... Kathrine, kommt zum Essen!«

Aber Kathrine rührte sich nicht und weinte noch immer. Er wollte sie beim Arm, um die Hüfte zerren. Sie widersetzte sich. Er wurde dringlich: »Los! komm, Kleine!«

Sie beharrte dabei, sich nicht zu regen, und hielt Bett und Matratze umschlungen.

Ihr Liebhaber verlor die Geduld und schrie mit rauher Stimme unter tausend Flüchen: »Steh auf, Luder!«

Sofort stand sie auf, lächelte in ihren Tränen, ergriff seinen Arm und betrat mit der Miene eines glücklichen Opferlammes den Speisesaal.

Sie setzte sich zwischen Herrn von Anquetil und mich, warf den Kopf auf die Schulter ihres Liebhabers und suchte mit ihrem Fuß unter dem Tisch den meinigen.

»Herren«, sprach unser Gastfreund, »verzeiht meiner Lebhaftigkeit eine Erregung, die ich nicht bedauern kann, da sie mir die Ehre verschafft, euch hier zu traktieren. Fürwahr, ich kann nicht alle Launen dieses hübschen Mädchens dulden und bin sehr finster geworden, seit ich sie mit ihrem Kapuziner ertappt habe.«

»Freund«, sagte Kathrine und drückte meinen Fuß unter ihrem, »Eure Eifersucht verirrt sich. Erfahret, daß ich nur Herrn Jakob zugeneigt bin.«

»Sie höhnt«, sagte Herr von Anquetil.

»Bezweifelt das nicht«, erwiderte ich. »Man sieht, daß sie nur Euch liebt.«

»Ohne mir zu schmeicheln«, versetzte er, »ich habe ihr etliche Zuneigung eingeflößt. Aber sie ist gefallsüchtig.«

»Zu trinken!« sagte der Herr Abbé Coignard.

Herr von Anquetil reichte meinem guten Lehrer die umflochtene Weinflasche und rief: »Bei Gott, Abbé, Ihr, der Ihr ein Mann der Kirche seid, werdet uns sagen, weshalb die Weiber die Kapuziner lieben.«

Herr Coignard wischte sich die Lippen ab und sprach: »Der Grund ist, daß die Kapuziner mit Demut lieben und nichts zu tun sich weigern. Der zweite Grund ist, daß weder Überlegung noch Höflichkeit ihre natürlichen Instinkte abschwächt. Herr, Euer Wein ist großartig.«

»Ihr erweist mir zu viel Ehre«, entgegnete Herr von Anquetil. »Es ist der Wein des Herrn de la Guéritaude. Ich habe ihm seine Geliebte weggenommen. Da darf ich ihm wohl auch seine Flaschen nehmen.«

»Nichts ist gerechter«, versetzte mein guter Lehrer. »Ich sehe, Herr, Ihr seid vorurteilslos.«

»Lobt mich nicht mehr als sich geziemt, Abbé«, entgegnete Herr von Anquetil. »Meine Geburt macht für mich leicht, was für einen gewöhnlichen Menschen schwerer sein würde. Ein Mensch aus dem großen Haufen muß bei allen Handlungen sich Zurückhaltung auferlegen. Er ist einer genauen Rechtlichkeit untertan; ein Edelmann jedoch hat die Ehre, sich für den

König und zu seinem Vergnügen zu schlagen. Das hindert ihn, in Lappalien sich zu verstricken. Ich habe unter Herrn von Villars gedient, bin im Erbfolgekrieg mitgezogen und wäre beinah ohne Grund in der Schlacht bei Parma getötet worden. Dann darf ich bei meiner Rückkehr doch zum mindesten verlangen, daß ich meine Diener anfahren, meine Gläubiger prellen und, falls es mir beliebt, meinen Freunden ihre Frau oder sogar ihre Geliebte wegnehmen darf.«

»Ihr redet wie ein Edler«, sagte mein guter Lehrer, »und zeigt Euch eifervoll bedacht, die Vorrechte des Adels zu wahren.«

»Ich habe«, hub Herr von Anquetil wieder an, »nicht jene Gewissensbisse, die die Menge einschüchtern und nur gut sind, die Schüchternen zu fassen und die Unglücklichen im Zaum zu halten.«

»Potztausend!« sagte mein guter Lehrer.

»Ich glaube nicht an die Tugend«, sagte der andere.

»Ihr habt recht«, sprach mein guter Lehrer weiter. »So wie das Menschentier beschaffen ist, kann es nicht ohne einige Mißbildung tugendhaft sein. Seht zum Beispiel dieses hübsche Mädchen an, das mit uns spricht: seinen kleinen Kopf, seinen schönen Busen, seinen Bauch, der so wundervoll rund ist, und das übrige. In welchen Ort ihrer Person konnte sie ein Körnchen Tugend aufnehmen? Es ist kein Platz da, so fest, saftig, dicht und übbig ist alles. Die Tugend haust wie der Rabe nur in Trümmern. Sie bewohnt die Höhlungen und die Falten der Leiber. Ich selbst, Herr, der ich seit meiner Kindheit die strengen Maximen der Religion und der Philosophie erwogen habe, konnte einige Tugend nur durch die vom Leiden und vom Alter meiner Verfassung zugefügten Breschen mir einverleiben. Dabei habe ich mir jedesmal weniger Tugend als Stolz eingeblasen. Auch bin ich gewohnt, zu dem göttlichen Schöpfer der Welt diese Bitte zu sprechen: ›Lieber Gott, bewahre mich vor der Tugend, wenn sie von der Heiligkeit mich entfernt.‹ Ah! die

Heiligkeit zu erreichen, das ist für uns möglich und notwendig! Das ist unser schickliches Ziel! Könnten wir eines Tags dorthin gelangen! Inzwischen gebt mir zu trinken!«

»Ich werde Euch anvertrauen«, sagte Herr von Anquetil, »daß ich nicht an Gott glaube.«

»Diesmal«, sagte der Abbé, »tadele ich Euch, Herr. Man muß an Gott und alle Wahrheiten unsrer heiligen Religion glauben.«

Herr von Anquetil tat lauten Einspruch: »Ihr spottet unser, Abbé, und haltet uns für einfältiger, als wir sind. Ich glaube, sage ich Euch, weder an Gott noch an den Teufel und gehe nie zur Messe, außer zur Messe des Königs. Die Predigten der Priester sind nur Ammenmärchen, die höchstens für die Zeiten erträglich sind, da meine Großmutter den Abbé von Choisy in Weiberkleidern zu Sankt Jakob von der Höhe das geweihte Brot ausbieten sah. Vielleicht hat es damals Religion gegeben. Jetzt gibt es keine mehr. Gott sei Dank!«

»Bei allen Heiligen und allen Teufeln, mein Freund, sprecht nicht also«, rief Kathrine. »Es gibt einen Gott, so wahr diese Pastete auf dem Tisch steht. Beweis ist, daß, als ich mich eines Tags im vorigen Jahr in großer Not und Entbehrung fand, ich auf den Rat des Bruders Angelus in der Kapuzinerkirche eine Kerze verbrannte, und daß ich tags darauf beim Spaziergang den Herrn de la Guéritaude begegnete, der mir dieses Hôtel mit allen Möbeln schenkte und das Vorratsgewölbe voll des Weins, den wir heute trinken, und Geld genug, um anständig zu leben.«

»Pfui! pfui!« äußerte Herr von Anquetil, »die dumme Gans steckt Gott in ihre schmutzigen Dinge, was so anstößig ist, daß selbst ein Gottesleugner davon verletzt wird.«

»Herr«, sagte mein guter Lehrer, »es ist unendlich besser, Gott in schmutzige Dinge hineinzuziehen, wie dieses einfache Mädchen tut, als ihn nach Eurem Beispiel aus der Welt, die er geschaffen hat, zu verjagen. Wenn er nicht absichtlich jenen dicken Pächter seinem Geschöpfe Kathrine sandte, so hat er doch mindestens erlaubt, daß sie ihm begegnete. Wir kennen seine Wege nicht, und die Worte dieser Unschuldigen enthalten, obwohl sie mit Lästerung ein wenig vermengt und verquickt sind, mehr Wahrheit, als all die nichtigen Worte, die der Gottlose ruhmsüchtig aus der Leere seines Herzens hervorzieht. Nichts ist abscheulicher als die Freigeisterei, mit der die Jugend heute sich brüstet. Eure Worte machen mich schaudern. Soll ich mit Beweisen, die aus den heiligen Büchern und den Schriften der Väter geholt sind, darauf antworten? Soll ich Euch Gott hören lassen, wie er zu den Patriarchen und den Propheten spricht: Si locutus est Abraham et semini ejus in saecula? Soll ich vor Euren Augen die Überlieferung der Kirche entrollen? Soll ich die Hoheit der beiden Testamente gegen Euch anrufen? Soll ich Euch mit den Wundern Christi und seinem Worte beschämen, das ebenso wunderbar ist wie seine Handlungen? Nein! dieser heiligen Waffen will ich mich nicht bedienen; ich hätte zu große Furcht, sie in diesem unfeierlichen Kampf zu entweihen. In ihrer Klugheit warnt uns die Kirche, uns nicht dem auszusetzen, daß die Erbauung zum Ärgernis wird. Deswegen will ich von den Wahrheiten schweigen, mit denen ich, dem Hochaltar zu Füßen, ernährt ward. Doch ohne die keusche Bescheidenheit meiner Seele zu vergewaltigen und ohne die geheiligten Mysterien der Entweihung auszusetzen, will ich Euch Gott zeigen, wie er der Vernunft der Menschen sich aufzwingt; ich will ihn Euch in der Philosophie der Heiden und selbst in den Reden der Ruchlosen zeigen. Ja, Herr, ich will Euch lehren, daß Ihr selbst wider Willen ihn bekennt, und gerade dann, wenn Ihr behauptet, daß er nicht existiere. Denn Ihr werdet mir einräumen, daß, wenn eine Ordnung in der Welt ist, diese Ordnung göttlich ist und aus der Quelle und dem Schoße jeder Ordnung entspringt.«

»Das räume ich ein«, antwortete Herr von Anquetil, in seinen Sessel zurückgelehnt, und streichelte seine schöne Wade.

»So habet acht«, erwiderte mein guter Lehrer. »Wenn Ihr sagt, Gott existiere nicht, was tut Ihr dann anders, als daß Ihr Gedanken verkettet, Vernunftgründe ordnet und in Euch selbst das Prinzip jeden Gedankens und jeder Vernunft, nämlich Gott, offenbart? Und kann man auch nur versuchen, zu behaupten, er sei nicht, ohne durch den schlechtesten Vernunftschluß, der noch ein Vernunftschluß ist, einen Rest der Harmonie zu beweisen, die er im Weltall errichtet hat?«

»Abbé«, entgegnete Herr von Anquetil, »Ihr seid ein spaßiger Sophist. Heute weiß man, daß die Welt das Werk eines einzigen Zufalls ist, und von einer Vorsehung kann man nicht mehr reden, seit die Naturforscher im Mond, am Ende ihres Fernrohrs, geflügelte Frösche gesehen haben.«

»Nun, Herr«, versetzte mein guter Lehrer, »ich bin nicht betrübt, daß es im Monde geflügelte Frösche gibt. Diese Sumpfvögel sind die würdigen Bewohner einer Welt, die nicht durch das Blut unseres Herrn Jesus Christus erlöst worden ist. Wir kennen nur, das gebe ich zu, einen kleinen Teil des Weltalls, und möglicherweise ist, wie Herr von Astarac, übrigens ein Narr, sagt, diese Welt nur ein Kottropfen in der Unendlichkeit der Welten. Möglich, daß der Astrolog Kopernikus nicht gänzlich träumte, als er lehrte, die Welt sei nicht mathematisch der Mittelpunkt der Schöpfung. Ich habe gelesen, daß ein Italiener namens Galilei, der kläglich starb, wie dieser Kopernikus dachte; und heute sehen wir, wie der kleine Herr von Fontenelle auf solche Überlegungen gerät. Doch das ist nur ein leeres Trugbild, das die schwachen Geister verwirren muß. Was kommt darauf an, ob die physische Welt größer oder kleiner ist und die eine Form hat oder die andere? Es genügt, daß sie nur unter den Zeichen der Einsicht und Vernunft betrachtet werde, damit Gott in ihr offenbar ist.

Wenn die Erwägungen eines Weisen Euch irgendwie nutzen können, Herr, so werde ich Euch lehren, wie dieser Beweis für Gottes Existenz, der besser ist als der Beweis des Sankt Anselmus und gänzlich unabhängig von den aus der Offenbarung hergeleiteten, in voller Klarheit mir erschien. Es war zu Séez vor fünfundzwanzig Jahren. Ich war Bibliothekar des Herrn Bischofs, und die Fenster der Galerie lagen nach einem Hofe zu, wo ich jeden Morgen eine Küchenmagd die Kochgefäße des hohen Herrn scheuern sah. Sie war jung, groß und stark. Ein leichter Flaum, der ihre Lippen beschattete, verlieh ihrem Antlitz einen aufregenden, stolzen Reiz. Ihre wirren Haare, ihre magere Brust, ihre langen Arme waren des Adonis ebenso wert wie der Diana, sie war eine männische Schönheit. Deswegen liebte ich sie; ich liebte ihre starken, roten Hände. Dieses Mädchen erfüllte mich mit einem Begehren, das so stark und roh war wie sie selbst. Ihr wisset recht wohl, wie gebieterisch solche Gefühle sind. Ich verriet ihr die meinigen durch ein Fenster mittels einer kleinen Zahl von Gebärden und Worten. Sie teilte noch kürzer mir mit, daß sie mit meinen Gefühlen einverstanden sei, und gab mir für die nächste Nacht Stelldichein in dem Speicher, wo sie auf dem Heu lag, dank der Güte des hohen Herrn, dessen Näpfe sie wusch. Mit Ungeduld erwartete ich die Nacht. Als sie endlich kam, die Erde zu bedecken, nahm ich eine Leiter und stieg zu dem Speicher empor, wo dieses Mädchen mich erwartete. Mein erster Gedanke war, sie zu umarmen; der zweite, die Verkettung von Zufällen zu bewundern, die mich in ihre Arme geführt hatte. Denn, Herr, ein junger Geistlicher, eine Küchenmagd, eine Leiter, ein Bündel Heu, welche Folge! welche Ordnung! welches Zusammenwirken voraus bestimmter Harmonien, welche Verkettung von Wirkungen und Ursachen! welcher Beweis für die Existenz Gottes! Davon wurde ich seltsam betroffen, und ich freue mich, diese profane Darlegung den Gründen beifügen zu können, die die Theologie liefert, und die nebenbei vollkommen genügen.«

»Abbé«, sagte Kathrine, »das Dumme an Eurer Geschichte ist bloß, daß das Mädchen keinen Busen hatte. Ein Weib ohne

Busen ist ein Bett ohne Kopfkissen. Doch wißt Ihr nicht, Anquetil, was wir machen müßten?«

»Ja«, sagte er, »L'hombre spielen, das man zu dreien spielt.«

»Wenn Ihr wollt«, erwiderte sie. »Aber ich bitte Euch, mein Freund, lasset Pfeifen bringen. Nichts ist angenehmer, als eine Pfeife Tabak zu rauchen und dazu Wein zu trinken.«

Ein Lakai brachte Karten und die Pfeifen, die wir anzündeten. Bald war das Zimmer von dichtem Rauch erfüllt, inmitten dessen unser Gastfreund und der Herr Abbé Coignard tapfer Piquet spielten.

Das Glück war meinem guten Lehrer günstig bis zu dem Augenblick, wo Herr von Anquetil, der zu sehen glaubte, wie er zum drittenmal Fünfundfünfzig ansagte, indes er nur Vierzig hatte, ihn einen Griechen nannte, einen gemeinen Gauner, einen Ritter aus Transsylvanien, und ihm eine Flasche an den Kopf warf, die auf dem Tische zerbrach und ihn mit Wein überschwemmte.

»So müßt Ihr schon, Herr«, sagte der Abbé, »Euch die Mühe nehmen und eine andere Flasche entkorken, denn wir haben großen Durst.«

»Gern«, sagte Herr von Anquetil, »aber wisset, Abbé, daß ein Ehrenmann nicht Punkte ansagt, die er nicht hat, und daß er die Karte nur beim Königsspiel springen läßt, worin alle Personen vereinigt sind, denen man nichts schuldet. Sonst überall ist es eine Gemeinheit. Abbé, wollt Ihr denn für einen Hochstapler gelten?«

»Es ist auffällig«, sagte mein guter Lehrer, »daß man beim Kartenspiel und beim Würfelspiel eine List tadelt, die in den Künsten des Krieges, der Politik und des Geschäftes empfohlen wird, wo man es sich zur Ehre rechnet, die Unbilden des Glücks hinwegzubessern. Nicht als ob ich auf Ehrlichkeit beim Kartenspiel nichts gäbe. Ich bin, Gott sei Dank, sehr genau darin, und Ihr träumtet, Herr, als Ihr zu sehen glaubetet, daß ich Punkte ansagte, die ich nicht habe. Sonsten würde ich das Beispiel des seligen Bischofs von Genf anrufen, der sich keine Gewissensbisse machte, im Spiel zu betrügen. Doch kann ich mich der Erwägung nicht entschlagen, daß die Menschen im Spiel zarter sind als in ernsten Geschäften und sie Ehrlichkeit beim Tricktrack anwenden, wo sie ihnen nur wenig unbequem ist, während sie in einer Schlacht und bei einem Friedensvertrag, wo sie lästig wäre, keinen Gebrauch davon machen. Älianus, Herr, hat in griechischer Sprache ein Buch über die Kriegslisten geschrieben, das zeigt, wie unmäßig die List bei den großen Feldherrn genutzt wird.«

»Abbé«, sagte Herr von Anquetil, »ich habe Euren Älian nicht gelesen und werde ihn mein Lebtag nicht lesen. Doch wie jeder rechte Edelmann war ich im Kriege. Achtzehn Monate habe ich dem König gedient. Das ist die edelste Beschäftigung. Ich will Euch sagen, worin genau sie besteht. Dies Geheimnis kann ich Euch wohl anvertrauen, da niemand hier da ist, es zu hören als Ihr, die Flaschen, der Herr, den ich nachher töten werde, und dieses Mädchen, das sich entkleidet.«

»Ja«, sagte Kathrine, »ich ziehe mich bis aufs Hemd aus, weil mir zu heiß ist.«

»Nun«, hub Herr von Anquetil wieder an, »was auch die Zeitungen sagen, der Krieg besteht einzig darin, daß man den Bauern Hühner und Schweine stiehlt. Im Felde ist das der Soldaten einziges Streben.«

»Ihr habt wohl recht«, sagte mein guter Lehrer, »und in Gallien sagte man einst, des Soldaten Schatz sei Frau Beutesack. Doch ich bitte Euch, Jakob Bratspießdreher, meinen Schüler, nicht zu töten.«

»Abbé«, entgegnete Herr von Anquetil, »die Ehre verpflichtet mich dazu.«

»Uff!« sagte Kathrine und zupfte ihre Hemdspitzen über ihrem Busen zurecht, »so ist mir besser.«

»Herr«, fuhr mein guter Lehrer fort, »Jakob Bratspießdreher nützt mir sehr bei der Übersetzung des Zozimos, des Panopolitaners, die ich unternommen habe. Ich wäre Euch zu unendlichem Dank verbunden, so Ihr Euch mit ihm erst schlagen wolltet, wenn dies große Werk vollendet ist.«

»Ich pfeife auf Euren Zozimos«, erwiderte Herr von Anquetil. »Ich pfeife darauf, versteht Ihr mich, Abbé. Ich pfeife darauf wie der König auf seine erste Geliebte.«

Und er sang:

»Bis er im Sattel sitzen kann,
Bedarf der junge Reitersmann
Ein Reiterweibchen, drall und froh,
Hallo!«

»Was ist denn das eigentlich, dieser Zozimos?«

»Zozimos, Herr«, entgegnete der Abbé, »Zozimos von Panopolis war ein griechischer Gelehrter, der im dritten Jahrhundert der christlichen Ära zu Alexandrien blühte und Traktate über die spagyrische Kunst verfaßt hat.«

»Was geht das mich an?« erwiderte Herr von Anquetil, »und weshalb übersetzt Ihr ihn?«

»Sie sprach: Noch ist das Eisen heiß,
Drum rufet, daß es jeder weiß:
Des Sultans Kebse ist jetzt sie!
Halli!«

»Herr«, sagte mein guter Lehrer, »ich gebe zu, daß der Nutzen der Sache nicht fühlbar ist und der Lauf der Welt dadurch nicht geändert wird. Doch indem ich mit Noten und Kommentaren den Traktat erläutere, den der Grieche für seine Schwester Theosebia verfaßt hat...«

Kathrine unterbrach die Rede meines guten Lehrers und sang mit schriller Stimme:

»Es wird trotz aller Spötter Mund
Mein Gatte Herzog nun zur Stund,
Auf Daunen schläft er, nicht auf Stroh,
Hallo!«

»... trage ich«, fuhr mein guter Lehrer fort, »zu dem von Gelehrten aufgehäuften Schatz der Erkenntnis bei und füge meinen Stein in das Denkmal der wahrhaften Geschichte, die jene der Maximen und der Meinungen ist, viel mehr als die der Kriege und Verträge. Denn, Herr, der Adel des Menschen...«

Kathrine hub wieder an:

»Zwar pfeift, bis sie was andres hat,
Ein Lied auf uns die ganze Stadt,
Das dumme Volk, mich grämt es nie!
Halli!«

Und inzwischen sagte mein guter Lehrer: »... ist der Gedanke. Und in dieser Hinsicht ist nicht bedeutungslos zu wissen, welchen Begriff dieser Ägypter sich von der Natur der Metalle und von den Eigenschaften der Materie gemacht hat.«

Herr Abbé Hieronymus Coignard nahm einen großen Schluck Wein, indessen Kathrine weitersang:

»Durch Scheide oder Degenknauf
Zum Herzog steigt man heute auf.
Was schert uns das, ob so, ob so?
Hallo!«

»Abbé«, sagte Herr von Anquetil, »Ihr trinkt nicht, und mehr noch, Ihr faselt. In Italien, im Erbfolgekrieg, stand ich unter dem Befehl eines Brigadeoffiziers, der den Polybius übersetzte. Doch das war ein Schwachkopf. Wozu soll man den Zozimos übersetzen?«

»Wenn Ihr alles wissen wollt«, sagte mein guter Lehrer, »ich finde sinnlichen Genuß darin.«

»Potztausend!« rief Herr von Anquetil, »doch wieso kann Herr Bratspießdreher, der soeben über meine Geliebte herfällt, Euch helfen?«

»Durch die Kenntnis des Griechischen«, sagte mein guter Lehrer, »die ich ihm gegeben habe.«

Herr von Anquetil wandte sich zu mir um: »Wie, Herr«, sagte er, »Ihr versteht Griechisch? Ihr seid also gar kein Edelmann?«

»Herr«, antwortete ich, »mein Vater ist Bannerträger der Bruderschaft der Garköche von Paris.«

»So ist es mir unmöglich, Euch zu töten«, entgegnete er. »Entschuldigt. Doch, Abbé, Ihr trinkt nicht. Ihr habt mich betrogen. Ich hielt Euch für einen Saufsack und hatte Lust, wenn ich ein Haus habe, Euch zum Almosenpfleger zu nehmen.«

Indes trank Herr Abbé Coignard aus der Flasche, und Kathrine neigte sich mir zum Ohr und sagte: »Jakob, ich fühle, daß ich stets nur Euch lieben werde.«

Diese Worte jagten, da sie von einer schönen Person im Hemde kamen, mich in äußerste Verwirrung. Kathrine berauschte mich vollends, indem sie mich aus ihrem Glase trinken ließ, was in der Unordnung eines Nachtmahls, das alle Köpfe sehr erhitzt hatte, nicht bemerkt ward.

Herr von Anquetil hieb den Hals einer Flasche am Tische entzwei und schleuderte neue Güsse gegen uns. Seitdem weiß ich nicht mehr recht, was rings um mich gesagt wurde und geschah. Indes sah ich, daß, als Kathrine verräterisch ein Glas Wein ihrem Liebsten in den Hals gegossen hatte zwischen Nakken und Rockkragen, er es ihr heimzahlte, indem er zwei bis drei Flaschen auf das Fräulein im Hemde schüttete. So ward sie zu einer mythologischen Figur verwandelt, von der feuchten Gattung der Nymphen und Najaden. Sie weinte vor Wut und wand sich in Krämpfen.

Im selben Augenblick hörten wir Schläge mit dem Türhammer durch das Schweigen der Nacht. Wir standen plötzlich unbewegt und stumm wie steinerne Gäste.

Bald hatten die Schläge verdoppelte Kraft und Häufigkeit. Herr von Anquetil brach das Schweigen zuerst, indem er laut unter gräßlichen Flüchen sich fragte, wer dieser Störenfried sein könne. Mein guter Lehrer, den die gewöhnlichsten Zufälle oft zu bewunderungswürdigen Maximen veranlaßten, erhob sich und sprach mit Salbung und Ernst: »Was kümmert uns, wessen Hand so roh an das Haus klopft aus gemeiner und vielleicht lächerlicher Ursache? Wir suchen nicht es zu erfahren und halten dafür, daß an die Tür unsrer verhärteten, verderbten Seelen geklopft wird. Sagen wir uns beim Dröhnen eines jeden Schlages: der ist, um uns zur Buße und zum Gedanken an unser Heil zu mahnen, dessen wir in den Vergnügungen nicht achten; der, auf daß wir die Güter dieser Welt verschmähen; der ist eine Mahnung an die Ewigkeit. Auf solche Art werden wir aus einem sonst dürftigen, eitlen Begebnis den ganzen möglichen Nutzen ziehen.«

»Ihr seid ein Spaßvogel, Abbé«, sagte Herr von Anquetil; »bei der Wucht, mit der sie stoßen, werden sie die Tür sprengen.«

Und in der Tat rollte der Hammer mit Donnergepolter.

»Das sind Räuber«, schrie das nasse Mädchen. »Jesus! sie werden uns hinmetzeln. Das ist unsre Strafe, daß wir den Klosterbruder weggeschickt haben. Ich habe Euch oft gesagt, Unheil trifft die Häuser, aus denen man einen Kapuziner vertreibt.«

»Vieh!« erwiderte Herr von Anquetil. »Dieser verdammte Kuttenträger redet ihr jede beliebige Dummheit ein. Diebe wären höflicher oder wenigstens verschwiegener. Das ist die Nachtwache.«

»Die Nachtwache! Das wäre ja noch schlimmer«, sagte Kathrine.

»Bah!« meinte Herr von Anquetil, »wir werden ihr heimleuchten.«

Mein guter Lehrer steckte sich aus Vorsicht in jede Tasche eine Flasche, des Gleichgewichts halber, wie das Sprichwort sagt. Das ganze Haus zitterte von den Stößen des rasenden Klopfers. Herr von Anquetil, in dem dieser Sturm die kriegerischen Tugenden wieder erweckte, schrie: »Ich werde den Feind feststellen.«

Strauchelnd lief er zum Fenster hin, wo er neulich seiner Geliebten eine tüchtige Backpfeife gegeben hatte, und dann kam er, vor Lachen berstend, in den Speisesaal zurück.

»Ah! ah! ah!« rief er, »wißt Ihr, wer da klopft? Herr de la Guéritaude in Zipfelperücke, mit zwei großen Lakaien, die brennende Fackeln tragen.«

»Das ist nicht möglich«, sagte Kathrine. »Der liegt jetzt bei seinem alten Weib im Bett.«

»Dann ist es«, sprach Herr von Anquetil, »sein ihm sehr ähnliches Gespenst. Und obendrein muß man glauben, daß dieses Gespenst sich die Perücke des Pächters aufgesetzt hat. Ein Gespenst sogar könnte sie nicht so gut nachahmen, so lächerlich ist sie.«

»Sprecht Ihr wahr und spaßt Ihr nicht?« fragte Kathrine. »Ist es wirklich Herr de la Guéritaude?«

»Er selbst, Kathrine, wenn ich meinen Augen glauben darf.«

»Ich bin verloren«, rief das junge Mädchen. »Wie unglücklich ist doch ein Weib! Man läßt es niemals in Ruhe. Was soll aus mir werden! Möchtet ihr nicht, Herren, euch in verschiedenen Schränken bergen?«

»Das könnten wir schon«, sagte der Herr Abbé Coignard. »Doch wie sollen wir die leeren Flaschen mit einschließen, denen wir zum größten Teil den Bauch oder doch den Hals aufgebrochen haben, die Scherben der Kanne, die der Herr mir an den Kopf geworfen hat, das Tischtuch, die Pastete, die Teller, die Fackel und des Fräuleins Hemd, das weingetränkt nur noch einen durchsichtigen, rosigen Schleier um ihre Schönheit bildet?«

»Jawohl, der dumme Kerl hat mir mein Hemd naß gemacht«, sagte Kathrine, »und ich hole mir den Schnupfen. Vielleicht würde es genügen, Herrn von Anquetil in der Oberstube zu verbergen. Ich gebe den Abbé für meinen Oheim aus und Herrn Jakob für meinen Bruder.«

»Nein«, sagte Herr von Anquetil. »Ich selbst werde Herrn de la Guéritaude zu gemeinsamem Nachtmahl mit uns einladen.«

Wir, mein guter Lehrer, Kathrine und ich, drangen in ihn, nichts dergleichen zu tun, wir flehten ihn an, wir hingen uns ihm an den Hals. Vergebens. Er ergriff eine Fackel und stieg die Stufen hinab. Zitternd folgten wir ihm. Er öffnete die Tür. Dort war Herr de la Guéritaude, wie er ihn uns beschrieben hatte, mit seiner Perücke zwischen zwei fackelbewehrten Lakaien. Herr von Anquetil grüßte ihn zeremonisch und sprach zu ihm: »Erweiset uns die Ehre, hier einzutreten, Herr. Ihr findet drinnen liebenswürdige und seltsame Personen: einen Bratspießdreher, dem Fräulein Kathrine durch das Fenster Küsse schickt, und einen Abbé, der an Gott glaubt.«

Und er verneigte sich tief.

Herr de la Guéritaude war ein großer, trockener Mensch, der die Scherze nicht liebte. Der des Herrn von Anquetil erbitterte ihn sehr, und sein Zorn ward durch die Erscheinung meines guten Lehrers entflammt, der sich aufgeknöpft hatte und eine Flasche in der Hand, zwei in seinen Taschen trug, und durch die Kathrinens im nassen, klebenden Hemd.

»Junger Mann«, sprach er mit kaltem Zorn zu Herrn von Anquetil, »ich habe die Ehre, Euren Herrn Vater zu kennen, mit dem ich morgen über die Stadt reden werde, wo Ihr auf des Königs Geheiß die Schmach Eurer Ausschweifung und Eurer Frechheit bedenken sollt. Dieser würdige Edelmann, dem ich Geld geliehen habe, das ich von ihm nicht zurück verlange, ist mir zu solchen Diensten verpflichtet. Und unser vielgeliebter Fürst, der genau in derselben Lage wie Euer Herr Vater ist, ist mir gewogen. Das Geschäft ist erledigt. Ich habe, Gott sei es gedankt, solche abgeschlossen, die schwieriger waren. Was dieses Mädchen betrifft, so werde ich, da sie zum Guten zu bringen keine Hoffnung ist, vor Mittag dem Herrn Polizeileutnant zwei Worte sagen, der, wie ich weiß, sehr gern sie ins Hospital schaffen wird. Sonst habe ich euch nichts zu sagen. Dieses Haus gehört mir, ich habe es bezahlt und will hinein.«

Dann wandte er sich zu seinen Lakaien und zeigte mit seines Stockes Spitze auf meinen guten Lehrer und mich: »Werft«, sprach er, »diese beiden Trunkenbolde auf die Straße.«

Herr Hieronymus Coignard war gemeinhin von vorbildlicher Sanftmut und pflegte zu sagen, diese Sanftmut verdanke er den Wechselfällen des Lebens, da ihn das Schicksal behandelt habe wie die Kieselsteine, die das Meer glättet, indem es sie hin und her wälzt. Leicht ertrug er den Schimpf aus christlichem Geist wie aus Philosophie. Am meisten half ihm dabei eine große Verachtung der Menschen, zu denen er sich selbst rechnete. Diesmal jedoch verlor er jedes Maß und vergaß jede Klugheit.

»Schweige, elender Staatspächter«, rief er und schwang seine Flasche wie eine Keule. »Wagen diese Schufte sich mir zu nähern, so schlage ich ihnen den Kopf entzwei, um ihnen die Achtung vor meinem Kleide beizubringen, das von meinem geheiligten Berufe zeugt.«

Im Fackelschein, von Schweiß glänzend, rot, mit vorstehenden Augen und offenem Rock schien mein guter Lehrer, dessen dicker Bauch halb aus seiner Hose quoll, ein Kamerad, mit dem nicht gut Kirschen essen ist. Die Schufte zögerten.

»Holt doch«, schrie Herr de la Guéritaude ihnen zu, »holt doch den Weinschlauch! Ihr braucht ihn ja bloß in den Rinnstein zu stoßen, wo er liegen bleibt, bis die Gassenkehrer ihn auf den Unratkarren werfen! Ich würde ihn selbst holen, wäre ich nicht in Sorge, meine Kleider zu besudeln.«

Mein guter Lehrer war ob dieses Schimpfes sehr gekränkt.

»Hassenswerter Steuereinnehmer«, sprach er mit einer Stimme, die in den Kirchen zu erdröhnen verdiente, »ruchloser Pächter, barbarischer Gelderpresser, du behauptest, dieses Haus sei dein? Damit man es dir glaubt, damit man weiß, daß es dir gehört, schreibe auf die Tür das Wort aus dem Evangelium: Aceldama, was bedeutet: mit Blut erkauft. Dann werden wir uns neigen und den Herrn in seine Wohnung einziehen lassen. Dieb, Räuber, Menschenmörder, schreibe mit der Kohle, die ich dir ins Gesicht werfen werde, schreibe mit deiner schmutzigen Hand auf diese Schwelle deinen Eigentumstitel, schreibe: Erkauft mit dem Blut der Witwe und der Waise, erkauft mit dem Blut des Gerechten, Aceldama. Sonst bleibe draußen und lasse uns drinnen, du Würdenträger.«

Herr de la Guéritaude, der Zeit seines Lebens nichts Ähnliches gehört hatte, glaubte, er habe es mit einem Irrsinnigen zu tun, wie man das auch vermuten konnte, und hob, mehr um sich zu verteidigen als um anzugreifen, seinen großen Stock. Außer sich schleuderte mein guter Lehrer seine Flasche dem Herrn Pächter an den Kopf. Der fiel der Länge nach auf das Pflaster und schrie: »Er hat mich getötet!« Und da er in dem Wein aus der Flasche schwamm, schien es ganz so, als ob er ermordet wäre. Seine beiden Lakaien wollten sich auf den Mörder stürzen, und einer, der stark war, meinte ihn schon zu pakken, als der Herr Abbé Coignard ihm mit dem Kopf einen so heftigen Stoß in den Magen gab, daß der Lümmel in den Rinnstein neben den Pächter flog.

Zu seinem Verderb stand er wieder auf; bewaffnete sich mit einer noch brennenden Fackel und stürzte sich in den Gang, woher sein Unglück ihm kam. Mein guter Lehrer war nicht mehr da; er war ausgerissen. Herr von Anquetil war noch dort mit Kathrine, und er empfing die Fackel auf die Stirn. Diese Beleidigung schien ihm unerträglich; er zückte seinen Degen und bohrte ihn in den Bauch des armen Schelmen, der so zu seinem Schaden erfuhr, daß man mit einem Edelmann nicht anbinden soll. Indessen war mein guter Lehrer keine zwanzig Schritte in der Straße gegangen, als der zweite Lakai, ein Riesenkerl mit Spinnenbeinen, hinter ihm herlief, nach der Wache schrie und heulte: »Haltet ihn!« Er wurde immer schneller, und wir sahen, daß er an der Ecke der Straße des Sankt Guillaume bereits den Arm ausstreckte, um ihn am Kragen zu haschen. Aber mein guter Lehrer, der manchen Schlich kannte, drehte sich plötzlich, fiel seinem Mann in die Seite, stellte ihm ein Bein und stieß ihn gegen einen Eckstein, wo er sich den Schädel spaltete. Dies geschah, während wir, Herr von Anquetil und ich, dem Herrn Abbé Coignard zu Hilfe eilten, den man in dieser dringlichen Gefahr nicht verlassen durfte.

»Abbé«, sprach Herr von Anquetil, »reicht mir die Hand; Ihr seid ein tapferer Mann.«

»Ich glaube allerdings«, sagte mein guter Lehrer, »daß ich da einen kleinen Mord begangen habe. Doch ich bin nicht entartet genug, um mich dessen zu rühmen. Es genügt, daß man mir keinen zu schlimmen Vorwurf daraus macht. Dieser Gewalttaten bin ich nicht gewohnt, und, wie Ihr mich seht, war ich eher dazu beschaffen, auf der Kanzel eines Kolleges die schöne Literatur zu lehren, als mich an einer Straßenecke mit Lakaien zu prügeln.«

»Oh!« entgegnete Herr von Anquetil. »Das ist noch nicht das Böseste in Eurem Fall. Aber ich glaube, Ihr habt einen Staatspächter totgeschlagen.«

»Wirklich?« fragte der Abbé.

»So wahr ich meinen Degen in irgend einen Darm dieses Hundsfotts gebohrt habe.«

»Bei solcher Verbindung von Umständen«, sprach der Abbé, »wäre es schicklich, zuerst Gott um Nachsicht zu bitten, dem allein wir für das vergossene Blut haftbar sind, zweitens, den Schritt zum nächsten Brunnen zu beschleunigen, wo wir uns waschen werden. Denn, mir scheint, ich blute aus der Nase.«

»Ihr habt recht, Abbé«, sagte Herr von Anquetil, »denn der Lümmel, der jetzt mit klaffendem Bauch im Rinnstein liegt, hat mir die Stirn gespalten. Welche Frechheit!«

»Verzeihet«, sagte der Abbé, »damit Euch verziehen wird.«

Dort, wo die Fährstraße sich in die Felder verliert, entdeckten wir zu guter Gelegenheit neben einer Spittelmauer einen kleinen Triton aus Bronze, der in eine steinerne Wanne einen Strahl Wassers schleuderte. Wir blieben stehen, um uns dort zu waschen und zu trinken. Denn unsre Kehle war ausgedörrt.

»Was haben wir getan«, sagte mein Lehrer, »und wie habe ich mich meinem Naturell, das doch friedlich ist, entfremdet?

Fürwahr, man soll die Menschen nicht nach ihren Handlungen beurteilen, die von den Umständen abhängen, sondern nach dem Beispiel Gottes, unsres Vaters, nach ihren geheimen Gedanken und tiefen Absichten.«

»Und was ist aus Kathrine«, fragte ich, »in diesem grauenhaften Abenteuer geworden?«

»Ich habe sie verlassen«, entgegnete mir Herr von Anquetil, »als sie ihrem Finanzpächter in den Mund blies, um ihn wieder zu beleben. Aber sie müht sich umsonst. Ich kenne den Guéritaude. Er ist ohne Erbarmen. Er wird sie ins Hospital und vielleicht nach Amerika schicken. Es tut mir leid um sie; es war ein hübsches Mädchen. Ich liebte sie nicht; aber sie war toll nach mir. Und seltsam, jetzt habe ich keine Geliebte.«

»Beunruhigt Euch nicht«, sagte mein guter Lehrer. »Ihr werdet eine andere finden, die sich von dieser nicht unterscheidet oder zum mindesten nicht wesentlich. Und mich dünkt, was Ihr bei einem Weibe sucht, das haben alle gemeinsam.«

»Ernstlich«, sprach Herr von Anquetil, »sind wir alle in Gefahr, ich in die Bastille gesteckt und Ihr, Abbé, mit Eurem Schüler Bratspießdreher gehängt zu werden, der doch niemanden getötet hat.«

»Dies ist nur zu wahr«, antwortete mein guter Lehrer. »Wir müssen auf unsre Sicherheit bedacht sein. Vielleicht wird es notwendig, Paris zu verlassen, wo man unfehlbar uns suchen wird, und sogar nach Holland zu fliehen. Weh! ich sehe voraus, daß ich dort Libelle für die Theatermädchen schreiben werde mit derselben Hand, die durch sehr reichhaltige Noten die alchimistischen Traktate des Zozimos, des Panopolitaners, erläutert hat.«

»Höret, Abbé«, sprach Herr von Anquetil, »ich habe einen Freund, der uns, solange es nottut, auf seinem Landgut verbergen wird. Er bewohnt vier Meilen von Lyon eine gräßliche, wilde Gegend, wo man nur Pappeln, Gras und Wälder sieht. Dorthin müssen wir. Wir werden dort abwarten, bis das Gewitter sich verzieht. Wir werden jagen. Aber wir müssen schnellstens einen Postwagen oder besser eine Kalesche finden.«

»Da habe ich, Herr«, sagte der Abbé, »was Ihr braucht. Das Gasthaus zum Roten Roß am Rundell der Hirtinnen wird Euch gute Pferde und allerlei Wagen liefern. Ich kannte den Wirt zu der Zeit, wo ich Schreiber der Frau von Ernest war. Er war bereit, die feinen Leute sich zu Dank zu verpflichten; ich glaube, daß er tot ist, aber er muß einen ihm ganz ähnlichen Sohn haben. Habt Ihr Geld?«

»Ich habe eine ziemlich große Summe bei mir«, sagte Herr von Anquetil. »Dessen bin ich froh; denn nach Hause darf ich keinesfalls gehen, wo die Gerichtsdiener zweifellos mich suchen werden, um mich nach dem Châtelet zu bringen. Meine Leute habe ich in Kathrinens Haus vergessen, und Gott weiß, was aus ihnen geworden ist; aber das kümmert mich wenig. Ich schlug sie und bezahlte sie nicht, und dennoch bin ich ihrer Treue nicht sicher. Worauf soll man vertrauen? Gehen wir gleich zum Rundell der Hirtinnen!«

»Herr«, sagte der Abbé, »ich will Euch einen Vorschlag machen und wünschen, daß er Euch genehm ist. Bratspießdreher und ich wohnen am Sandwegkreuz in einem alchimistischen, baufälligen Schlosse, wo Ihr leicht ein Dutzend Stunden zubringen könnt, ohne gesehen zu werden. Dorthin wollen wir Euch führen und daselbst abwarten, bis unser Wagen bereit ist. Das Gute ist, daß die Sandwege vom Rundell der Hirtinnen wenig entfernt sind.«

Herr von Anquetil hatte gegen diese Verabredungen nichts einzuwenden, und vor dem kleinen Triton, der in seinen dicken Backen Wasser aufblies, entschlossen wir uns, zuerst nach dem Sandwegkreuz zu gehen und dann am Gasthaus zum Roten Roß eine Kalesche zu nehmen, die uns nach Lyon führen sollte.

»Ich will euch anvertrauen, Herren«, sagte mein guter Lehrer, »daß von den drei Flaschen, für deren Wegtragung ich gesorgt habe, die eine leider am Kopfe des Herrn de la Guéritaude zerbrochen ist, die andere während der Flucht in meiner Tasche. Um beide ist es schade. Die dritte wurde wider jedes Erwarten geschützt; hier ist sie!«

Und er zog sie unter seinem Rock hervor und stellte sie auf den Brunnenrand.

»Das trifft sich gut«, sagte Herr von Anquetil. »Ihr habt Wein; ich habe in meiner Tasche Würfel und Karten. Wir können spielen.«

»Allerdings«, sprach mein guter Lehrer, »ist das eine große Zerstreuung. Ein Kartenspiel, Herr, ist ein Abenteuerbuch von der Gattung, die man Romane nennt, und hat vor den anderen Büchern dieser Gattung den Vorteil, daß man es zur selben Zeit verfertigt, wo man es liest, und daß man weder Geist, um es zu verfertigen, noch Bildung, um es zu lesen, braucht. Das Werk ist auch darin wunderbar, daß es, so oft man auch die Seiten durcheinanderblättert, jedesmal einen regelmäßigen, neuen Sinn bietet. Es ist so kunstvoll, daß man es nicht genug bewundern kann, denn aus mathematischen Grundsätzen zieht es tausend und abertausend merkwürdige Berechnungen und so viele seltsame Beziehungen, daß man fälschlich glauben konnte, man erforsche daraus die Geheimnisse der Herzen, das Mysterium der Schicksale und die Rätsel der Zukunft. Was ich sage, gilt zumal vom Tarock der Zigeuner, dem ausgezeichnetsten aller Spiele, kann jedoch auch das Spiel Piket betreffen. Die Erfindung der Karten ist den Alten zuzuschreiben, und ich meinerseits halte sie, obwohl ich, um alles zu sagen, keinen Text kenne, der mich dazu berechtigt, für chaldäischen Ursprungs. Aber in seiner gegenwärtigen Form reicht das Piket nur auf den König Karl den Siebenten zurück, wenn tatsächlich, was ich zu Séez in einer gelehrten Erörterung gelesen zu haben glaube, die Herzdame auf emblematische Weise die schöne Agnes Sorel darstellt, und die Pikdame nur, unter dem Namen der Pallas, jene Jeanne Dulys, auch Jeanne Darc genannt, ist, die durch ihre Tapferkeit die Monarchie gerettet hat und dann in Rouen von den Engländern gekocht ward in einem Kessel, den man für zwei Heller zeigt, und den ich, als ich durch jene Stadt reiste, sah. Gewisse Historiker indessen behaupten, diese Jungfrau sei lebend auf einem schönen Scheiterhaufen verbrannt worden. Im Nikolaus Gilles und im Pasquier liest man, die heilige Katharina und die heilige Margaretha seien ihr erschienen. Gott hat sie ihr nicht gesandt; denn jede ein wenig gelehrte Person von fester Frömmigkeit weiß, daß diese Margaretha und diese Katharina von den byzantinischen Mönchen erfunden wurden, deren übermäßige, barbarische Erdichtungen das Verzeichnis der Märtyrer beschmiert haben. Es ist lächerliche Gottlosigkeit, zu behaupten, Gott habe dieser Jeanne Dulys Heilige erscheinen lassen, die nicht existierten. Warum sagen sie nicht, Gott habe dieser Jungfer auch eine blonde Isolt, Melusine, Bertha mit dem großen Fuß und alle Heldinnen von Ritterromanen geschickt, deren Existenz nicht sagenhafter ist als die der Jungfrau Katharina und der Jungfrau Margaretha? Im letzten Jahrhundert wandte sich der Herr von Valais mit Recht gegen diese plumpen Fabeln, die der Religion ebenso zuwider sind wie der Irrtum der Wahrheit. Es wäre zu wünschen, daß ein der Geschichte kundiger Mönch die echten Heiligen, die zu verehren sind, von Heiligen wie Margaretha, Luca oder Lucia, Eustachius unterschiede, die Geschöpfe der Einbildung sind, und sogar den Sankt Georg, gegen den ich Zweifel hege.

Wenn ich eines Tages mich in eine schöne, mit einer reichen Bibliothek geschmückte Abtei zurückziehen kann, werde ich dieser Aufgabe den Rest eines Lebens widmen, das halb in furchtbaren Stürmen und häufigen Schiffbrüchen erschöpft ist. Ich trachte nach dem Hafen und habe Begehren und Neigung nach der keuschen Ruhe, die für mein Alter und meinen Stand gebührt.«

Während der Abbé Coignard diese denkwürdigen Reden hielt, saß Herr von Anquetil, ohne ihn zu hören, auf dem

Rande des Beckens, schlug die Karten auf und fluchte wie ein Teufel, man sehe nichts, um eine Partie Piket zu spielen.

»Ihr habt recht, Herr«, sprach mein guter Lehrer. »Man sieht nicht klar, und das ist mir etwas unbequem, weniger mit Rücksicht auf die Karten, deren ich leicht entrate, als weil ich Lust habe, etliche Seiten der *Tröstungen des Boëtius* zu lesen, deren ich stets ein Exemplar von kleinem Format in meiner Tasche trage, um es unaufhörlich bei der Hand zu haben und es zu öffnen, sobald ich Unglück habe, wie mir heute begegnet. Denn es ist für einen Mann von meinem Stand ein grausames Mißgeschick, ein Mörder zu sein und mit Einkerkerung in den kirchlichen Gefängnissen bedroht zu werden. Ich fühle, daß eine einzige Seite dieses wunderbaren Buches mein Herz kräftigen würde, das schon bei dem Gedanken an den geistlichen Richter zergeht.«

Indem er diese Worte aussprach, ließ er sich auf die andere Seite des Beckens fallen, und zwar so tief, daß er bis zur Mitte seines Leibes ins Wasser tauchte. Doch er scherte sich nicht darum und schien es nicht einmal zu bemerken. Aus seiner Tasche zog er seinen Boëtius, der wirklich darin stak, setzte seine Brille auf, die nur noch ein Glas hatte, das an drei Stellen zersplittert war, und begann in dem Büchlein die Seite zu suchen, die seiner Lage am meisten entgegenkam. Zweifellos hätte er sie gefunden und daraus neue Kräfte geschöpft, hätten ihm die schlechte Beschaffenheit seiner Brille, die Tränen, die ihm in die Augen traten, und die schwache Helligkeit, die vom Himmel fiel, sie zu suchen erlaubt. Bald jedoch mußte er einräumen, daß er gar nichts sah, und ließ seinen Unmut am Monde aus, der ihm an einer Wolke Rand sein spitzes Horn zeigte. Laut rief er ihn an und überhäufte ihn mit Beschimpfungen.

»Du geiles, schmutziges, lüsternes Gestirn«, sprach er zu ihm, »nie bist du es müde, die menschliche Schmach zu beleuchten, und neidest dem einen Strahl deines Lichts, der tugendhafte Grundsätze sucht.«

»Wohlan, Abbé«, sagte Herr von Anquetil, »da dieser gemeine Mond hell genug ist, um uns durch die Straßen zu geleiten, nicht aber um Piket zu spielen, lasset uns sofort nach jenem Schlosse gehen, wovon Ihr mir erzähltet, und wohin ich, ohne gesehen zu werden, gelangen muß.«

Der Rat war gut, und nachdem wir den ganzen Wein aus der Flasche getrunken hatten, schlugen wir zu dreien den Weg nach dem Sandwegkreuz ein. Ich ging mit Herrn von Anquetil voraus. Mein guter Lehrer, den all das Wasser, das seine Hose eingesogen hatte, aufhielt, folgte uns weinend, stöhnend und triefend.

Schon stach uns die Morgendämmerung in die ermüdeten Augen, als wir zu der grünen Tür des Parks im Sandweg gelangten. Wir brauchten nicht erst den Klopfer zu heben. Seit einiger Zeit hatte der Herr des Hauses uns die Schlüssel seines Gebietes eingehändigt. Es wurde verabredet, mein guter Lehrer solle behutsam mit Anquetil im Dunkel des Ganges voranschreiten, und ich sollte etwas zurückbleiben, um, wenn es nötig wäre, den treuen Kriton und die Küchenjungen zu beobachten, die den Eindringling sehen konnten. Diese Vereinbarung, die höchst verständig war, hat mir späterhin langen Verdruß gebracht. Denn in dem Augenblick, da die beiden Gefährten schon die Treppe erstiegen und, ohne gesehen zu werden, mein eigenes Zimmer erreicht hatten, worin wir Herrn von Anquetil bis zur Flucht in der Postkutsche verbergen wollten, erklomm ich kaum das zweite Stockwerk. Und just da begegnete ich Herrn von Astarac in roter Damastrobe, und in der Hand trug er eine silberne Leuchte. Nach seiner Gewohnheit legte er mir die Hand auf die Schulter.

»Nun, mein Sohn«, sprach er, »seid Ihr nicht glücklich, daß Ihr allen Verkehr mit den Frauen abgebrochen habt und so allen Gefahren der üblen Gesellschaft entronnen seid? Bei den erhabenen Töchtern der Luft habt Ihr nicht jenen Zank zu befürchten, jenen Hader, jene schmählichen, gewaltsamen Auftritte, die bei den unzüchtigen Geschöpfen gemeinhin entstehen. In Eurer von den Feen umzauberten Einsamkeit genießet Ihr köstlichen Frieden.«

Zuerst glaubte ich, er spotte nur. Doch bald nahm ich aus seiner Miene wahr, daß er daran nicht dachte.

»Ich treffe Euch zu guter Stunde, mein Sohn«, fügte er hinzu, »und werde Euch dankbar sein, wenn Ihr einen Augenblick mit mir in meine Werkstatt treten wollt.«

Ich folgte ihm. Er öffnete mit einem wenigstens ellenlangen Schlüssel die Tür zu jenem verwunschenen Zimmer, dem ich neulich Höllenglut hatte entweichen sehen. Und als wir beide in der Werkstatt waren, bat er mich, das müde Feuer anzufachen. Ich warf etliche Holzstücke in den Ofen, worin irgend etwas kochte, das einen betäubenden Dunst aushauchte. Während er Treibscherben und Brennkolben bewegte und seine schwarze Küche betrieb, saß ich still auf einer Bank, auf die ich gesunken war, und schloß wider meinen Willen die Augen. Er zwang mich, sie zu öffnen, um ein Gefäß aus grünem Ton zu bewundern, worauf ein gläserner Kolbendeckel saß, und das er in Händen trug.

»Mein Sohn«, sprach er, »Ihr müßt wissen, daß dieses Sublimiergefäß den Namen Aludel hat. Es umschließt eine Flüssigkeit, die Ihr aufmerksam betrachten müßt, denn ich offenbare Euch, daß diese Flüssigkeit nichts anderes ist als der Hermes der Philosophen. Glaubet nicht, er bewahre notwendigerweise stets diese dunkle Farbe. In kurzem wird er weiß werden und solchergestalt die Metalle in Silber verwandeln. Dann wird er durch meine Kunst, durch meinen Fleiß in Rot umschlagen und die Kraft, das Silber in Gold zu verwandeln, besitzen. Zweifellos wäre es für Euch vorteilhaft, so Ihr, in diese Werkstatt eingesperrt, Euch nicht rührtet, bevor diese erhabenen Verrichtungen nacheinander vollbracht sind, was nicht länger denn zwei bis drei Monate dauern kann. Aber das hieße vielleicht eine zu harte Zucht für Eure Jugend. Begnüget Euch diesmal, die Vorbereitungen zum Werk zu schauen, und leget bitte viel Holz in den Ofen.«

Nach diesen Worten vertiefte er sich aufs neue in seine Phiolen und Retorten. Indes dachte ich an die traurige Lage, die mein Ungemach und meine Unvorsicht mir beschieden hatten.

»Weh!« sprach ich zu mir, indem ich Holzscheite in den Ofen stieß, »jetzt eben suchen die Schergen uns, meinen guten Lehrer und mich. Vielleicht müssen wir ins Gefängnis und sicherlich dieses Schloß verlassen, wo ich zwar kein Geld, jedoch meine Mahlzeiten hatte und einen ehrenhaften Stand. Nie wieder darf ich wagen, vor Herrn von Astarac zu erscheinen, der glaubt, ich habe die Nacht in der stillen Wollust der Magie verlebt, wie ich besser getan hätte. Weh! nie werde ich die Nichte des Mosaïdes wiedersehen, Fräulein Jahel, die mich nachts in meiner Kammer so angenehm erweckte. Und zweifellos wird sie mich vergessen. Vielleicht wird sie einen anderen lieben, den sie ebenso kosen wird wie mich. Der bloße Gedanke an diese Treulosigkeit ist mir unerträglich. Doch, wie der Welt Lauf ist, sehe ich, muß man auf alles gerüstet sein.«

»Mein Sohn«, sprach Herr von Astarac, »Ihr gebt dem Athanor nicht Speise genug. Ich sehe, daß Ihr von der Herrlichkeit des Feuers noch nicht durchdrungen seid, dessen Kraft den Hermes reift und zu jener Wunderfrucht macht, die zu pflücken mir bald erlaubt sein wird. Mehr Holz noch! Das Feuer, mein Sohn, ist das höchste Element; ich habe Euch das sattsam gesagt und will Euch ein Beispiel weisen. An einem sehr kalten Tag des letzten Winters besuchte ich den Mosaïdes in seinem Gartenhäuschen und fand ihn mit den Füßen auf einem Kohlenbecken sitzen. Da bemerkte ich, daß die feinen Feuerteilchen, die dem Becken entschlüpften, stark genug waren, um den Überrock des Weisen aufzublasen und zu heben. Ich zog den Schluß, wenn das Feuer heißer gewesen wäre, hätte Mosaïdes sich unfehlbar in die Lüfte geschwungen, dessen er in

Wahrheit auch würdig ist. Und ich schloß ferner, vermöchte man in irgend ein Gefäß eine genügende Menge dieser Feuerteilchen einzufangen, so könnten wir auf den Wolken ebenso leicht schiffen wie jetzt auf dem Meer und könnten zu den Salamanderweibern in ihre ätherischen Wohnungen. Darüber werde ich später in Muße nachdenken. Und ich entsage der Hoffnung nicht, eins dieser Feuerschiffe herzustellen. Doch kehren wir zur Arbeit zurück und legen wir Holz in den Ofen.«

Noch eine Zeitlang hielt er mich in diesem Flammenzimmer fest, woraus ich möglichst schnell zu Jahel zu entrinnen wünschte, der ich mein Unglück zu melden eilen wollte. Endlich kam er aus der Werkstatt, und ich meinte frei zu sein. Doch auch in dieser Hoffnung ward ich von ihm betrogen.

»Das Wetter«, sprach er zu mir, »ist heute morgen etwas bedeckt, doch mild. Wollt Ihr nicht mit mir im Park spazierengehen, bevor Ihr die Übersetzung des Zozimos, des Panopolitaners, wieder aufnehmt, die Euch und Euren Lehrer ehren wird, wenn Ihr sie beendigt, wie Ihr sie angefangen habt?«

Ungern folgte ich ihm in den Park, wo er diese Worte zu mir redete: »Es ist mir nicht unlieb, mein Sohn, mit Euch allein zu sein, um Euch, solange es Zeit ist, vor einer großen Gefahr zu warnen, die eines Tags Euch bedrohen könnte; und ich mache mir sogar einen Vorwurf, daß ich nicht früher daran dachte, Euch zu unterrichten, denn was ich Euch mitzuteilen habe, ist äußerst folgenschwer.«

Unter solchem Gespräch führte er mich in den großen Gang, der zu den Morästen der Seine absteigt und von wo man Rueil und den Valerian mit seinem Kalvarienberge sieht. Das war sein gewohnter Weg. Deshalb war dieser Gang auch geebnet, trotz etlichen querliegenden Baumstämmen.

»Von Gewicht ist«, fuhr er fort, »daß ich Euch bekanntgebe, welcher Strafe Ihr Euch aussetzen würdet, so Ihr Euer Salamanderweib verrietet. Ich befrage Euch nicht wegen Eures Umgangs mit jener übermenschlichen Person, deren Bekanntschaft ich Euch zu vermitteln das Glück hatte. Euch selbst widerstrebt es, so scheint mir, davon zu sprechen. Und vielleicht gebührt Euch Lob. Wenn die Salamanderweiber zu der Verschwiegenheit ihrer Geliebten sich nicht ebenso stellen wie die Frauen am Hof und in der Stadt, ist es doch gleichwohl den schönen Liebschaften zu eigen, daß sie unaussprechlich sind, und man entweiht ein großes Geheimnis, wenn man es nach außen trägt.

Doch Euer Salamanderweib (dessen Namen zu erfahren für mich leicht wäre, hätte ich so unzarte Neugier) hat Euch vielleicht nichts von einer seiner gefährlichsten Leidenschaften gesagt, der Eifersucht. Diesen Zug hat es mit all seinen Schwestern gemein. Wisset, mein Sohn: nicht ungestraft lassen die Salamanderweiber sich verraten. Am Wortbrecher nehmen sie furchtbare Rache. Der göttliche Paracelsus führt ein Beispiel an, das zweifellos genügen wird, Euch heilsame Angst einzuflößen. Deshalb will ich es Euch kundgeben.

In der deutschen Stadt Staufen lebte ein spagyrischer Philosoph, der, wie Ihr, mit einem Salamanderweibe verkehrte. Er war ruchlos genug, es mit einer Frau zu betrügen, die zwar hübsch war, doch nicht schöner, als eine Frau sein kann. Eines Abends, da er mit seiner neuen Geliebten und etlichen Freunden schmauste, sahen die Gäste sich zu Häupten einen Schenkel von wunderbarer Form erglänzen. Das Salamanderweib zeigte ihn, auf daß man wohl merke, sie verdiene die Unbill nicht, die ihr Geliebter ihr bereite. Dann verhängte die Himmelstochter in ihrer Wut einen Schlaganfall über den Treulosen. Die große Menge die dazu geschaffen ist, beirrt zu werden, glaubte, der Tod sei natürlich; doch die Eingeweihten wußten, von wessen Hand der Schlag herrühre. Ich war Euch, mein Sohn, diese Warnung und dieses Beispiel schuldig.«

Sie nutzten mir weniger, als Herr von Astarac dachte. Indem ich sie hörte, gab ich mich anderen Besorgnissen hin. Zweifellos verriet mein Antlitz meine Unruhe, denn der große Kabbalist blickte auf mich und fragte, ob ich nicht fürchte, eine unter so strengen Strafen gewahrte Verpflichtung werde meiner Jugend zur Last fallen.

»Hierüber kann ich Euch Sicherheit gewähren«, setzte er hinzu. »Die Eifersucht der Salamanderweiber wird nur dann erregt, wenn man sie in Nebenbuhlerschaft mit Frauen bringt, und in Wahrheit ist sie eher Groll, Empörung, Abscheu, denn echte Eifersucht. Die Salamanderweiber haben eine zu edle Seele und einen zu feinen Verstand, um gegeneinander Neid zu hegen und einem Gefühl sich zu überlassen, das ein Stück der Barbarei darstellt, worin die Menschheit zur Hälfte noch versenkt ist. Vielmehr teilen sie freudig mit ihren Gefährtinnen die Wonnen, die sie an eines Weisen Seite empfinden, und führen ihrem Geliebten gern ihre schönsten Schwestern zu. Bald wird es sich Euch bestätigen, daß sie in solchem Grade höflich sind, und in weniger als einem Jahr, weniger sogar als sechs Monaten wird Euer Zimmer die Stätte der Begegnung von fünf bis sechs Töchtern des Tages sein, die um die Wette ihre funkelnden Gürtel vor Euch losbinden werden. Fürchtet Euch nicht, mein Sohn, ihre Liebkosungen zu erwidern. Eure Freundin wird es Euch nicht verargen. Und wie sollte sie beleidigt sein, da sie ja weise ist? Eurerseits dürft Ihr nicht zur Unzeit zürnen, wenn Euer Salamanderweib Euch einen Augenblick verläßt, einen anderen Philosophen zu besuchen. Erwäget, daß jene stolze Eifersucht, die die Menschen in den Bund der Geschlechter hineintragen, ein wildes, auf die lächerlichste Täuschung begründetes Gefühl ist. Es ruht auf dem Gedanken, daß eine Frau einem angehöre, wenn sie sich gegeben hat, was ein bloßes Wortspiel ist.«

Indem er mir diese Rede hielt, hatte Herr von Astarac den Mandragorenpfad eingeschlagen, woselbst wir schon zwischen dem Laub das Gartenhaus des Mosaïdes sahen, als eine entsetzliche Stimme uns die Ohren zerriß, wovon mir das Herz hüpfte. Rauhe Laute wälzte sie, die von scharfem Knirschen untermengt waren, und wenn man sich näherte, merkte man, daß diese Laute Ausdruck hatten und jeder Satz in einer Art sehr schwachen Wortgesangs endigte, den man nicht ohne Schauder anhören konnte.

Als wir einige Schritte gegangen waren, konnten wir durch Hinhorchen den Sinn dieser seltsamen Worte ergreifen. Die Stimme sagte: »Höre den Fluch, mit dem Elisa die unschuldigen, fröhlichen Kindlein verfluchte. Höre den Fluch, mit dem Barack den Meros traf:

›Ich verfluche dich im Namen des Archithariel, der auch der Gott der Schlachten heißt und der das Lichtschwert hält. Dem Untergang weihe ich im Namen des Sardaliphon, der seinem Herrn die angenehmen Blumen und die verdienstlichen Kränze darreicht, die Geschenke der Kinder Israel.‹

Sei verflucht, du Hund! und sei verdammt, du Schwein!«

Als wir dorthin blickten, woher die Stimme kam, sahen wir den Mosaïdes auf der Schwelle seines Hauses. Aufrecht stand er, mit erhobenen Armen, die Hände waren wie Klauen gespreizt mit Hakennägeln, die im Sonnenlicht Flammen durchscheinen ließen. Auf dem Haupt seine schmutzige Tiara, glich er, in sein blendendes Kleid gewickelt, woraus, wenn es sich öffnete, magere, gebogene Beine in zerfetzter Hose lugten, einem bettelhaften, ewigen, uralten Zauberer. Seine Augen leuchteten. Er sprach: »Sei verflucht im Namen der Kugeln; sei verflucht im Namen der Räder; sei verflucht im Namen der geheimnisvollen Tiere, die Ezechiel gesehen hat.«

Und er streckte seine langen, mit Klauen bewehrten Arme vor sich aus und wiederholte: »Im Namen der Kugeln, im Namen der Räder, im Namen der geheimnisvollen Tiere steige zu denen hinab, die nicht mehr sind.«

Noch einige Schritte drangen wir unter den hohen Bäumen vor, um das Ziel zu sehen, worauf des Mosaïdes ausgestreckte Arme und Zorn gingen, und groß war meine Überraschung, als ich Herrn Hieronymus Coignard entdeckte, der mit einem

Rockschoß an einem Dornstrauch hing. Aus seiner ganzen Verfassung erkannte man die Wirrnis der Nacht; sein Bäffchen und seine Hosen waren zerrissen, seine Schuhe kotbeschmiert, sein Hemd war offen. Kläglich erinnerte das alles an unser gemeinsames Mißgeschick, und schlimmer noch, seine geschwollene Nase störte die edle, lachende Miene, die von seinem Antlitz niemals wich.

Ich lief auf ihn zu und zog ihn so glücklich aus dem Gestrüpp, daß er nur einen Tuchfleck seiner Hose darin ließ. Und Mosaïdes, der keine Verwünschung mehr wußte, ging wieder ins Haus. Da er nur Halbschuhe an hatte, bemerkte ich, daß sein Bein in die Mitte des Fußes gepflanzt war und die Ferse hinten fast ebenso emporsprang wie vorne der Sporen. So war sein Schritt, der sonst edel gewesen wäre, sehr häßlich.

»Jakob Bratspießdreher, mein Sohn«, sagte mein guter Lehrer und seufzte, »dieser Jude muß Isaac Laquedem in Person sein, da er so in allen Sprachen zu lästern versteht. Er hat mich einem nahen, gewaltsamen Tode überantwortet mit einem großen Schwall von Bildern, und in vierzehn gesonderten Idiomen, wenn ich recht gezählt habe, mich Schwein genannt. Ich würde ihn für den Antichrist halten, fehlten ihm nicht etliche der Zeichen, an denen man Gottes Feind erkennen soll. Jedenfalls ist es ein schmutziger Jude, und nie hat das Rad als Bild der Schmach auf dem Kleide eines so rasenden Ungläubigen gesessen. Er für sein Teil verdient nicht allein das Rad, das man einst auf den Mantel der Juden heftete, sondern das, worauf man die Verbrecher schnürt.«

Und mein guter Lehrer, der seinerseits aufs höchste gereizt war, drohte dem entschwundenen Mosaïdes mit der Faust und klagte ihn an, er kreuzige die Kinder und fresse das Fleisch der Neugeborenen.

Herr von Astarac ging auf ihn zu und berührte ihm mit dem Rubin, den er am Finger trug, die Brust.

»Es ist von Wert«, sprach dieser große Kabbalist, »die Eigenschaften der Steine zu kennen. Der Rubin beschwichtigt den Groll, und Ihr werdet bald sehen, wie der Herr Abbé Coignard zu seiner natürlichen Sanftmut zurückkehrt.«

Mein guter Lehrer lächelte schon, weniger um der Tugend des Steines willen als unter der Einwirkung einer Philosophie, wodurch dieser bewundernswerte Mann über die menschlichen Leidenschaften erhoben ward. Denn wie ich in dem Augenblick sagen muß, wo mein Bericht sich verdüstert und traurig wird, Herr Hieronymus Coignard hat mir in den Umständen, wo man Weisheit am seltensten trifft, Beispiele davon gegeben.

Wir fragten ihn nach dem Gegenstand seines Streites. Denn seinen ungewissen, verlegenen Antworten entnahm ich, daß er keine Lust hatte, unsere Neugier zu befriedigen. Sofort schöpfte ich Argwohn, Jahel habe etwas damit zu schaffen, denn wir hörten das Knirschen der Stimme des Mosaïdes zugleich mit dem der Schlösser und allen Lärm eines Zwists im Gartenhaus zwischen Oheim und Nichte. Als ich mich nochmals bemühte, meinem guten Lehrer etwelche Aufklärung abzugewinnen, sprach er zu uns: »Der Christenhaß ist eingewurzelt im Herzen der Juden, und Mosaïdes ist dessen verdammlicher Zeuge. In diesem fürchterlichen Gekreisch habe ich, wenn ich nicht irre, Teile der Bannflüche unterschieden, die im letzten Jahrhundert die Synagoge auf einen kleinen holländischen Juden namens Baruch oder Benedikt ausspie, der bekannter ist unter dem Namen Spinoza als Gründer einer Philosophie, die beinahe zur Zeit ihrer Geburt von ausgezeichneten Theologen vollkommen widerlegt worden ist. Aber dieser alte Mardochai hat, so scheint mir, viele noch gräßlichere Flüche hinzugesetzt, und ich gestehe, daß sie mich etwas verwirrten. Durch die Flucht wollte ich dem Gießbach von Schmähungen entrinnen, als ich zu meinem Unheil in diesen Dornen mich verfing und an mehreren Stellen meines Kleides und meiner Haut so festgehalten wurde, daß ich beides zu verlieren meinte und in brennenden Schmerzen dort noch stäke, hätte Bratspießdreher, mein Schüler, mich nicht befreit.«

»Die Dornen sind nichts«, sagte Herr von Astarac. »Doch ich fürchte, Herr Abbé, daß Ihr auf die Mandragora getreten seid.«

»Das schert mich am mindesten«, sprach der Abbé.

»Ihr habt unrecht«, erwiderte Herr von Astarac lebhaft. »Es genügt, den Fuß auf eine Mandragora zu setzen, um in ein Liebesverbrechen verstrickt zu werden und elendiglich darin umzukommen.«

»Ah! Herr«, sagte mein guter Lehrer, »das sind sehr viele Gefahren, und ich sehe, ich hätte eng in die beredten Mauern der Astaraciana eingesperrt leben müssen, die der Büchereien Königin ist. Weil ich sie einen Augenblick verlassen habe, hat man mir die Tiere des Ezechiel, ohne das übrige zu zählen, an den Kopf geworfen.«

»Möchtet Ihr mir nicht sagen, wie es mit Zozimos, dem Panopolitaner, steht?« fragte Herr von Astarac.

»Er kommt vorwärts«, antwortete mein guter Lehrer, »er geht seinen Gang, obschon dieser zur Stunde etwas langsam ist!«

»Bedenket, Herr Abbé«, sagte der Kabbalist, »daß der Besitz der größten Geheimnisse mit der Kenntnis dieser alten Texte zusammenhängt.«

»Ich bedenke es angelegentlich, mein Herr«, sprach der Abbé.

Und auf solche Versicherung ließ Herr von Astarac uns neben dem Faun, der ohne Sorge um sein ins Gras gestürztes Haupt die Flöte spielte, und lief unter den Bäumen dahin, dem Ruf der Salamanderweiber entgegen.

Mein guter Lehrer faßte mich am Arm mit der Miene eines, der endlich frei reden darf.

»Jakob Bratspießdreher, mein Sohn«, sprach er, »ich darf Euch nicht verhehlen, daß eine recht seltsame Begegnung heute früh in des Schlosses Giebel stattfand, während Ihr durch diesen verrückten Bläser im ersten Stockwerk festgehalten wurdet. Ich habe wohl gehört, daß er Euch gebeten hat, einen Augenblick ihm bei seiner Kocherei zu helfen, die weniger duftet und weniger christlich ist als die des Meisters Leonhard, Eures Vaters. Weh! Wann werde ich die Bratküche zur Königin Pedauque wiedersehen und den Buchkram des Herrn Blaizot zur heiligen Katharina, wo ich mit soviel Genuß die neuen Bücher aus Amsterdam oder dem Haag durchblättert habe!«

»Weh!« rief ich aus, und ich hatte Tränen in den Augen, »wann werde ich selbst sie wiedersehen? Wann die Straße des Sankt Jakob, worin ich geboren bin, und meine lieben Eltern, denen die Nachricht von unserem Leid bitteren Kummer bereiten wird? Doch habt die Güte, mein lieber Lehrer, mehr von jener seltsamen Begegnung zu erzählen, die, wie Ihr sagt, heute früh stattgefunden hat, und von den Ereignissen des gegenwärtigen Tages.«

Herr Hieronymus Coignard willigte ein, mir sämtliche gewünschten Aufklärungen zu geben. Und er sprach also: »Wisset, mein Sohn, daß ich ohne Hindernis das höchste Stockwerk des Schlosses mit diesem Herrn von Anquetil erreichte, den ich, so roh und ungebildet er ist, sehr gern habe. Weder schöne Kenntnisse noch tiefe Neugier hat er im Geiste. Aber die Lebhaftigkeit der Jugend umglänzt ihn hold, und seines Blutes Hitze sprudelt munter empor. Er kennt die Welt, wie er die Weiber kennt, weil er drauf ist ohne jegliche Philosophie. Es ist sehr kindlich von ihm, daß er sich Gottesleugner nennt. Seine Gottlosigkeit ist ohne Arg, und Ihr werdet sehen, wie sie von selbst verschwindet, wenn die Hitze seiner Sinne fällt. Gott hat in dieser Seele keinen anderen Feind als Pferde, Karten und Weiber. In einem wirklichen Freigeist, wie zum Beispiel Herr Bayle ist, trifft die Wahrheit furchtbarere und boshaftere Feinde an. Doch ich sehe, mein Sohn, daß ich Euch ein Bildnis oder einen Charakter male, indes Ihr einen einfachen Bericht von mir erwartet.

Ich will Euch Genüge leisten. Nachdem ich also das oberste Stockwerk des Schlosses mit Herrn von Anquetil erreicht hatte, ließ ich den jungen Edelmann in Eure Stube treten und bat ihn, gemäß dem Versprechen, das Ihr und ich vor dem Tritonenbrunnen ihm gaben, sich dieser Stube zu bedienen, als ob sie sein eigen wäre. Das tat er gern, entkleidete sich, behielt seine Stiefel, legte sich in Euer Bett, dessen Vorhänge er zuzog, um nicht von des Tages spitzem Pfeil behelligt zu werden, und schlief bald ein.

Ich, mein Sohn, wollte, als ich wieder in meiner Kammer war, trotz meiner Ermüdung nicht ruhen, bevor ich in dem Buche des Boëtius eine Stelle fand, die meiner Verfassung geziemte. Keine fand ich, die völlig paßte. Allerdings hatte dieser große Boëtius keine Ursache, über ein Mißgeschick wie meines nachzudenken, daß ich einem Generalpächter den Kopf mit einer Flasche aus seinem eigenen Keller entzweigehauen habe. Doch hier und da sammelte ich in seinem bewunderungswürdigen Traktat Grundsätze, die sich zu den gegenwärtigen Verhältnissen doch noch immer fügten. Hienach zog ich mir die Mütze über die Augen, befahl Gott meine Seele und entschlummerte ganz friedlich. Nach einer Weile, die mir kurz schien, ohne daß ich Mittel hatte, sie zu messen, denn unsre Handlungen, mein Sohn, sind das einzige Maß der Zeit, die während des Schlafs für uns gleichsam in der Schwebe ist, fühlte ich, wie jemand mich am Arm packte, und hörte eine Stimme mir ins Ohr schreien: ›He! Abbé! He, Abbé, wacht doch auf!‹ Ich glaubte, es sei der Polizeioffizier, der mich abholte, um mich zum geistlichen Richter zu führen, und sann bei mir nach, ob es nützlich sei, ihm mit einem Kerzenhalter den Schädel zu spalten. Nur zu wahr ist es leider, mein Sohn, daß man sofort nach dem Verlassen des Weges von Sanftmut und Gerechtigkeit, den der Weise festen, vorsichtigen Fußes wandelt, gezwungen ist, Gewalt mit Gewalt und Grausamkeit mit Grausamkeit zu vergelten, so daß ein erster Fehler neue erzeugt. Dessen muß man eingedenk sein, um das Leben der römischen Kaiser zu begreifen, wie Herr Crevier es genau berichtet hat. Diese Fürsten waren von Geburt nicht böser als die übrigen Menschen. Caïus mit dem Beinamen Caligula ermangelte weder natürlichen Geistes noch der Urteilsgabe und war der Freundschaft fähig. Nero hatte eine angeborene Neigung zur Tugend, und seine Gemütsart war auf alles Große und Erhabene gerichtet. Ein erster Fehler stieß beide in die Bahn des Verbrechens, die sie bis zu ihrem kläglichen Ende gegangen sind. Dies wird in dem Buche des Herrn Crevier deutlich. Ich habe diesen gescheiten Mann kennen gelernt, als er die schöne Literatur am Kolleg von Beauvais lehrte, wie ich sie heute lehren würde, wäre mein Leben nicht von tausend Hindernissen durchkreuzt worden und hätte die natürliche Leichtigkeit meiner Seele mich nicht in verschiedene Schlingen gelockt, worin ich zu Falle kam. Herr Crevier, mein Sohn, hatte reine Sitten; er verkündigte eine strenge Moral, und eines Tags hörte ich von ihm, eine Frau, die die eheliche Treue verletzt habe, sei der größten Verbrechen fähig, wie des Mordes und der Brandstiftung. Ich erzähle Euch von einem solchen Grundsatz, um Euch auf die heilige Kasteiung dieses Priesters hinzuweisen. Doch ich sehe, daß ich mich verirre, und beeile mich, da fortzufahren, wo ich aufhörte. Ich glaubte also, der Polizeioffizier lege Hand auf mich und sah mich schon in den Gefängnissen des Erzbischofs, als ich das Gesicht und die Stimme des Herrn von Anquetil erkannte. ›Abbé‹, sprach dieser junge Edelmann zu mir, ›in der Stube des Bratspießdrehers ist mir ein seltsames Abenteuer widerfahren. Indes ich schlief, hat ein Weib dieses Zimmer betreten, ist in mein Bett geglitten und hat mich unter einem Regen von Liebkosungen, zärtlichen Namen, sanftem Geflüster und heißen Küssen aufgeweckt. Ich schob die Vorhänge zur Seite, um meinem Glück ins Antlitz zu schauen. Ich sah, daß sie braun war mit heißen Augen und das schönste Weib der Welt. Doch sogleich stieß sie einen lauten Schrei aus und entfloh in Wut, aber nicht so rasch, daß ich sie nicht hätte einholen und im Gang wieder hätte fassen können, wo ich sie eng umklammerte. Sie begann damit, um sich zu schlagen und mir das Gesicht zu zerkrallen; als ich für die Rechtfertigung ihrer Ehre genugsam zerkrallt war, begannen wir uns einander zu erklären. Mit Vergnügen erfuhr sie, ich sei Edelmann und keiner von den ärmsten. Bald war ich ihr nicht mehr verhaßt, und sie begann, mir Gutes zu wollen, als sie vor einem Küchenjungen, der über den Gang lief, auf Nimmerwiedersehen entfloh.

›Soviel ich vermute‹, setzte Herr von Anquetil hinzu, ›ist dieses anbetungswürdige Mädchen eines anderen wegen gekommen; sie hat sich in der Tür geirrt, und ihre Überraschung war der Grund ihres Schreckens. Doch habe ich sie ganz beruhigt, und ohne den Küchenjungen hätte ich sie vollends mir befreundet.‹ Ich stützte seine Annahme. Wir suchten, wessentwegen diese schöne Person wohl gekommen sei, und wurden uns eins, es sei, wie ich Euch, Bratspießdreher, schon gesagt habe, wegen dieses alten Narren Astarac, der ihr in einem Zimmer neben dem Eurigen und vielleicht, ohne daß Ihr es wißt, in Eurer eigenen Stube beiwohnt. Meint Ihr das nicht auch?«

»Nichts ist wahrscheinlicher«, antwortete ich.

»Es ist nicht daran zu zweifeln«, erwiderte mein guter Lehrer. »Dieser Hexenmeister spottet unser mit seinen Salamanderweibern. In Wahrheit liebkost er dieses junge Mädchen. Er ist ein Betrüger.«

Ich bat meinen guten Lehrer, in seiner Erzählung fortzufahren. Das tat er gern.

»Die Rede«, sagte er, »die mir Herr von Anquetil hielt, kürze ich ab, mein Sohn. Nur ein gemeiner, niedriger Geist berichtet umständlich von kleinen Zufällen. Wir müssen vielmehr uns bestreben, sie in wenige Worte zu bringen, nach Knappheit trachten und für sittliche Lehren und Ermahnungen die hinreißende Wortfülle aufbewahren, die dann wie Schnee, der von den Bergen herabströmt, ausgeschüttet werden muß. Ich brauche Euch also von den Reden des Herrn von Anquetil nur so viel wiederzugeben, daß er mir versicherte, er finde an diesem jungen Mädchen außerordentliche Schönheit, Gefälligkeit, ungewöhnlichen Reiz. Er schloß mit der Frage, ob ich seinen Namen wisse, und wer es sei. ›Nach dem Bilde, das Ihr mir zeichnet‹, antwortete ich, ›erkenne ich die Nichte des Rabbiners Mosaïdes mit Namen Jahel, die ich eines Nachts von ungefähr auf derselben Treppe umarmt habe, mit dem Unterschied, daß es damals zwischen dem zweiten Stockwerk und dem ersten geschah.‹ ›Ich hoffe‹, erwiderte Herr von Anquetil, ›daß es noch andere Unterschiede gibt, denn ich für mein Teil habe sie sehr fest gedrückt. Auch betrübt es mich, daß Ihr sagt, sie sei Jüdin. Und ohne daß ich an Gott glaubte, läßt ein Gefühl mich vorziehen, daß sie Christin wäre. Doch weiß man jemals von ihrer Geburt Bescheid? Vielleicht ist sie ein gestohlenes Kind! Juden und Zigeuner rauben alle Tage welche. Und dann bedenkt man nicht genug, daß die heilige Jungfrau Jüdin war. Ob Jüdin oder nicht, sie gefällt mir, ich will sie und ich werde sie haben.‹ So sprach dieser junge Tor. Doch erlaubet, mein Sohn, daß ich mich auf die Moosbank hier setze, denn die Beschwerden der Nacht, meine Kämpfe, meine Flucht haben mir die Beine zerbrochen.«

Er ließ sich nieder und zog aus seiner Tasche eine leere Tabaksdose, die er traurig betrachtete.

Ich nahm ihm zur Seite Platz mit Empfindungen, die halb Bewegtheit, halb Niedergeschlagenheit waren. Dieser Bericht verursachte mir lebhaften Kummer. Ich verfluchte das Los, das mir einen rohen Menschen untergeschoben hatte just in dem Augenblick, da meine teure Geliebte mit allen Zeichen der glühendsten Zärtlichkeit mich besuchte, ohne zu ahnen, daß ich währenddessen Holzscheite in den Ofen des Alchimisten legte. Die zu wahrscheinliche Unbeständigkeit der Jahel zerriß mir das Herz, und ich hätte gewünscht, daß wenigstens mein guter Lehrer vor meinem Nebenbuhler verschwiegener gewesen wäre. Achtungsvoll wagte ich ihn zu tadeln, daß er Jahels Namen ausgeliefert habe.

»Herr«, sagte ich zu ihm, »war es nicht unklug, einem so lüsternen, gewalttätigen Herrn solche Winke zu geben?«

Mein guter Lehrer schien mich nicht zu verstehen. »Leider«, sprach er, »hat meine Tabaksdose sich heute nacht während des Streites geöffnet, und der Tabak, der drinnen war, ist, mit dem Wein in meiner Tasche gemengt, nur noch ein widerlicher Brei. Ich habe nicht den Mut, den Kriton zu bitten, daß er mir etliche Blätter mahle, so streng und kalt scheint mir das Antlitz dieses Dieners und Richters. Um so mehr leide ich, daß ich nicht mehr schnupfen kann, als infolge des Hiebs, den ich heute nacht darauf empfing, meine Nase mich lebhaft beißt, und Ihr seht mich sehr belästigt durch diesen unzarten Bittsteller, dem ich nichts zu geben habe. Das kleine Mißgeschick muß ich mit Gleichmut ertragen, bis Herr von Anquetil mir einige Körner aus seiner Dose gibt. Um, mein Sohn, wieder von diesem jungen Edelmann zu reden, so hat er mir ausdrücklich gesagt: ›Ich liebe dieses junge Mädchen. Wisset, Abbé, daß ich sie in der Postkutsche mitnehme. Und müßte ich acht Tage hier bleiben, einen Monat, sechs Monate und länger, ohne sie reise ich nicht ab.‹ Ich stellte ihm die Gefahren vor, die aus der geringsten Verzögerung entständen. Indes er antwortete mir, diese Gefahren rührten ihn um so weniger, als sie für uns groß, für ihn klein seien. ›Ihr, Abbé‹, sprach er zu mir, ›könnt mit dem Bratspießdreher gehängt werden; mir kann es nur begegnen, daß ich nach der Bastille muß, wo ich Karten und Dirnen haben werde, und woraus meine Familie mich bald befreien wird. Denn mein Vater wird einer Herzogin oder einer Tänzerin für mein Schicksal Teilnahme einflößen, und meine Mutter wird, wennschon sie eine Betschwester geworden ist, zu meinen Gunsten sich zwei oder drei Prinzen von Geblüt ins Gedächtnis zurückzurufen wissen. Das ist also abgemacht; ich reise mit Jahel, oder ich reise überhaupt nicht.

Euch steht es frei, Abbé, eine Postkutsche mit dem Bratspießdreher zu mieten.‹

Der Grausame wußte wohl, mein Sohn, daß wir keine Geldmittel hatten. Ich versuchte ihn umzustimmen. Ich wurde dringlich, salbungsvoll und hielt ihm eine Predigt. Das alles war umsonst, vergebens wandte ich eine Beredsamkeit auf, die von der Kanzel einer guten Pfarrkirche herab mir Ehre und Geld eingebracht hätte. Weh! es steht geschrieben, mein Sohn, daß keine meiner Handlungen hienieden mir saftige Früchte beschert, und für mich spricht der Prediger Salomonis: Quid habet amplius homo de labore suo, quo laborat sub sole? Weit entfernt, ihn vernünftig zu machen, stützten meine Reden den jungen Herrn in seiner Hartnäckigkeit, und ich will Euch nicht verhehlen, mein Sohn, daß er mir kund gab, er rechne ganz auf mich zur Erfüllung seines Begehrens, und daß er mich drängte, Jahel zu ermitteln, auf daß sie durch die Zusage einer Ausstattung in holländischem Linnen, von Geschirr, Kleinodien und einer guten Rente geneigt werde, sich von ihm entführen zu lassen.«

»Oh, Herr«, rief ich aus, »dieser Herr von Anquetil besitzt eine seltene Unverschämtheit. Was, glaubt Ihr, antwortet Jahel auf diese Vorschläge, wenn sie sie kennen lernt?«

»Mein Sohn«, erwiderte er mir, »jetzt kennt sie sie, und ich glaube, sie willigt ein.«

»In diesem Fall«, versetzte ich lebhaft, »müßt Ihr den Mosaïdes benachrichtigen.«

»Mosaïdes«, antwortete mein guter Lehrer, »ist nur zu wohl unterrichtet. Vorhin erst habt Ihr nahe beim Gartenhaus den letzten Schall seines Zornes gehört.«

»Wie? Herr«, sagte ich empfindlich, »Ihr habt diesem Juden die Schmach gemeldet, die seine Sippe treffen sollte! Das sieht Euch gleich! Erlaubet, daß ich Euch umarme! Dann hat also die Entrüstung des Mosaïdes, deren Zeugen wir waren, den Herrn von Anquetil, nicht Euch bedroht?«

»Mein Sohn«, hub der Abbé mit vornehmer, ehrbarer Miene an, »eine natürliche Nachsicht für menschliche Schwächen, eine verbindliche Sanftmut, die unkluge Güte eines zu schnell bereiten Herzens verlocken die Menschen oft zu unbesonnenen Schritten und setzen sie den strengen, nichtigen Urteilen der Welt aus. Ich will Euch nicht verhehlen, Bratspießdreher, daß ich den dringenden Bitten dieses jungen Edelmanns nachgegeben und höflich versprochen habe, Jahel für ihn aufzusuchen und nichts zu vernachlässigen, um sie für die Entführung zu gewinnen.«

»Weh!« rief ich, »und Ihr, Herr, habt diese häßliche Zusage verwirklicht. Ich kann Euch nicht sagen, in welchem Grade diese Handlung mich verletzt und betrübt.«

»Bratspießdreher«, antwortete mein guter Lehrer mir mit Strenge, »Ihr sprecht wie ein Pharisäer. Ein Schriftgelehrter, der so liebenswürdig wie sittenfest war, hat gesagt: ›Blickt auf Euch selbst und hütet Euch, die Handlungen anderer zu beurteilen. Wenn man andere beurteilt, arbeitet man vergebens; oft irrt man sich, und leicht sündigt man, während man, wenn man sich prüft und sich selbst beurteilt, stets Nutzen davon hat.‹ Es steht geschrieben: ›Du sollst das Urteil der Menschen nicht fürchten‹, und der Apostel Sankt Paulus hat gesagt: ›Ich sorge mich nicht, vor dem Gerichtshof der Menschen gerichtet zu werden‹. Und wenn ich so die schönsten Texte der Sittlichkeit vergleiche, tue ich es, um Euch zu belehren, Bratspießdreher, und Euch zu der demütigen, sanften Bescheidenheit zurückzuführen, die Euch ansteht, nicht um mich als Unschuldigen hinzustellen, indes die Menge meiner Sünden auf mir lastet und mich niederbeugt. Schwer ist es, nicht in Sünde zu geraten, und schicklich, nicht bei jedem Schritt in Verzweiflung zu fallen auf dieser Erde, woran alles zugleich an der Erbverdammnis teil hat und an der Erlösung, die durch des Gottessohnes Blut gewirkt ist. Ich will meine Fehler nicht schön färben und gestehe Euch, daß die Botschaft, die ich auf Bitten des Herrn von Anquetil übernahm, vom Fall der Eva herkommt und sozusagen eine seiner zahllosen Folgen ist, zuwider dem demütigen, schmerzlichen Gefühl, das ich gegenwärtig darob hege, und das aus dem Verlangen nach meinem ewigen Heil und der Hoffnung darauf geschöpft ist. Denn Ihr müsset Euch die Menschen in der Schwebe zwischen Verdammnis und Erlösung denken und Euch sagen, daß ich zu dieser Stunde gerade am guten Ende der Schaukel sitze, nachdem ich heute morgen am schlechten Ende war. Ich will Euch also beichten, daß ich über den Mandragorenpfad lief, von dem man des Mosaïdes Gartenhaus entdeckt, und mich dort hinter einem Dornbusch verbarg und wartete, bis Jahel an ihrem Fenster erschien. Bald zeigte sie sich, mein Sohn. Hierauf gab ich ihr ein Zeichen, sie möge herunterkommen. Sie traf mit mir hinter dem Rosenbusch in dem Augenblick zusammen, wo sie die Wachsamkeit ihres alten Hüters zu täuschen glaubte. Dort meldete ich ihr mit leiser Stimme die Abenteuer der Nacht, wovon sie noch nichts wußte; ich eröffnete ihr, was der stürmische Edelmann von ihr wolle, ich legte ihr dar, sie müsse unsre Abreise sowohl in ihrem Interesse sichern als um meiner und Eurer Wohlfahrt willen, Bratspießdreher. Ich ließ die Versprechungen des Herrn von Anquetil vor ihr erglänzen. ›Willigt Ihr ein‹, sprach ich, ›ihm heute abend zu folgen, so werdet Ihr eine gute Rente auf dem Rathaus empfangen, eine Ausstattung, die reicher ist als die eines Opernmädchens oder einer Äbtissin von Panthemont und ein schönes Silbergeschirr.‹ ›Er hält mich für eine Dirne‹, sagte sie, ›der Mensch ist unverschämt.‹ ›Er liebt Euch‹, antwortete ich ihr. ›Wolltet Ihr also, daß man Euch verehre?‹ ›Ich will Olla Potrida haben‹, erwiderte sie, ›und der Topf soll schwer sein. Hat er etwas von Olla Potrida geredet? Geht, Herr, und sagt ihm...‹ ›Was soll ich ihm sagen?‹ ›Daß ich ein anständiges Mädchen bin.‹ ›Und was noch?‹ ›Daß er sehr frech ist!‹ ›Ist das alles? Jahel, denkt an unsre Rettung!‹ ›Sagt ihm ferner, daß ich nicht abreisen will, wenn er nicht heute abend vor der Reise eine richtige Verschreibung ausstellt.‹ ›Er wird sie Euch ausstellen. Das ist abgemacht.‹ ›Nein, Abbé, nichts ist abgemacht, so er sich nicht verpflichtet, mir bei Herrn Couperin Stunden zu geben. Ich will Musik lernen.‹

Wir waren bei diesem Punkte unsrer Besprechung, als leider der Greis Mosaïdes uns erwischte und, ohne unsre Reden zu hören, ihren Sinn ahnte. Denn er begann, mich Verführer zu nennen und mit Schmähungen zu überladen. Jahel versteckte sich im Zimmer, und ich blieb allein der Raserei dieses Gottmörders preisgegeben in dem Zustand, worin Ihr mich seht, und woraus Ihr, mein Sohn, mich gezogen habt. Fürwahr, das Geschäft war so gut wie abgeschlossen, die Entführung bewilligt, unsre Flucht gesichert. Die Räder und die Tiere des Ezechiel werden den Topf mit Olla nicht aufwiegen. Ich fürchte nur, daß dieser alte Mardochai seine Nichte dreimal herum eingeschlossen hat.«

»Ich habe allerdings«, entgegnete ich, ohne meine Genugtuung hehlen zu können, »in dem Augenblick, wo ich Euch aus den Dornen zog, ein lautes Geräusch von Schlüsseln und Riegeln gehört. Doch ist es wirklich wahr, daß Jahel so rasch den Vorschlägen zugestimmt hat, die nicht sehr ehrbar waren, und die ihr zu übermitteln Euch sicher peinlich gewesen ist? Ich bin bestürzt. Sagt noch, mein guter Lehrer, hat sie nicht mich erwähnt, hat sie nicht meinen Namen in einem Seufzer oder anderswie ausgesprochen?«

»Nein, mein Sohn«, antwortete der Herr Abbé Coignard, »sie hat ihn nicht ausgesprochen, wenigstens nicht hörbar. Ich habe sie auch den Namen des Herrn von Astarac, ihres Liebhabers, nicht flüstern hören, den sie gegenwärtiger haben mußte als den Euren. Seid nicht überrascht, daß sie ihren Alchimisten vergißt. Es genügt nicht, ein Weib zu besitzen, um in seiner Seele einen tiefen, dauerhaften Eindruck zu hinterlassen. Die Seelen sind für einander beinah undurchdringlich, was Euch das grausame Nichts der Liebe zeigt. Der Weise muß sich sagen: Ich bin nichts im Nichts der Geschöpfe. Wer hofft, er werde im Herzen des Weibes eine Erinnerung lassen, der will den Druck eines Ringes dem Antlitz fließenden Wassers aufprägen. Hüten wir uns darum, uns im Vergänglichen befestigen zu wollen, und heften wir uns an das, was nimmer stirbt.«

»Nun«, antwortete ich, »diese Jahel sitzt hinter Schloß und Riegel, und auf ihres Hüters Wachsamkeit darf man vertrauen.«

»Mein Sohn«, erwiderte mein guter Lehrer, »heute abend soll sie im Roten Roß uns einholen. Der Schatten ist dem Entweichen günstig, dem Raub, den verstohlenen Unternehmungen, den heimlichen Handlungen. Wir müssen auf dieses Mädchens List uns verlassen. Ihr seid bedacht, im Halbdunkel am Rundell der Hirtinnen zu sein. Ihr wißt, daß Herr von Anquetil keine Geduld hat und der Mann dazu wäre, ohne Euch abzureisen.«

Indem er mir diesen Rat gab, läutete die Glocke zum Frühstück.

»Habt Ihr nicht«, sprach er zu mir, »Nadel und Faden? Meine Kleider sind an mehreren Stellen zerrissen und ich möchte, bevor ich wieder bei Tisch erscheine, ihnen durch etliche Flicken ihren früheren Anstand geben. Meine Hose zumal flößt mir Besorgnis ein. Sie ist so verwüstet, daß ich merke, wenn ich nicht sofort abhelfe, ist es um sie geschehen.«

Also nahm ich an des Kabbalisten Tisch meinen gewohnten Platz ein mit dem trüben Gedanken, daß ich mich zum letztenmal daran setzte. Meine Seele war finster von Jahels Verrat. Weh! sprach ich zu mir, mein heißester Wunsch war, mit ihr zu fliehen. Es hatte nicht den Anschein, als ob er erfüllt würde. Nun wird er es, und zwar auf die grausamste Art. Und auch diesmal bewunderte ich die Weisheit meines vielgeliebten Lehrers, der, als ich eines Tages zu heftig den guten Ausgang irgend einer Sache wünschte, mir mit diesem Bibelwort erwiderte: Et tribuit eis petitionem eorum. Mein Kummer und meine Unruhe stahlen mir jeden Appetit, und nur mit der Spitze der Lippen rührte ich an die Speisen. Mein guter Lehrer indes hatte die unveränderliche Anmut seiner Seele bewahrt.

Er ergoß sich in liebenswürdigen Gesprächen, und man hätte ihn eher für einen jener Weisen halten können, die uns der Telemach unter den Schatten der Elysäischen Gefilde redend zeigt, als für einen Menschen, der als Mörder verfolgt wurde und zu einem irrenden, kläglichen Leben gezwungen war. Herr von Astarac, der wähnte, ich habe in der Garküche übernachtet, fragte mich höflich nach meinen guten Eltern, und da er sich nicht einen Augenblick von seinen Visionen zu befreien vermochte, fügte er hinzu: »Wenn ich zu Euch von diesem Garkoch als von Eurem Vater rede, so versteht sich, daß ich die Sprache der Welt spreche und nicht die der Natur. Denn nichts beweist, mein Sohn, daß Ihr nicht von einem Sylphen gezeugt seid. Diesem Glauben werde ich sogar zuneigen, sobald Euer noch zarter Geist an Kraft und Schönheit ein wenig wächst.«

»Oh! redet nicht so, Herr«, antwortete lächelnd mein guter Lehrer, »Ihr werdet ihn zwingen, seinen Geist zu verbergen, damit er dem Ruf seiner Mutter nicht schade. Doch wenn Ihr sie besser kenntet, so wäret Ihr überzeugt, daß sie mit keinem Sylphen verkehrt hat. Sie ist eine gute Christin, die fleischliche Werke nur mit ihrem Gatten getrieben hat und ihre Tugend auf ihrem Antlitz trägt. Darin ist sie sehr verschieden von jener anderen Garköchin, die Frau Quonian, von der man in meiner Jugendzeit in Paris und den Provinzen viel Lärmens machte. Habt Ihr von ihr nicht vernommen, Herr? Ihr Liebhaber war Herr Mariette, der später Schreiber des Herrn von Angervilliers geworden ist. Er war ein dicker Herr, der jedesmal, wenn er seine Schöne sah, ihr irgend ein Kleinod zum Andenken ließ, bald ein lothringisches Kreuz oder einen Heiligen Geist, bald eine Uhr oder eine Halskette. Oder auch ein Taschentuch, einen Fächer, eine Dose; für sie plünderte er alle Juweliere und

Wäschehändlerinnen der Messe von Sankt German. Bis der Garkoch, der seine Garköchin wie einen Reliquienschrein geschmückt sah, argwöhnte, das sei nicht ehrlich erworben. Er spähte sie aus, und bald ertappte er sie mit ihrem Liebhaber. Nun war der Gatte bloß ein eifersüchtiger Filz. Er wurde ergrimmt und hatte nichts davon, im Gegenteil. Denn das Liebespaar, dem das Geschrei nicht paßte, schwor, sich seiner zu entledigen. Der Herr Mariette hatte einen langen Arm. Er verschaffte sich einen Haftbefehl auf den Namen des unglücklichen Quonian. Indes sagte die treulose Garköchin zu ihrem Manne: ›Führt mich doch, bitte, nächsten Sonntag zum Mittagessen aufs Land. Von diesem Ausflug verspreche ich mir den größten Genuß.‹

Sie war zärtlich und dringlich. Geschmeichelt bewilligte der Gatte ihr, worum sie bat. Als der Sonntag da war, setzte er sich mit ihr in einen schlechten Fiaker, um nach den Porcherons zu fahren. Doch kaum war er in Roule angelangt, hob ein Trupp Schergen, an die Mariette sich wandte, ihn auf und schleppte ihn nach Bicêtre, von wo er nach dem Mississippi gebracht ward, wo er jetzt noch ist. Sie haben darauf ein Lied verfertigt, das ausgeht:

›Ein Mann, der klug ist und bequem,
Der merkt nur, was ihm angenehm.
Denn besser ist, das Geld kriegt sie,
Als daß er fährt zum Mississippi!‹

Und dies ist zweifellos die bewährteste Lehre, die man aus dem Beispiel des Garkochs Quonian ziehen kann.

Dem Abenteuer selbst fehlt nur, daß es von einem Petronius oder Apulejus erzählt wird, um der besten milesischen Fabel ebenbürtig zu sein. Im Epos und in der Tragödie stehen die Heutigen den Alten nach. Aber wenn wir in der Erzählung die Griechen und Lateiner nicht übertreffen, so sind nicht die Damen von Paris daran schuld, die unablässig den Stoff durch verschiedene witzige Streiche und niedliche Erfindungen bereichern. Sicher kennt Ihr, Herr, die Sammlung des Boccaccio; zur Kurzweil habe ich mich einigermaßen damit befaßt und behaupte, wenn dieser Florentiner zu unsrer Zeit in Frankreich lebte, so würde er das Mißgeschick des Quonian zu einer seiner heitersten Erzählungen gestalten. Ich habe diese Tischgesellschaft nur daran erinnert, um von ihm die leuchtende Tugend der Frau Leonardus Bratspießdreher sich abheben zu lassen, die der Garkochkunst Ehre ist, wie Frau Quonian ihr zur Schande gereichte. Frau Bratspießdreher, ich wage die Behauptung, hat nie der mittelmäßigen, gewöhnlichen Tugenden ermangelt, deren Übung in der Ehe anbefohlen ist, dem einzigen unter den sieben Sakramenten, das man verachten darf.«

»Ich stelle dies nicht in Abrede«, entgegnete Herr von Astarac. »Doch wäre diese Dame Bratspießdreher noch schätzbarer, hätte sie mit einem Sylphen verkehrt, nach dem Beispiel der Semiramis, der Olympias oder der Mutter des großen Papstes Silvesters des Zweiten.«

»Ah! Herr«, sagte der Abbé Coignard, »Ihr sprecht mir stets von Sylphen und Salamanderweibern. Auf Euer Wort, habt Ihr je welche gesehen?«

»Wie ich Euch sehe«, erwiderte Herr von Astarac, »und sogar näher noch, wenigstens die Salamanderweiber.«

»Herr, dies genügt nicht«, antwortete mein guter Lehrer, »um an ihr Dasein zu glauben, das den Lehren der Kirche widerstreitet. Denn man kann von Trug verführt werden. Die Augen und alle unsre Sinne sind nur Boten des Irrtums und Läufer der Lüge. Sie täuschen uns mehr, als sie uns belehren. Sie bringen uns nur ungewisse, flüchtige Bilder. Die Wahrheit entschlüpft ihnen; da sie an ihrem ewigen Grunde teilhat, ist sie wie dieser unsichtbar.«

»Ah!« sprach Herr von Astarac, »ich wußte nicht, daß Ihr so philosophisch seid und so feinen Geistes.«

»Ihr habt recht«, erwiderte mein guter Lehrer. »An manchen Tagen habe ich eine schwerere Seele, die mehr am Bett und am

Tische hängt. Heute nacht indes habe ich eine Flasche auf dem Kopf eines Staatspächters zerschmettert, und mein Geist ist davon ungewöhnlich erregt. Ich fühle mich befähigt, die Gespenster, die Euch heimsuchen, zu zerstreuen und über diesen ganzen Rauch hinwegzublasen. Denn, kurz, Herr, diese Sylphen sind nur die Dämpfe Eures Gehirns.«

Herr von Astarac gebot ihm durch eine sanfte Gebärde Einhalt und sprach zu ihm: »Verzeihet, Herr Abbé, glaubt Ihr an Dämonen?«

»Ohne weiteres will ich Euch antworten«, sagte mein guter Lehrer, »daß ich von den Dämonen alles glaube, was in den heiligen Büchern über sie berichtet wird, und daß ich als Mißbrauch und Aberglauben den Glauben an Zaubersprüche, Amulette und Teufelaustreibungen verwerfe. Sankt Augustin lehrt, daß, wenn die Schrift uns mahnt, den Dämonen Widerstand zu leisten, sie besagen will, wir sollten unsren Leidenschaften und unsren zügellosen Gelüsten widerstehen. Nichts ist abscheulicher denn alle jene Teufeleien, womit die Kapuziner die guten Weiber erschrecken.«

»Ich sehe«, sprach Herr von Astarac, »daß Ihr Euch bestrebt, wie ein Mann von Bildung zu denken. Ihr hasset den plumpen Aberglauben der Mönche so sehr, wie ich ihn verabscheue. Doch kurz, Ihr glaubt an die Dämonen, und ich habe ohne Mühe dieses Geständnis von Euch erlangt. Erfahret denn, daß sie nichts anderes sind als die Sylphen und die Salamanderweiber. Unwissenheit und Furcht haben sie in der Einbildung der Zaghaften entstellt. Doch in Wirklichkeit sind sie schön und tugendsam. Ich will Euch nicht auf die Wege der Salamanderweiber geleiten, da ich von der Reinheit Eurer Sitten nicht genug überzeugt bin. Doch nichts hindert, daß ich Euch, Herr, den Umgang der Sylphen verschaffe, die der Luft Gefilde bewohnen und gern den Menschen mit wohlwollendem, so liebevollem Geist sich nähern, daß man sie die Schutzgenien hat nennen können. Fern davon, uns ins Verderben zu stoßen, wie die Theologen glauben, die aus ihnen die Teufel machen, schützen und bewahren sie ihre irdischen Freunde vor jeder Gefahr. Ich vermöchte Euch unbegrenzte Beispiele von der Hilfe, die sie ihnen gewähren, aufzuweisen. Doch da ich mich beschränken muß, werde ich mich nur auf ein Beispiel berufen, das ich von der Frau Marschallin von Grancey selbst habe. Sie war schon alt und seit mehreren Jahren verwitwet, da empfing sie eines Nachts in ihrem Bette den Besuch eines Sylphen, der zu ihr sprach: ›Gnädige Frau, lasset die Kleider Eures seligen Gatten durchwühlen. In einer Tasche seiner Kniehosen findet sich ein Brief, der, würde er bekannt, Herrn Desroches, meinen guten Freund und den Euren, vernichten müßte. Lasset ihn Euch einhändigen und seid bedacht, ihn zu verbrennen.‹

Die Marschallin versprach, diese Warnung zu befolgen, und fragte den Sylphen nach dem seligen Marschall; jener indes verschwand, ohne zu antworten. Bei ihrem Erwachen rief sie ihre Frauen und schickte sie nachzusehen, ob in ihrer Gewandkammer nicht noch etliche Kleider des Marschalls seien. Sie antworteten, es sei nichts mehr da, und die Lakaien hätten alle dem Trödler verkauft. Frau von Grancey drang in sie, zu suchen, ob sie nicht wenigstens ein Paar Hosen fänden.

Nachdem sie in allen Ecken gestöbert hatten, entdeckten sie schließlich eine alte Hose aus Taffet mit Schnürlöchern, nach der früheren Mode, und brachten sie der Marschallin. Diese steckte die Hand in eine der Taschen und zog einen Brief hervor, den sie öffnete, und worin sie mehr fand, als notwendig war, um Herrn Desroches in ein Staatsgefängnis bringen zu lassen. Mit größter Eile warf sie den Brief ins Feuer. So wurde dieser Edelmann durch seine guten Freunde, den Sylphen und die Marschallin, gerettet.

Sind das, ich bitte Euch, Herr Abbé, Sitten von Dämonen? Doch ich will Euch einen Zug erzählen, für den Ihr empfänglicher sein werdet, und der, dessen bin ich sicher, einem Gelehrten, wie Ihr seid, mitten ins Herz gehen wird. Ihr wisset wohl, daß die Akademie von Dijon an Schöngeistern fruchtbar ist. Einer, dessen Name Euch nicht unbekannt ist und im letzten Jahrhundert lebte, bereitete in gelehrten Nachtwachen eine Ausgabe des Pindar vor. Eines Nachts, als er über fünf Versen erbleicht war, deren Sinn er nicht entwirren konnte, weil der Text sehr entstellt war, schlief er beim Hahnenschrei verzweifelt ein. Während seines Schlummers trug ihn ein Sylphe, der ihn liebte, im Geiste nach Stockholm, führte ihn in den Palast der Königin Christine, in die Bibliothek und zog aus einem Fach eine Handschrift des Pindar, die er an der schwierigen Stelle öffnete. Dort fanden sich die fünf Verse mit zwei bis drei guten Lesarten, die sie durchaus verständlich machten.

Im Ungestüm seiner Befriedigung wachte unser Gelehrter auf, schlug den Feuerstahl und schrieb sofort mit dem Stift die Verse nieder, wie er sie behalten hatte. Dann sank er in tiefen Schlaf. Am folgenden Tage überlegte er sein nächtliches Abenteuer und beschloß, sich Aufklärung zu verschaffen. Herr Descartes war damals in Schweden bei der Königin, die er in seiner Philosophie unterrichtete. Unser Pindarforscher kannte ihn; doch in näherer Beziehung stand er mit dem Botschafter des Königs von Schweden in Frankreich, Herrn Chanut. An ihn wandte er sich, um Herrn Descartes einen Brief zu übermitteln, worin er ihn um Auskunft bat, ob wirklich in der Bücherei der Königin in Stockholm eine Handschrift des Pindar mit der Variante sei, die er ihm bezeichnete. Herr Descartes, der äußerst höflich war, antwortete dem Akademiker von Dijon, Ihre Majestät besitze in der Tat diese Handschrift, und er selbst habe darin die Verse mit der im Brief enthaltenen Variante gelesen.«

Herr von Astarac, der beim Erzählen dieser Geschichte einen Apfel geschält hatte, blickte den Herrn Abbé Coignard an, um sich am Erfolg seiner Rede zu weiden.

Mein guter Lehrer lächelte.

»Ah! Herr«, sagte er, »ich sehe, daß ich mir soeben mit eitler Hoffnung geschmeichelt habe und daß man Euch nicht zum

Verzicht auf Eure Chimären bewegen wird. Gern beichte ich, daß Ihr uns da einen geistvollen Sylphen gewiesen habt, und ich wünschte, ich hätte einen ebenso artigen Schreiber. Seine Hilfe wäre mir besonders an zwei bis drei Stellen des Zozimos, des Panopolitaners, nützlich, die sehr dunkel sind. Könntet Ihr mir kein Mittel geben, im Notfall auch einen Bibliothekensylphen heraufzubeschwören, der so geschickt ist wie der von Lyon.«

Herr von Astarac versetzte mit Ernst: »Es ist dies ein Geheimnis, Herr Abbé, das ich Euch bereitwillig ausliefern werde. Doch ich warne Euch, daß, wenn Ihr es den Uneingeweihten mitteilt, Eure Verderbnis sicher ist.«

»Seid unbesorgt«, meinte der Abbé. »Ich habe große Lust, ein so schönes Geheimnis kennen zu lernen, obwohl ich, um Euch nichts zu hehlen, keine Wirkung erwarte, da ich an Eure Sylphen nicht glaube. Belehret mich also, bitte.«

»Ihr fordert es?« erwiderte der Kabbalist. »Wisset also, daß Ihr, so Ihr eines Sylphen Unterstützung wollt, nur dies einzige Wort Agla auszusprechen braucht. Sogleich werden die Söhne der Luft auf Euch zufliegen; doch Ihr versteht wohl, Herr Abbé, daß dieses Wort mit dem Herzen sowohl als mit den Lippen hergesagt werden muß und der Glaube ihm seine ganze Kraft verleiht. Ohne ihn ist es nur ein nichtiges Gemurmel. Und so wie ich es eben ausgesprochen habe, ohne Seele und Verlangen hineinzulegen, hat es selbst in meinem Munde nur geringe Macht, und höchstens kommen etliche Kinder des Tages, indem sie es vernehmen, und gleiten mit ihrem leichten Lichtschatten in dieses Zimmer. Ich habe sie auf diesem Vorhang mehr erraten als gesehen, und kaum haben sie sich gebildet, sind sie schon entweht. Weder Euer Schüler noch Ihr habt ihre Gegenwart vermutet. Doch hätte ich dieses zauberische Wort mit wirklichem Gefühl ausgesprochen, so hättet Ihr sie in all ihrem Glanz erscheinen sehen. Sie sind Wesen von reizender Schönheit. Ich habe Euch da, Herr Abbé, ein großes, nützliches

Geheimnis geoffenbart. Nochmals, gebt ihm nicht unkluge Verbreitung. Und mißachtet nicht das Beispiel des Abbés von Villars, der von den Sylphen, weil er ihre Geheimnisse enthüllt hatte, auf der Straße nach Lyon ermordet worden ist.«

»Auf der Straße nach Lyon«, sagte mein guter Lehrer. »Das ist seltsam.«

Ganz plötzlich verließ uns Herr von Astarac.

»Ich werde«, sprach der Abbé, »nochmals in die erhabene Bücherei hinaufsteigen, wo ich herbe Wollust gekostet habe, und die ich nie wiedersehen werde. Verfehlet nicht, Bratspießdreher, wenn der Tag sinkt, am Rundell der Hirtinnen Euch einzustellen.«

Ich versprach, dies nicht zu versäumen. Meine Absicht war, mich in meine Stube einzuschließen, um Herrn von Astarac und meinen guten Eltern zu schreiben, sie möchten mich entschuldigen, wenn ich mich nicht von ihnen verabschiedete, da ich nach einem Abenteuer, worin ich mehr unglücklich als schuldig sei, fliehen müsse.

Doch vorm Treppenabsatz hörte ich ein Schnarchen, das aus meinem Zimmer kam, und als ich die Tür ein wenig öffnete, sah ich Herrn von Anquetil in meinem Bette. Er schlief mit dem Degen auf dem Kopfkissen, und Spielkarten waren über die Decke verstreut. Einen Augenblick hatte ich Lust, ihn mit seinem eigenen Degen zu durchbohren; aber dieser Gedanke entschwand unverzüglich wieder, und ich ließ ihn schlafen, wobei ich in meinem Kummer heimlich des Einfalls lachte, Jahel, die dreifach eingesperrt sei, könne nicht zu ihm schleichen.

Um meine Briefe zu schreiben, trat ich in die Kammer meines guten Lehrers, woselbst ich fünf bis sechs Ratten störte, die auf dem Nachttisch an seinem Bande Boëtius knabberten. Ich schrieb an Herrn von Astarac und an meine Mutter und verfaßte für Jahel den rührendsten Brief. Ich las ihn durch und netzte ihn mit meinen Tränen. Vielleicht, sagte ich mir, wird die Treulose die ihrigen damit vermengen.

Dann warf ich in dumpfer Müdigkeit und Schwermut mich auf die Matratze meines guten Lehrers und glitt bald in einen Halbschlummer, den zugleich erotische und finstere Träume wirrten. Ich wurde durch den stummen Kriton daraus gerissen, der in das Zimmer trat und mir auf silberner Schüssel einen Papierwickel in Schillerfalten hinhielt, worauf ich etliche von ungeschickter Hand mit einem Stift gekritzelte Worte las. Draußen erwartete man mich in drängender Sache. Das Billett war unterzeichnet: Bruder Angelus, ein unwürdiger Kapuziner. Ich lief zur grünen Tür und fand auf der Straße den Bruder, der in erbarmungswerter Niedergeschlagenheit am Grabenrand hockte. Da er zu schwach war, bei meiner Ankunft sich zu erheben, richtete er den Blick seiner großen, fast menschlichen Hundeaugen, die von Zähren ertränkt waren, auf mich. Seufzer bewegten seinen Bart und seine Brust. In einem Ton, der Mitleid heischte, sprach er zu mir: »Weh! Herr Jakob, die Stunde der Prüfung ist über Babylon gekommen nach dem, was in den Propheten geschrieben steht. Auf die vom Herrn de la Guéritaude beim Herrn Leutnant erhobene Klage ist Fräulein Kathrine von den Polizeioffizieren nach dem Hospital geführt worden und wird mit dem nächsten Zug gen Amerika verschickt. Ich habe die Meldung von Hannchen der Leierfrau, die just, als Kathrine auf dem Karren ins Hospital fuhr, daraus entlassen wurde; sie war dort wegen einer Krankheit, wovon sie durch die Wissenschaft der Ärzte zur Stunde geheilt ist, was Gott befohlen sei! Kathrine wird ohne Gnade nach den Inseln müssen.«

Und an dieser Stelle seiner Rede begann Bruder Angelus loszuweinen. Nachdem sie versucht hatte, durch gute Worte den Strom seiner Tränen aufzuhalten, fragte ich ihn, ob er mir sonst nichts zu sagen habe.

»Weh! Herr Jakob«, antwortete er mir, »das Wesentliche habe ich Euch vertraut, und das andere schwimmt in meinem Kopf wie Gottes Geist über den Wassern, ohne unziemenden Vergleich. Es ist wüste und leer in mir. Kathrinens Leid hat mir die Empfindung geraubt. Ich mußte indes mit einer Nachricht von ungeheurer Bedeutung kommen, um mich bis zur Schwelle dieses verfluchten Hauses zu wagen, drinnen Ihr mit Teufeln jeglicher Art wohnt; entsetzt habe ich, nachdem ich das Gebet des Sankt Franziskus hergesagt hatte, an den Klopfer gestoßen und einem Diener das Billett, das ich Euch zusandte, eingehändigt. Ich weiß nicht, ob Ihr es lesen konntet, so wenig bin ich geübt, Buchstaben zu malen. Und das Papier war nicht gut zum Schreiben, doch unsres heiligen Ordens Ehre ist, daß wir auf die Eitelkeit der Welt nichts geben. Ach! Kathrine im Hospital! Kathrine in Amerika! Muß das nicht das härteste Herz zerreißen? Hannchen selbst hat sich die Augen ausgeweint, wenngleich sie auf Kathrine eifersüchtig ist, die an Jugend und Schönheit sie nicht minder übertrifft als Sankt Franziskus alle übrigen Seligen an Heiligkeit. Ach! Herr Jakob! Kathrine in Amerika! Das sind der Vorsehung außergewöhnliche Wege. Ach! Unsre heilige Religion ist wahr, und der König David hat recht, wir sind wie das Gras auf dem Felde, denn Kathrine ist im Hospital. Die Steine, worauf ich sitze, sind glücklicher als ich, obwohl ich mit den Abzeichen des Christen und sogar denen des Mönches gekleidet bin. Kathrine im Hospital!«

Von neuem schluchzte er. Ich wartete, bis der Gießbach seines Schmerzes sich verlaufen hatte, und fragte ihn, ob er nichts von meinen Eltern wisse.

»Herr Jakob«, antwortete er mir, »sie gerade schicken mich zu Euch mit einem wichtigen Auftrag. Ich will Euch sagen, daß sie nicht glücklich sind durch die Schuld des Meisters Leonhard, Eures Vaters, der alle Tage, die Gott gibt, mit Trinken und Spiel verpraßt. Und nicht mehr steigt wie ehedem der duftende Dampf der Gänse und Masthühner zum Bilde der Königin Pedauque empor, das traurig in den feuchten Winden schaukelt, die es zerfressen. Wo ist die Zeit, da Eures Vaters Bratküche mit Wohlgeruch die Straße des Sankt Jakob erfüllte, vom Kleinen Bacchus bis zu den Drei Jungfern? Doch seit dieser Hexenmeister hineintrat, ist alles zugrunde gegangen, Tiere und Menschen, weil er sie verzaubert hat. Und die göttliche Rache hat sich dort gezeigt, seit der dicke Abbé Coignard empfangen worden ist, während ich hinwieder verjagt wurde. Das war des Übels Wurzel, welches daher kommt, daß Herr Coignard hoffärtig war ob der Tiefe seines Wissens und ob der Feinheit seines Betragens. Und die Hoffart ist der Ursprung aller Sünden. Eure würdige Mutter, Herr Jakob, tat großes Unrecht, daß sie sich nicht mit den Lehrstunden begnügte, die ich in Barmherzigkeit gab, und die Euch sicherlich befähigt hätten, die Küche zu verwalten, die Specknadel zu handhaben und das Banner der Bruderschaft zu tragen nach dem christlichen Tod Eures Vaters, der Messe für seine Seele und dem Begräbnis, bis dahin nicht mehr lange dauern kann, denn alles Leben ist vergänglich, und er trinkt ohne Maß.«

Diese Nachrichten versetzten mich in leicht begreiflichen Kummer. Meine Tränen rannen mit denen des Bruders. Indes fragte ich ihn nach meiner guten Mutter.

»Gott«, antwortete er mir, »dem es gefiel, Rachel in Rama zu schlagen, hat Eurer Mutter, Herr Jakob, etliche Heimsuchungen geschickt, zu ihrem Wohl und um Meister Leonhard für die Sünde zu strafen, die er beging, als er in meiner Person mit Bosheit Jesum Christum aus der Garküche verjagt hat. Die meisten Käufer von Geflügel und Pasteten hat er zur Tochter der Frau Quonian geleitet, die am anderen Ende der Straße des Sankt Jakob ihren Bratspieß dreht. Mit Schmerz sieht Eure Frau Mutter, daß er dieses Haus auf des ihrigen Kosten gesegnet hat, welches jetzt so öde ist, daß Moos gleichsam auf der steinernen Schwelle wächst. In ihren Prüfungen wird sie vor allem durch ihre fromme Verehrung des Sankt Franziskus aufrechterhalten; ferner durch den Gedanken an Eure Laufbahn in der großen Welt, darin Ihr den Degen tragt wie ein Mann von Stand.

Doch dieser zweite Trost ist sehr verringert worden, als heute früh die Schergen Euch in der Bratküche suchten, um Euch nach Bicêtre zu schleppen, auf daß Ihr dorten ein Jahr oder zwei den Gips pulvert. Kathrine hatte Euch dem Herrn de la Guéritaude angezeigt; doch müßt Ihr sie nicht schelten; sie hat die Wahrheit bekannt, wie sie tun mußte, da sie Christin ist. Euch und den Herrn Abbé Coignard hat sie als Spießgesellen des Herrn von Anquetil bezichtigt und eine getreue Erzählung des Mordes und Totschlags dieser furchtbaren Nacht gegeben. Weh! ihr Freimut hat ihr nichts genützt, man hat sie nach dem Hospital geschleppt! Es ist gräßlich, sich das auszudenken!«

Hier nahm der Bruder den Kopf zwischen die Hände und weinte abermals.

Die Nacht war gekommen. Ich hatte Furcht, beim Stelldichein zu fehlen. Ich zog den Bruder aus dem Graben, in den er versunken war, brachte ihn auf die Beine und bat ihn, in seinem Bericht fortzufahren und indes mich auf der Straße von Sankt German bis zum Rundell der Hirtinnen zu geleiten. Willig gehorchte er mir, ging traurig mir zur Seite und bat mich, ihm den verknüpften Faden seiner Gedanken entwirren zu helfen. Ich führte ihn dahin zurück, wo die Schergen mich aus der Garküche holen wollten.

»Da sie Euch nicht fanden«, hub er wieder an, »wollten sie an Eurer Statt Euren Vater wegnehmen. Meister Leonhard behauptete, er wisse nicht, wo Ihr versteckt seiet. Eure Frau Mutter sagte dasselbe und beteuerte das mit hohen Schwüren. Gott möge ihr verzeihen, Herr Jakob! Denn offenbar hat sie Meineide geschworen. Die Schergen wurden bereits ärgerlich. Euer Vater redete ihnen zur Vernunft, indem er mit ihnen trinken ging. Und sie schieden als recht gute Freunde. Inzwischen suchte Eure Mutter mich bei den Drei Jungfern, wo ich nach den heiligen Regeln meines Ordens bettelte. Sie entbot mich eilends zu Euch, Ihr solltet ohne Zögern fliehen, damit der Polizeileutnant das Haus, drinnen Ihr wohnt, nicht bald aufspüre.«

Als ich diese traurige Kunde hörte, beschleunigte ich meinen

Schritt, und schon waren wir über die Brücke von Neuilly hinaus.

Auf dem ziemlich rauhen Hang, der zu dem Rundell sich hinzieht, dessen Ulmen wir schon sahen, redete der Bruder mit schwacher Stimme weiter.

»Eure Frau Mutter«, sprach er, »hat mir ausdrücklich befohlen, Euch vor der drohenden Gefahr zu warnen, und hat mir ein Täschchen für Euch gegeben, das ich unter meinem Kleid verborgen habe. Ich finde es nicht mehr«, fügte er hinzu, nachdem er sich überall betastet hatte. »Und wie soll ich irgend etwas finden, nachdem ich Kathrine verloren habe? Sie war dem heiligen Franziskus fromm ergeben und spendete Almosen. Und dennoch haben sie sie wie eine Gassendirne behandelt und werden ihr den Kopf ratzekahl scheren, und gräßlich ist sich auszudenken, daß sie den Puppen der Modehändlerinnen ähnlich sein wird, und daß man sie in diesem Zustand nach Amerika verschifft, wo sie vielleicht am Fieber stirbt und von den wilden Menschenfressern verzehrt wird.«

Seufzend kam er mit dieser Rede zu Ende, als wir auf dem Rundell anlangten. Uns zur Linken erhob die Herberge zum Roten Roß über einer Doppelreihe Ulmen ihr Schieferdach und ihre mit Aufzugrollen bewehrten Dachluken, und unter dem Laub gewahrte man ihr weit offenes Einfahrtstor.

Ich verlangsamte meinen Schritt, und der Bruder ließ unter einem Baum sich niederfallen.

»Bruder Angelus«, sprach ich zu ihm, »Ihr habt mir von einem Täschchen erzählt, das Ihr auf Bitten meiner guten Mutter mir bringen solltet.«

»Fürwahr, sie hat mich darum gebeten«, antwortete der Bruder, »und ich habe die Tasche so gut aufgeschnürt, daß ich nicht weiß, wohin ich sie gesteckt habe; doch wisset wohl, Herr Jakob, daß ich nur aus übertriebener Vorsicht sie habe verlieren können.«

Ich versicherte ihm lebhaft, er habe sie ja gar nicht verloren, und wenn er sie nicht gleich wiederfände, so würde ich selbst ihm beim Suchen helfen.

Der Ton meiner Stimme machte Eindruck, denn mit viel Gestöhn zog er unter seiner Kutte ein Täschchen aus Zitz hervor, das er mit Bedauern mir reichte. Ich fand darin einen Taler zu sechs Pfunden und eine Medaille der Schwarzen Jungfrau von Chartres, die ich küßte, wobei ich Tränen der Rührung und der Reue vergoß. Indessen grub der Bruder aus allen seinen Taschen Bündel farbiger Bilder und Gebete, die mit groben Zierleisten geschmückt waren. Er wählte zwei oder drei, die er mit Vorzug mir anbot, denn sie seien nach seiner Meinung am nützlichsten für Pilger, Reisende und alle Irrenden.

»Sie sind geweiht«, sprach er zu mir, »und wirksam in der Gefahr von Tod und Krankheit, und Ihr könnt sie mit dem Munde ablesen, könnt sie betasten oder Euch auf die Haut legen. Ich schenke sie Euch, Herr Jakob, um der Liebe Gottes willen. Vergeßt nicht ein Almosen für mich. Vergeßt nicht, daß ich im Namen des guten Sankt Franziskus bettle. Er wird Euch unfehlbar beschützen, wenn Ihr seinem unwürdigsten Sohne helft, der eben ich bin.«

Während er so redete, sah ich, wie in der ersterbenden Helligkeit des Tages eine Kutsche mit vier Pferden aus dem Fahrttor des Roten Rosses kam und unter viel Peitschengeknall und Pferdegestampf auf die Heerstraße gelenkt ward, dicht neben dem Baum, unter dem Bruder Angelus saß. Dann beobachtete ich, daß es nicht eigentlich eine Reisekutsche war, sondern ein großer, viersitziger Wagen mit einem ziemlich kleinen Kabriolett vorn. Eine Minute oder zwei schaute ich hin, als ich Herrn von Anquetil in Gesellschaft Jahels, die eine Haube und Bündel unter ihrem Mantel trug, den Hang erklimmen sah; ihnen folgte Herr Coignard, mit fünf bis sechs Schmökern beladen, die in eine vergilbte Abhandlung gewickelt waren. Bei ihrem Nahen senkten die Postillone die beiden Trittleitern, und meine schöne Geliebte schürzte ihre Röcke, die wie ein Ball sich aufblähten, und schwang sich in das Kabriolett, wobei Herr von Anquetil unten nachschob.

Bei diesem Schauspiel sprang ich auf und rief: »Haltet, Jahel! Haltet, Herr!«

Aber der Verführer schob die Treulose nur noch fester, und bald verschwand ihre reizvolle Rundung. Dann schickte er sich an, ihr nachzusteigen, setzte einen Fuß auf die Trittleiter und betrachtete mich mit Überraschung: »Ah! Herr Bratspießdreher! Ihr möchtet mir wohl alle meine Geliebten rauben! Jahel nach Kathrinen. Das ist Tusch!«

Doch ich hörte ihn nicht und rief noch immer Jahel, während Bruder Angelus, der unter seiner Ulme sich erhoben hatte und sich neben der Wagentür aufpflanzte, Herrn von Anquetil Bilder des Sankt Rochus anbot, das Gebet, das man hersagen soll, wenn der Schmied die Pferde beschlägt, das Gebet gegen das Zahnweh, und mit kläglicher Stimme um eine milde Gabe flehte.

Ich wäre die ganze Nacht dort verblieben und hätte Jahel gerufen, hätte nicht mein guter Lehrer mich an sich gezogen und in den großen Kasten des Wagens gestoßen, in den er hinter mir stieg.

»Lasset ihnen doch ihr Kabriolett«, sprach er zu mir; »wir beide wollen in diesem geräumigen Kasten reisen. Ich habe Euch, Bratspießdreher, lange gesucht und, um Euch nichts zu hehlen, wir wollten gerade ohne Euch abfahren, da habe ich Euch mit dem Kapuziner unter dem Baume bemerkt. Wir konnten nicht länger säumen, denn Herr de la Guéritaude läßt uns mit Betriebsamkeit suchen. Und sein Arm ist lang; denn er hat dem Könige Geld geliehen.«

Die Kutsche rollte schon dahin, und bettelnd verfolgte uns Bruder Angelus, der sich an die Tür geklammert hatte und die Hand ausstreckte.

Ich sank in die Kissen.

»Weh, Herr«, rief ich, »Ihr hattet mir doch gesagt, Jahel sei dreimal herum eingesperrt.«

»Mein Sohn«, antwortete mein guter Lehrer, »darauf durftet Ihr nicht im Übermaß vertrauen, denn die Mädchen treiben mit den Eifersüchtigen und ihren Hängeschlössern ihr Spiel. Und ist die Tür verrammelt, so springen sie zum Fenster hinaus. Ihr könnt Euch, Bratspießdreher, von der List der Weiber keinen Begriff machen. Die Alten haben wunderbare Beispiele davon berichtet, und mehrere werdet Ihr in dem Buche des Apulejus finden, woselbst sie wie Salz in die Erzählung von der Metamorphose gesäet sind. Doch besser noch erkennt man diese List aus einer arabischen Sage, die Herr Galand unlängst in Europa verbreitet hat, und die ich Euch kundgeben will.

Schariar, der Sultan von Tartarien, und sein Bruder Schahzenan wandelten eines Tags am Ufer des Meeres und sahen plötzlich, wie eine schwarze Säule sich über die Fluten erhob und auf das Land zuschritt. Sie erkannten einen Geist von wildester Art, in Gestalt eines Riesen von ungeheurer Höhe; auf dem Kopf trug er eine Glaskiste, die mit vier Eisenschlössern versperrt war. Dieser Anblick jagte ihnen solches Entsetzen ein, daß sie im Gabelholz eines nahen Baumes sich versteckten. Indessen betrat der Geist mit der Kiste das Ufer und setzte sie unter den Baum, wo die beiden Fürsten waren. Dann legte er selbst sich dort nieder und war bald entschlummert. Seine Beine waren bis zum Meere ausgestreckt, und sein Odem bewegte Erde und Himmel. Während er so furchtbar ruhte, hob sich der Deckel der Kiste, und eine Dame von majestätischem Wuchs und vollendeter Schönheit entkletterte ihr. Sie hob das Haupt...«

Hier unterbrach ich diese Erzählung, die ich kaum vernahm.

»Ach! Herr!« rief ich, »was, denkt Ihr, sagen Jahel und Herr von Anquetil einander zu dieser Stunde, da sie im Kabriolett allein sind?«

»Ich weiß es nicht«, antwortete mein guter Lehrer; »das ist ihre Sache und nicht meine. Doch wir wollen mit dieser sinnvollen arabischen Sage zu Ende kommen. Unbesonnen habt Ihr,

Bratspießdreher, mich in dem Augenblick gestört, wo diese Dame das Haupt hob und die beiden Fürsten in dem Baume, worin sie sich verborgen hatten, bemerkte. Sie gab ihnen ein Zeichen, sie sollten kommen, und da sie sah, daß sie zögerten und zwischen der Lust, dem Wink einer so schönen Person zu folgen, und der Furcht, einem so schrecklichen Riesen zu nahen, schwankten, sagte sie in leisem, doch lebhaftem Ton zu ihnen: ›Kommt schnell herab oder ich wecke den Geist!‹ Nach ihrem gebieterischen, entschlossenen Wesen urteilten sie, das sei keine leere Drohung, und am sichersten sowie am ergötzlichsten sei es, herabzukommen. Sie taten es mit jeder möglichen Vorsicht, um den Geist nicht zu wecken. Als sie unten waren, faßte die Dame sie bei der Hand, und nachdem sie sich mit ihnen ein wenig unter die Bäume entfernt hatte, zeigte sie ihnen deutlich, sie sei bereit, sofort sich ihnen beiden hinzugeben. Sie gingen mit Gefälligkeit auf diese Laune ein, und da sie mutige Männer waren, störte die Furcht ihren Genuß nicht allzusehr. Als sie von ihnen verlangt hatte, was sie wünschte, und bemerkte, daß jeder am Finger einen Ring hatte, forderte sie ihnen den ab. Dann kehrte sie zu der Kiste, drin sie wohnte, zurück und zog einen Rosenkranz von Ringen hervor, den sie den Fürsten wies.

›Wisset ihr‹, sprach sie zu ihnen, ›welche Bewandtnis es mit diesen aufgereihten Ringen hat? Es sind die aller Männer, denen ich dieselbe Güte wie Euch habe zuteil werden lassen. Achtundneunzig sind es, wohl gezählt, die ich zur Erinnerung an sie bewahre. Ich habe die eurigen aus dem Grunde von euch gefordert und um das Hundert vollzumachen. So habe ich denn‹, fuhr sie fort, ›bis heute hundert Liebhaber gehabt, trotz der Wachsamkeit und der Hut dieses eklen Geistes, der mich nie verläßt. Umsonst hat er mich in diese Glaskiste gesperrt, umsonst hält er mich in Meerestiefen verborgen, ich betrüge ihn, soviel mich gelüstet.‹

Dieser geistvolle Apolog«, setzte mein guter Lehrer hinzu, »zeigt Euch, daß die Weiber im Osten, wo man sie einsperrt, ebenso listig sind wie unter den Europäern, wo sie frei sind. Hat eine von ihnen einen Plan gefaßt, so hindern weder Gatte noch Liebhaber, Vater, Oheim, Vormund die Ausführung. Ihr dürft also nicht überrascht sein, mein Sohn, daß die Vorsicht dieses alten Mardochai zu hintergehen nur ein Spiel für diese Jahel gewesen ist, die in ihrem verderbten Geiste die Verschmitztheit unsrer Frauenzimmer mit der Untreue des Ostens eint. Ich errate, mein Sohn, daß sie ebenso wollüstig ist wie gierig nach Gold und Silber und wert des Stammes von Olibah und Aolibah.

Sie hat eine saure, beißende Schönheit, von der ich selbst mich ein wenig angesteckt fühle, obgleich das Alter, die erhabenen Betrachtungen und das Elend eines bewegten Lebens die Empfindung für Fleischeslust sehr in mir ertötet haben. Die Pein, die Euch der glückliche Erfolg ihres Abenteuers mit Herrn von Anquetil verursacht, läßt mich erraten, daß Ihr heftiger als ich den spitzen Zahn des Begehrens fühlt, und daß Eifersucht Euch zerreißt. Deshalb tadelt Ihr eine Handlung, die zwar unregelmäßig ist und dem gemeinen Brauch zuwider, jedoch an sich gleichgültig oder wenigstens das Leid der Schöpfung nicht vermehrt. Im Innern verdammt Ihr mich, weil ich beteiligt bin, und glaubt, für die Sitten Partei zu nehmen, während Ihr nur der Regung Eurer Leidenschaften Euch überlaßt. So färben wir vor uns selbst unsere schlimmsten Triebe, mein Sohn. Die Sittlichkeit der Menschen hat keinen anderen Ursprung. Räumt doch ein, daß es schade gewesen wäre, ein so schönes Mädchen diesem alten mondsüchtigen Narren länger zu lassen! Begreift, daß Herr von Anquetil, der jung ist und schön, besser zu einer so liebenswürdigen Person paßt, und unterwerft Euch dem, was Ihr nicht hindern könnt. Diese Weisheit ist schwer. Noch schwerer wäre, sie, hätte man Euch Eure Geliebte genommen. Dann würdet Ihr fühlen, wie Eisenzähne Euch zerfleischen, und Euer Geist wäre voll verhaßter, deutlicher Bilder. Diese Erwägung, mein Sohn, muß Euer gegenwärtiges Leid verringern. Im übrigen ist das Leben voll Mühe und Arbeit. Das läßt uns gerechte Hoffnung auf die ewige Seligkeit nähren.«

So sprach mein guter Lehrer, indes die Ulmen der königlichen Straße uns zur Seite flogen. Ich hütete mich, ihm zu antworten, daß er meinen Kummer reizte, indem er ihn lindern wollte, und daß er, ohne es zu wissen, den Finger mir in die Wunde lege.

Unser erster Umspannort war in Juvisy, wo wir morgens im Regen hielten. Als ich in die Herberge der Post trat, fand ich Jahel am Kamin, wo fünf bis sechs Hühnchen an drei Bratspießen sich drehten. Sie wärmte sich die Füße und zeigte ein Stück ihrer seidenen Strümpfe, die mich sehr verwirrten, weil ich an das Bein dachte und es mir genau vorstellte mit den Poren der Haut, mit dem Flaum und allerlei sinnfälligen Eigenheiten. Herr von Anquetil lehnte sich über den Stuhl, worauf sie, die Wange in die Hand geschmiegt, saß. Er nannte sie seine Seele und sein Leben; er fragte sie, ob sie keinen Hunger habe; und da sie dies bejahte, ging er hinaus, um Aufträge zu geben. Ich blieb mit der Treulosen allein und blickte ihr in die Augen, in denen die Herdflamme widerglänzte.

»Ach, Jahel«, rief ich, »ich bin sehr unglücklich, Ihr habt mich verraten und liebt mich nicht mehr.«

»Wer hat Euch gesagt, daß ich Euch nicht mehr liebe?« antwortete sie und richtete einen samtenen, flammensprühenden Blick auf mich.

»Weh! Fräulein, Euer Benehmen gibt es doch recht deutlich kund.«

»Wie! Jakob, könnt Ihr mir die Ausstattung in holländischem Linnen neiden und das geschweiste Porzellangeschirr, das dieser Edelmann mir schenken muß? Ich bitte Euch nur um ein wenig Verschwiegenheit, bis er seine Zusage verwirklicht hat, und Ihr werdet sehen, daß ich Euch noch gerade so bin, wie ich am Sandwegkreuz war.«

»Weh! Jahel, inzwischen wird mein Nebenbuhler Eure Gunst genießen.«

»Ich fühle«, erwiderte sie, »daß das wenig bedeuten wird, und daß nichts die Erinnerung, die Ihr in mir hinterlassen habt, verlöscht. Quält Euch nicht mit Kleinigkeiten ab; sie haben nur durch die Gedanken Wert, die Ihr Euch darüber macht.«

»Oh!« rief ich, »die Gedanken, die ich mir darüber mache, sind schrecklich, und ich fürchte Euren Verrat nicht überleben zu können.«

Sie betrachtete mich mit spöttischer Neigung und sagte lächelnd zu mir: »Glaubt mir, mein Freund, wir beide werden daran nicht sterben. Denkt doch, Jakob, daß ich der Wäsche und des Geschirrs bedarf. Seid klug; lasset Euch die Gefühle, die Euch bewegen, nicht merken, und ich verspreche Euch, später Eure Schweigsamkeit zu lohnen.«

Diese Hoffnung linderte ein wenig meinen brennenden Schmerz. Die Wirtin spreizte das von Lavendel duftende Tuch über den Tisch, setzte die Zinnteller auf, die Becher und die Kannen. Ich hatte großen Hunger, und als Herr von Anquetil mit dem Abbé wieder die Herberge betrat und uns einlud, einen Bissen zu essen, nahm ich gern meinen Platz zwischen Jahel und meinem guten Lehrer ein. In Furcht vor der Verfolgung brachen wir auf, nachdem wir drei Eierkuchen und zwei Hühnchen vertilgt hatten. In dieser drängenden Gefahr traf man die Abrede, bis Sens Hals über Kopf zu eilen und dort zu nächtigen.

Von dieser Nacht träumte mir Furchtbares, da ich erwog, sie werde Jahels Verrat vollenden. Und diese nur zu sehr gerechtfertigte Besorgnis verstörte mich in dem Grade, daß ich nur mit halbem Ohr auf die Reden meines guten Lehrers horchte, den die geringsten Zwischenfälle der Reise zu wunderbaren Überlegungen veranlaßten.

Meine Furcht war nicht eitel. Kaum waren wir in Sens abgestiegen, im elenden Gasthaus zum Lanzknecht, und kaum hatten wir zu Nacht gespeist, da führte Herr von Anquetil Jahel in sein Zimmer, das dem meinigen benachbart war, und ich fand keinen Augenblick Ruhe. Im Morgendämmern stand ich auf, floh dieses abscheuliche Zimmer und setzte mich traurig in den Torweg, mitten unter die Postillone, die Weißwein tranken und die Mägde kniffen. Zwei bis drei Stunden sann ich über meinen Gram. Schon war die Kutsche angespannt, da erschien Jahel unter der Wölbung, ganz verfroren in ihrem schwarzen Mantel. Da ich ihren Anblick nicht ertragen konnte, wandte ich die Augen von ihr. Sie kam auf mich zu, setzte sich zu mir auf den Prellstein und sagte mild zu mir, ich solle nicht trüb sein. Denn was mir ein Ungeheuer schiene, das sei in Wahrheit eine Nichtigkeit, ich solle Vernunft annehmen, ich sei zu gescheit, um ein Weib für mich allein zu wollen, und in diesem Falle nehme man eine dumme, häßliche Wirtschafterin, und das sei auch ein Glück, wenn man eine kriege.

»Nun muß ich Euch verlassen«, fügte sie hinzu. »Ich höre den Schritt des Herrn von Anquetil auf der Treppe.«

Und sie gab mir auf den Mund einen Kuß, den sie mit der heftigen Wollust der Furcht ausdrückte und hindehnte, denn neben uns krachten die Holzstufen unter den Stiefeln ihres Liebhabers, und die Dreiste setzte ihr holländisches Linnen und ihren Ollatopf von geschweistem Silber aufs Spiel.

Der Postillon senkte die Trittleiter des Kabrioletts, doch Herr von Anquetil fragte Jahel, ob es nicht lustiger wäre, wenn alle im großen Kasten säßen, und es entging mir nicht, daß dies die erste Folge seines vertrauten Umgangs mit Jahel war, und daß ihn nach voller Befriedigung seiner Lüste die Einsamkeit mit ihr weniger freue. Mein guter Lehrer hatte bedachtsam dem Keller des Lanzknechts fünf bis sechs Flaschen Weißweins entlehnt, die er unter den Kissen unterbrachte und die wir tranken, um über die Langeweile des Wegs uns zu täuschen.

Mittags kamen wir nach Joigny, einer recht hübschen Stadt. Da ich voraussah, daß ich vor dem Ende der Reise mein Verlangen stillen könne, und den Gedanken, ohne äußerste Not meine Zeche durch Herrn von Anquetil zahlen zu lassen, nicht ertrug, beschloß ich, einen Ring und ein Medaillon, das ich von meiner Mutter hatte, zu verkaufen, und durchsuchte die Stadt nach einem Goldschmied. Ich entdeckte einen auf dem großen Platz gegenüber der Kirche, einen Laden mit Verkauf von Ketten und Kreuzen, im Zeichen des Ehrlichen Glaubens. Wie groß war meine Verblüffung, als ich dort meinen guten Lehrer fand, der von dem Zahltisch aus einer papierenen Tüte fünf bis sechs kleine Demanten zog, in denen ich die erkannte, die Herr von Astarac uns gezeigt hatte. Und er fragte den Goldschmied, wieviel er für diese Steine wohl geben könne.

Der Goldschmied prüfte sie, dann beobachtete er den Abbé über seine Brille hinweg und sagte: »Herr, diese Steine hätten großen Wert, wenn sie echt wären. Aber sie sind falsch; und um sich davon zu überzeugen, braucht man keinen Prüfstein. Es sind Glasperlen, die nur zum Kinderspielzeug taugen, wofern man sie nicht in die Krone einer Dorfmadonna setzt, wo sie sich schön ausnehmen werden.«

Nach diesem Bescheid packte Herr Coignard seine Demanten wieder ein und drehte dem Goldschmied den Rücken. In diesem Augenblick gewahrte er mich und schien durch die Begegnung sehr verwirrt. Ich schloß meinen Handel in kurzem ab, holte meinen guten Lehrer an der Schwelle ein und legte ihm dar, welchen Schaden er beinahe seinen Gefährten und sich selbst durch die Entwendung von Steinen bereitet hätte, die zu seinem Unglück echt hätten sein können.

»Mein Sohn«, antwortete er mir, »Gott hat, um mir meine Unschuld zu lassen, gewollt, sie sollten Nachahmung und Trug sein. Ich gestehe, daß ich nicht recht daran tat, sie zu entwenden. Ihr seht mein Bedauern, und ich möchte diese Seite aus meinem Lebensbuch reißen, darin, um alles zu sagen, etliche Blätter nicht so sauber und unbefleckt sind, wie sich geziemte. Ich fühle lebhaft, wie tadelnswert mein Verhalten hier ist. Aber der Mensch soll nicht allzusehr niedergeschlagen sein ob eines Fehltritts; und jetzt darf ich mit einem berühmten Schriftgelehrten zu mir selbst sprechen: ›Betrachtet Eure große Gebrechlichkeit, die Ihr nur allzu oft in den kleinsten Begegnungen erfahret; und dennoch stoßen diese oder ähnliche Sachen nur zu Eurem Heil Euch zu. Nicht alles ist für Euch verloren, wenn Ihr oft rauh betrübt und versucht werdet, selbst falls Ihr der Versuchung erliegt. Ihr seid ein Mensch und seid nicht Gott; Ihr seid von Fleisch und kein Engel. Wie solltet Ihr stets im selben Tugendstand bleiben, da diese Treue den Engeln im Himmel und dem ersten Menschen im Paradies gefehlt hat?‹ Das sind, Bratspießdreher, mein Sohn, die einzigen geistigen Unterhaltungen und die wahren Selbstgespräche, die für meiner Seele gegenwärtige Verfassung sich schicken. Doch ist es nicht, nach diesem unglücklichen Schritt, bei dem ich nicht beharre, Zeit, zur Herberge zurückzukehren und mit den Postillonen, die schlichte, umgängliche Leute sind, eine bis zwei Flaschen Landweins zu trinken?«

Ich pflichtete dieser Ansicht bei, und wir erreichten die Postherberge wieder, wo wir Herrn von Anquetil trafen, der gleich uns aus der Stadt zurückkam und Karten brachte. Er spielte mit meinem guten Lehrer Piket, und als wir weiter fuhren, setzten sie ihr Spiel in der Kutsche fort. Diese Spielwut, die meinen Nebenbuhler gefangennahm, ließ mir etliche Freiheit bei Jahel, die, seit sie ohne Partner war, lieber mit mir redete. In diesen Gesprächen fand ich eine bittere Süßigkeit. Ich warf ihr ihre Treulosigkeit und ihren Wortbruch vor und erleichtere meinen Kummer durch bald schwache, bald heftige Klagen.

»Weh! Jahel«, sprach ich, »die Erinnerung und das Bild unsrer Zärtlichkeiten, die unlängst meine teuersten Wonnen waren, sind mir zu grausamer Folter geworden, wenn ich denke, daß Ihr heute einem anderen seid, was Ihr mir gewesen seid.«

Sie antwortete: »Ein Weib ist nicht zu jedem dieselbe.«

Und da ich von meinem übertriebenen Jammer und Tadel nicht abstand, sprach sie: »Ich begreife, daß ich Euch Kummer zugefügt habe. Doch das ist noch kein Grund, mich täglich hundertmal mit Eurem unnützen Gestöhn zu ermorden.«

Wenn Herr von Anquetil verlor, war er sehr grimmiger Laune. Bei jeder Gelegenheit quälte er Jahel, die, da sie keine Geduld hatte, ihm drohte, sie werde an ihren Oheim Mosaïdes schreiben, er solle sie abholen. Dieser Zank verschaffte mir zuerst freudigen Hoffnungsschein. Doch als er sich mehrfach wiederholte, sah ich vielmehr unruhvoll ihn entstehen, da ich erkannte, daß er stürmische Aussöhnungen zur Folge hatte, die plötzlich mit Küssen, Geflüster und geilen Seufzern mir ins Ohr schallten. Herr von Anquetil duldete mich nur mit Widerstreben. Hingegen hatte er eine starke Neigung zu meinem guten Lehrer, der sie durch seinen Gleichmut verdiente, seine Heiterkeit und den unübertrefflichen Geschmack seines Geistes. Sie spielten und tranken mit täglich wachsender Sympathie zusammen. Ihre Knie waren einander nahe, um das Brett zu stützen, worauf sie ihre Karten warfen. Sie lachten, scherzten, neckten sich; und obschon sie mitunter sich die Karten an den Kopf warfen und Schmähungen wechselten, von denen die Lastträger im Hafen des Sankt Nikolaus und die Bootsleute von der Freibahn errötet wären, obschon Herr von Anquetil bei Gott, der Jungfrau und den Heiligen fluchte, in seinem Leben habe er einen schmutzigeren Galgenvogel als den Abbé Coignard nicht einmal baumeln sehn, fühlte man, daß er meinen guten Lehrer innig liebte. Und es war ein Vergnügen, ihn im Nu darauf mit Lachen ausrufen zu hören: »Abbé, Ihr sollt mein Almosenpfleger sein und mit mir Piket spielen. Auch auf unsre Jagden müßt Ihr mit. Bis in die tiefsten Gründe des Perche wird man ein Pferd suchen, das dick genug ist, Euch zu tragen, und eine Jagdrüstung sollt Ihr bekommen gleich der, die ich beim Bischof von Uzès gesehen habe. Übrigens ist es hohe Zeit, daß Ihr neue Kleider kriegt; denn, mit Verlaub, Abbé, Eure Hose sitzt am Hintern nicht mehr.«

Auch Jahel gab der unwiderstehlichen Neigung nach, die alle Seelen zu meinem guten Lehrer lenkte. Sie beschloß, so gut es ging, die Unordnung seines Gewandes auszubessern. Sie zerstückte eins ihrer Kleider, um Rock und Hosen unsres ehrwürdigen Freundes zu flicken, und schenkte ihm ein Spitzentaschentuch zu einem Bäffchen. Mein guter Lehrer empfing diese kleinen Gaben mit anmutigem Ernst. Öfters konnte ich das wahrnehmen: im Gespräch mit Frauen war er galant. Er bezeugte ihnen eine Aufmerksamkeit, die niemals zudringlich war, lobte sie mit der Wissenschaft eines Kenners, gab ihnen Ratschläge, die auf langer Erfahrung beruhten, breitete die unendliche Nachsicht eines Herzens über sie, das gewillt ist, alle Schwächen zu verzeihen, und benutzte doch jegliche Gelegenheit, sie große, wertvolle Wahrheiten hören zu lassen.

Als wir am vierten Tage nach Montbard gekommen waren, machten wir auf einer Anhöhe Halt, von wo man in kleinem Raume die ganze Stadt entdeckte, als sei sie von einem geschickten Handwerker gemalt, der Sorge getragen hätte, alle Einzelheiten zu bezeichnen.

»Seht«, sprach mein guter Lehrer zu uns, »diese Mauern, Türme, Glockenstühle und Dächer, die aus dem Grün hervorwinken. Das ist eine Stadt, und ohne daß wir erst ihre Geschichte und ihren Namen suchen, wollen wir darüber nachdenken; denn es ist der würdigste Gegenstand der Betrachtung, der auf der Oberfläche der Welt sich uns bieten kann. Fürwahr, welcher Art eine Stadt auch sei, ein Stoff ist sie für Spekulationen des Geistes. Die Postillone sagen uns, hier sei Montbard. Diesen Ort kenne ich nicht. Und doch scheue ich mich nicht, nach Analogie zu behaupten, daß die Leute, die da wohnen, unsre Nächsten, selbstsüchtig sind, feige, treulos freßgierig, lüstern. Sonst wären sie keine Menschen und könnten nicht von jenem zugleich kläglichen und ehrwürdigen Adam stammen, in dem all unsre Triebe, bis zu den schimpflichsten hinunter, ihren erhabenen Ursprung besitzen. Der einzige Punkt, worüber man noch schwanken dürfte, ist, ob diese Leute mehr auf die Nahrung denn auf die Fortpflanzung versessen sind. Und auch dieser Zweifel ist nicht erlaubt; ein Philosoph wird den gesunden Schluß ziehen, daß für diese Unglücklichen der Hunger ein dringlicheres Bedürfnis ist als die Liebe. In meiner grünen Jugend glaubte ich, das Menschentier neige vor allem zur Paarung der Geschlechter. Doch dies war eine Lockspeise, und klar ist, daß die Menschen noch mehr Sinn dafür haben, ihr Leben zu erhalten, als welches zu geben. Der Hunger ist die Achse der Menschheit; übrigens werde ich, da es unnütz ist, hier darüber zu streiten, so man es will, sagen, das Menschenleben habe zwei Pole: Hunger und Liebe. Und hier soll man Ohr und Seele auftun! Diese häßlichen Geschöpfe, die nur den Trieb haben, mit Raserei einander zu verschlingen und zu umarmen, sind in ihrem Zusammenleben Gesetzen untertan, die ihnen gerade die Befriedigung dieser doppelten Grundgier verbieten. Diese einfältigen Tiere, die Bürger geworden sind, legen sich freiwillig allerlei Entbehrungen auf und achten das Gut des Fremden, was ein Wunder ist, wenn man ihre gierige Natur erwägt; und sie beobachten die Scham, die eine ungeheure, jedoch gewöhnliche Heuchelei ist und darin besteht, daß man nur selten sagt, woran man unablässig denkt. Denn, kurz, auf ein Wort, meine Herren, wenn wir ein Weib erblicken, so richten wir unsre Gedanken nicht auf die Schönheit ihrer Seele und auf den Vorzug ihres Geistes; und in unserem Gespräch mit ihr schauen wir vor allem auf ihre natürlichen Formen. Und das liebenswürdige Geschöpf hat das so wohl gewußt, daß es von der guten Schneiderin sich ankleiden ließ, und hat Sorge getragen, seine Reize nur dadurch zu verhüllen, daß es mit etlichen Listen sie vergrößerte. Und Fräulein Jahel, die doch keine Wilde ist, wäre trostlos, hätte die Kunst bei ihr die Natur beseitigt, so daß man nicht sähe, wie voll ihre Brust ist und wie rund ihr Steiß. Mithin, wie wir auch die Menschen seit Adams Fall betrachten, wir sehen sie hungrig und unenthaltsam. Woher kommt es, daß sie, in

Städten vereinigt, sich zu allerlei Entbehrungen zwingen und Vorschriften gehorchen, die ihrer verderbten Natur zuwider sind? Man hat gesagt, sie fänden ihren Vorteil dabei und fühlten, daß sie mit jenem Zwang ihre Sicherheit erkauften. Doch dies heißt ihnen zu viel Vernunft beimessen und ist obendrein ein falscher Vernunftschluß, denn es ist sinnlos, das Leben um den Preis dessen, was seinen Sinn und Wert ausgemacht hat, zu retten. Man hat auch gesagt, Furcht hielte sie im Gehorsam. Allerdings sichern Kerker, Galgen und Rad sehr trefflich die Unterwerfung unter die Gesetze. Doch gewiß hat sich das Vorurteil mit den Gesetzen verschworen, und man sieht nicht wohl, wie der Zwang so allgemein seine Herrschaft hätte errichten können. Die Gesetze umschreibt man als notwendige Beziehungen der Dinge; doch soeben haben wir gesehen, daß diese Beziehungen, weit entfernt, Notwendigkeiten der Natur zu sein, ihr widersprechen. Deshalb, Herren, werde ich den Quell und den Ursprung der Gesetze nicht im Menschen, sondern außerhalb des Menschen suchen, und da sie dem Menschen fremd sind, werde ich glauben, daß sie von Gott kommen, der mit seinen geheimnisvollen Händen nicht bloß Land und Wasser, Pflanze und Tier gebildet hat, sondern auch Völker und Gesellschaften. Ich werde glauben, daß die Gesetze unmittelbar von ihm kommen, aus seinem ersten Dekalog, und daß sie unmenschlich sind, weil sie göttlich sind. Es versteht sich, daß ich hier die Gesetzbücher in ihrem Grundwesen und ihrer Essenz betrachte, ohne mit ihrer lächerlichen Verschiedenheit und ihrem kläglichen Gemenge mich zu befassen. Die Einzelheiten der Bräuche und Vorschriften, sie seien schriftlich oder mündlich, sind des Menschen Anteil, und dieser Teil ist verächtlich. Doch, wir wollen das furchtlos erkennen, der Staat ist von Gott eingesetzt. Mithin soll jede Regierung theokratisch sein. Ein Priester, der berühmt ist, weil er an der Erklärung von 1682 sich beteiligte, Herr Bossuet, tat nicht unrecht daran, daß er die Regeln der Politik nach den Grundsätzen der Schrift aufzeichnen wollte, und wenn er kläglich Schiffbruch erlitt, soll man nur der Schwäche seines Geistes schuld geben, der platt an Beispiele aus den Richtern und den Königen sich hielt, ohne zu sehen, daß Gott, wenn er in dieser Welt arbeitet, der Zeit und dem Raum gemäß wirkt und Franzosen von Israeliten zu unterscheiden weiß. Der Staat wird, in seiner wahren, allein gesetzlichen Hoheit wiederum begründet, nicht der Staat Josuas sein, Sauls und Davids, sondern die Gottesstadt des Evangeliums, die Stadt des Armen, wo Handwerker und Hure nicht mehr vom Pharisäer gedemütigt werden. Oh! Herren, wie angebracht wäre es, aus der Schrift eine Politik herzuleiten, die schöner und heiliger wäre als die, welche dieser holprige, unfruchtbare Herr Bossuet mühsam daraus gezogen hat! Welche Stadt wird einst, harmonischer als die, so Orpheus mit den Klängen seiner Leier baute, auf den Grundsätzen Jesu Christi sich erheben, an dem Tage, wo seine Priester nicht mehr dem Kaiser und den Königen verkauft sind und sich als die wahren Fürsten des Volkes offenbaren werden.«

Indes wir um meinen guten Lehrer herumstanden und ihn also reden hörten, wurden wir unversehens von einem Trupp Bettler umringt, die hinkend, klappernd, speiend Gliedstümpfe bewegten, Kröpfe schüttelten oder Wunden ausbreiteten, woraus stinkende Jauche troff, und mit lästigen Segenswünschen uns belagerten. Gierig stürzten sie sich auf einige Münzen, die Herr von Anquetil ihnen hinwarf, und wälzten sich zusammen im Staube.

»Diese Elenden sind ein schmerzlicher Anblick«, seufzte Jahel.

»Solches Mitleid«, sagte Herr Coignard, »ziert Euch wie ein Geschmeide, Fräulein. Diese Seufzer schmücken Eure Brust und schwellen sie mit einem Hauch, den jeder von uns auf Euren Lippen festhalten möchte. Doch lasset mich Euch sagen, daß diese Zärtlichkeit, die, so parteiisch sie ist, um nichts weniger rührt, nur deswegen Euch im Innern sich regt, weil Ihr diese Ärmsten mit Euch selbst vergleicht, und um des triebhaften Gedankens willen, daß Euer junger Leib sozusagen diese häßlichen, geschwürigen und verstümmelten Fleischklumpen betastet, wie er in Wahrheit damit verbunden und verknüpft ist als Glied unsres Herrn Jesus Christus. Daraus folgt, daß Ihr die Fäulnis am Fleische dieser Elenden nicht betrachten könnt, ohne sie zugleich als Vorzeichen auf Eurem eigenen Fleische zu sehen. Und diese Ärmsten sind wie Propheten gegen Euch aufgestanden und haben Euch angekündigt, daß das Erbteil von Adams Sippe in dieser Welt Krankheit ist und Tod. Darum habt Ihr geseufzt, Fräulein.

Es ist fürwahr kein Grund zu der Schätzung, daß diese von Geschwüren und Wurmfraß zernagten Bettler unglücklicher seien denn Könige und Königinnen. Man soll nicht einmal sagen, daß sie ärmer sind, wenn, wie es scheint, der Heller, den dieses kropfige Weib aus dem Staub aufgehoben hat, und den sie mit Freudenspeichel sich ans Herz preßt, sie wertvoller dünkt, als ein Perlhalsband für die Geliebte eines Fürstbischofs von Köln oder Salzburg ist. Wenn wir unsern geistigen, wahren Nutzen recht verständen, so müßten wir das Dasein dieses Krüppels ohne Bein, der auf den Händen Euch entgegenkriecht, mehr beneiden als das des Königs von Frankreich oder des Kaisers. Vor Gott ist er ihnen gleich und hat vielleicht den Herzensfrieden, den sie nicht haben, und die unschätzbaren Schätze der Unschuld. Doch zieht Eure Leibröcke an, Fräulein, damit er nicht den Wurmfraß, womit er bedeckt ist, auf Euch überträgt.«

So sprach mein guter Lehrer, und wir wurden nicht müde, auf ihn zu horchen.

Drei Meilen von Montbard riß ein Zugstrang, und da die Postillone keinen Strick hatten, ihn zu flicken, und dieser Ort der Straße fern ist von jeder Wohnung, blieben wir in Not liegen. Mein guter Lehrer und Herr von Anquetil schlugen während dieser unfreiwilligen Muße die Zeit tot, indem sie mit jener zänkischen Sympathie, die sie gewohnt waren, Karten spielten. Indes der junge Herr sich wunderte, daß sein Partner den König häufiger umdrehte, als die Berechnung der Wahrscheinlichkeit verstattet, zog Jahel ziemlich erregt mich abseits und fragte mich, ob ich nicht einen Wagen sehe, der hinter uns an einer Schlinge der Straße hielt. Ich blickte nach dem Punkt, den sie mir zeigte, und bemerkte in der Tat eine Art gotischer Kalesche von lächerlicher, bizarrer Gestalt.

»Dieser Wagen«, fügte Jahel hinzu, »hat zur selben Zeit wie wir gehalten. Also ist er uns gefolgt. Ich bin neugierig, die Gesichter zu erkennen, die in dieser Maschine reisen. Ich bin ganz unruhig. Sitzt nicht eine enge, hohe Kappe darauf? Sie ähnelt dem Wagen, drin mein Oheim mich, als ich ein kleines Kind war, gen Paris führte, nachdem er den Portugiesen getötet hatte. Soviel ich weiß, war sie in einem Schuppen des Schlosses am Sandweg geblieben. Der Wagen erinnert mich genau daran, und es ist eine furchtbare Erinnerung, denn ich sehe, wie mein Oheim drinnen vor Wut schäumte. Ihr habt keinen Begriff, Jakob, wie gewalttätig er ist. Ich selbst habe seine Raserei am Tag der Abreise empfunden. Er hat mich in eine Kammer gesperrt und gegen den Herrn Abeé Coignard entsetzliche Schmähungen ausgespien. Mich schaudert, so ich bedenke, ich welchem Zustand er gewesen sein muß, als er meine Kammer leer fand und meine Tücher noch am Fenster, durch das ich entwischt bin, um Euch einzuholen und mit Euch zu fliehen.«

»Jahel! Ihr meint, mit Herrn von Anquetil.«

»Wie spitzig Ihr seid! Sind wir nicht alle zusammen abgereist? Doch diese Kalesche beunruhigt mich, so gleicht sie der meines Oheims.«

»Seid versichert, Jahel, daß es die irgend eines guten Burgunders ist, der, ohne von Euch etwas zu ahnen, seinen Geschäften nachgeht.«

»Ihr seid ein Tor«, sprach Jahel. »Ich habe Angst.«

»Ihr könnt doch nicht befürchten, Fräulein, daß Euer Oheim

mit der Hinfälligkeit, von der er betroffen ist, die Straßen abläuft, Euch zu verfolgen! Er hat nur die Kabbala und hebräische Träumereien im Sinn.«

»Ihr kennt ihn nicht«, antwortete sie mir und seufzte. »Er ist nur mit mir beschäftigt. Er liebt mich so sehr, wie er die übrige Welt verflucht. Er liebt mich auf eine Weise...«

»Auf eine Weise...?«

»Auf jegliche Weise! Kurz, er liebt mich.«

»Jahel, ich zittere, wenn ich Euch höre. Gerechter Himmel! Dieser Mosaïdes liebt Euch ohne jene Uneigennützigkeit, die so schön ist bei einem Greise und so schicklich ist für einen Oheim! Sagt alles, Jahel!«

»Oh! Ihr sagt es besser als ich, Jakob.«

»Ich bin verblüfft. In seinem Alter, ist es möglich?«

»Mein Freund, Ihr habt eine weiße Haut und eine offene Seele. Alles setzt Euch in Staunen. Diese Unbefangenheit ist Euer Reiz. Man betrügt Euch, so wenig Mühe man sich darum auch gibt. Man hat Euch eingeredet, Mosaïdes sei hundertunddreißig Jahre alt, indes er nicht viel mehr denn sechzig hat, daß er in der großen Pyramide gelebt habe, während er in Wirklichkeit Geldwechsler zu Lissabon war. Und nur von mir hing es ab, ob ich Euch für ein Salamanderweib gelten wollte.«

»Wie, Jahel, sprecht Ihr die Wahrheit? Euer Oheim...«

»Ja, und das ist das Geheimnis seiner Eifersucht. Den Abbé Coignard hält er für seinen Nebenbuhler. Beim ersten Anblick hat er aus dumpfem Gefühl ihn verabscheut. Doch ganz anders steht es, seit er etliche Worte der Unterredung auffing, die der gute Abbé in den Dornen mit mir hatte, und seit er in ihm die Ursache meiner Flucht und meiner Entführung hassen kann. Denn entführt worden bin ich, mein Freund, und dies muß mir in Euren Augen einigen Wert verleihen. Oh! ich war sehr undankbar, daß ich einen so guten Oheim verließ. Aber ich konnte die Knechtschaft, worin er mich hielt, nicht mehr ertragen. Und dann hatte ich eine heiße Lust, reich zu werden, und es ist doch natürlich, nicht wahr, daß man sich viel Habe wünscht, wenn man jung und hübsch ist. Wir haben nur ein einziges Leben, und das ist kurz. Mich hat man nicht schöne Lügen von der Unsterblichkeit der Seele gelehrt.«

»Weh! Jahel«, rief ich in einer Fieberhitze, die gerade aus ihrer Härte entsprang, »weh! nichts hat mir bei Euch im Schloß am Sandweg gefehlt. Was hat Euch dort gefehlt, um glücklich zu sein?«

Sie gab mir ein Zeichen, daß Herr von Anquetil uns beobachte. Der Strang war geflickt, und die Kutsche rollte zwischen den Rebenhügeln dahin.

Wir machten in Nuits Halt zum Abendmahl und zum Nachtquartier. Mein guter Lehrer trank ein halb Dutzend Flaschen Landwein, der seine Beredsamkeit wundersam erwärmte. Herr von Anquetil tat ihm, das Glas in der Hand, Bescheid; doch im Gespräch ihm Bescheid zu tun, dessen war dieser Edelmann nicht fähig.

Die Kost war gut gewesen; das Lager war schlecht. Der Herr Abbé Coignard schlief im Zimmer zu ebener Erde unter der Treppe in einem Federbett, das er mit dem Herbergswirt und seinem Weibe teilte, und worin sie alle drei ersticken zu müssen glaubten. Herr von Anquetil nahm mit Jahel die Oberstube, wo Speck und Zwiebeln von den Dachbalken hingen. Ich stieg auf einer Leiter zum Boden und streckte mich aufs Stroh. Als mein tiefster Schlaf vorbei war, stahl sich der Mond, dessen Licht durch die Dachsparren blinkte, mit einem Strahl zwischen meine Augenwimpern und verschob sie zur rechten Zeit, daß ich Jahel sah, die in ihrer Nachtmütze aus der Versenkung kam. Als ich einen Schrei ausstieß, legte sie einen Finger auf ihren Mund.

»Pst!« raunte sie, »Moritz ist betrunken wie ein Sackträger und wie ein Marquis. Hier unten schläft er Noahs Schlaf.«

»Wer ist das, Moritz?« fragte ich und rieb mir die Augen.

»Das ist Anquetil. Wer soll es denn sein?«

»Niemand. Aber ich wußte nicht, daß er Moritz heißt.«

»Ich weiß es auch noch nicht lange. Doch das ist gleich.«

»Ihr habt recht, Jahel, das ist gleich.«

Sie war im Hemd, und das Mondlicht tropfte wie Milch über ihre nackten Schultern. Sie schmiegte sich neben mir auf den Boden, rief mich mit den zärtlichsten und mit den gräßlichsten, zotigsten Namen, die als liebliches Geflüster über ihre Lippen säuselten. Dann schwieg sie und begann mir jene Küsse zu geben, die sie zu geben verstand, und im Vergleich zu denen die Umarmungen aller anderen Frauen stumpf sind.

Der Zwang und die Stille erhöhten die rasende Spannung meiner Nerven. Überraschung, die Freude an der Rache und vielleicht eine verderbte Eifersucht schürten meine Gier. Die geschmeidige Festigkeit ihres Fleisches und das behende Ungestüm der Bewegungen, womit sie mich umstrickte, erbaten, versprachen und verdienten die heißesten Liebkosungen. In jener Nacht lernten wir die Wollust kennen, deren Abgrund ans Reich der Schmerzen grenzt.

Als ich morgens in den Hof des Gasthauses hinabstieg, traf ich dort Herrn von Anquetil, der mir weniger hassenswert schien, jetzt, da ich ihn betrog. Er seinerseits schien zu mir mehr hingezogen zu sein als vom Beginn der Reise ab. Er sprach zu mir ohne Umstände, mit Sympathie und Vertrauen und warf mir nur vor, ich zeige Jahel wenig Rücksicht und Verbindlichkeit und erwidere ihr nicht mit den Höflichkeiten, die ein feiner Mann jeder Frau gegenüber haben müsse.

»Sie klagt«, sprach er, »über Eure Ungebühr. Hütet Euch, lieber Bratspießdreher. Es täte mir leid, wenn es Zwist zwischen ihr und Euch gäbe. Sie ist ein hübsches Mädchen, das mich aus der Maßen liebt.«

Seit einer Stunde schon rollte die Kutsche, als Jahel den Kopf zum Türfenster hinaussteckte und zu mir sagte: »Die Kalesche ist wieder da. Ich möchte gern die Gesichter der beiden Männer, die drin sitzen, erkennen. Aber es gelingt mir nicht.«

Ich antwortete ihr, so weit und im Morgennebel könne man nichts sehen.

Sie erwiderte mir, sie habe so scharfe Augen, daß sie trotz dem Nebel und der Entfernung sie wohl unterscheiden könne, wenn es überhaupt Gesichter wären.

»Aber«, fügte sie hinzu, »es sind keine.«

»Was soll es denn sonst sein?« fragte ich sie, und lachte auf.

Sie fragte ihrerseits mich, welch abgeschmackten Einfall ich denn gehabt habe, so dumm zu lachen, und sagte:

»Es sind keine Gesichter, es sind Masken. Diese beiden Männer verfolgen uns und sind maskiert.«

Ich benachrichtigte Herrn von Anquetil, mir schiene es, daß man uns in einer elenden Kalesche verfolge. Doch er bat mich, ihn in Ruhe zu lassen.

»Und wären alle hunderttausend Teufel uns auf den Fersen«, schrie er, »so würde ich mich darum nicht scheren, da ich genug mit der Überwachung dieses dicken Galgenvogels von Abbé zu tun habe, der mit feiner List die Karte springen läßt und mir mein ganzes Geld stiehlt. Ich wäre sogar nicht verdutzt, wenn Ihr, Bratspießdreher, indem Ihr mein Spiel mit dieser elenden Kutsche überrennt, mit diesem alten Schurken einverstanden wäret. Darf eine Kutsche nicht auf der Straße fahren, ohne Euch zu ängstigen?«

Jahel sagte leise zu mir: »Ich weissage Euch, Jakob, daß von dieser Kalesche uns Unheil kommt. Ich habe die Gabe der Ahnung, und meine Ahnungen haben mich nie betrogen.«

»Wollt Ihr mir einreden, Ihr seiet eine Prophetin?«

Sie antwortete mir ernst: »Ja.«

»Wie, Ihr wollt Prophetin sein!« rief ich lächelnd. »Das ist einmal seltsam.«

»Ihr spottet mein«, sprach sie zu mir, »und zweifelt, weil Ihr niemals eine Prophetin so aus der Nähe gesehen habt. Wie, wollt Ihr, sollten sie beschaffen sein?«

»Ich glaubte, sie müßten ihre Jungfernschaft haben.«

»Das ist nicht notwendig«, antwortete sie bestimmt.

Die feindliche Kalesche war an der Biegung des Wegs verschwunden. Doch Jahels Unruhe hatte, ohne daß er es einräumte, Herrn von Anquetil erfaßt, der den Postillonen befahl, in schleunigem Galopp zu fahren, und ihnen gutes Trinkgeld versprach.

In überschüssiger Sorge ließ er jedem eine der Flaschen reichen, die der Abbé hinten in der Kutsche aufgespeichert hatte.

Von den Postillonen strömte die Glut, die dieser Wein ihnen gab, auf die Pferde über.

»Ihr könnt ruhig sein, Jahel«, sagte er, »in dem Zug, wie wir fahren, wird diese alte Kalesche, die mit den Rossen der Apokalypse bespannt ist, uns nicht einholen.«

»Wir laufen wie die Katze über das Kohlenfeuer«, sagte der Abbé.

»Wenn es nur so bleibt«, sprach Jahel.

Uns zur Rechten sahen wir die Weingärten wie Spielwerk auf den Hügeln fliehen. Zur Linken floß weich die Saone dahin. Wie ein Orkan stürmten wir vor die Brücke von Tournus. Die Stadt lag auf der anderen Seite des Flusses, auf einer Höhe, die von den Mauern einer Abtei gekrönt war, so stolz wie eine Festung.

»Das ist«, sagte der Abbé, »eine der zahllosen Benediktinerabteien, die wie Kleinodien auf das Gewand des geistlichen Galliens gesäet sind. Hätte Gott gewollt, daß mein Schicksal meinem Charakter entsprochen hätte, so wäre mein Leben unbekannt, heiter und mild in einem dieser Häuser verstrichen. Keinen Orden schätze ich wegen seiner Lehre und seiner Sitten so hoch wie die Benediktiner ein. Sie haben wunderbare Büchereien. Selig, wer ihren Rock trägt und ihre heilige Regel befolgt! Sei es wegen der Unbequemlichkeit, die es mir jetzt verursacht, rauh in diesem Wagen geschüttelt zu werden, der bald in einer jener Fahrspuren umkippen wird, von denen diese Straße tief ausgehöhlt ist, sei es ob meines Alters, des Alters für Zurückgezogenheit und ernste Gedanken, mich verlangt heftiger denn je, mich an einen Tisch zu setzen in irgend einer ehrwürdigen Galerie, wo zahlreiche, ausgewählte Bücher stumm versammelt wären. Ihr Gespräch ziehe ich dem der Menschen vor, und mein teuerster Wunsch ist, in geistiger Arbeit der Stunde zu harren, wo Gott mich von dieser Erde nimmt. Ich würde Geschichte schreiben, und namentlich die der Römer beim Niedergang der Republik. Denn sie ist voll großer Handlungen und Lehren. Ich würde meinen Eifer auf den Cicero verteilen, auf Sankt Johannes Chrysostomus und Boëtius, und mein bescheidenes, fruchtbares Leben gliche dem Garten des Greises von Tarent.

Ich habe verschiedene Arten des Lebens erprobt und halte dafür, die beste sei, sich dem Studium zu widmen, in Frieden den wechselnden Geschicken der Menschen beizuwohnen und durch das Schauspiel der Jahrhunderte und der Reiche die Kürze unsrer Tage zu verlängern. Doch hiebei braucht man Folgerichtigkeit und Standhaftigkeit. Sie haben in meinem Dasein mir am meisten gefehlt. Wenn ich, wie ich hoffe, meiner üblen Lage noch entrinnen darf, so werde ich mich anstrengen, in einer gelehrten Abtei, wo die gute Literatur in Ehre und Kraft steht, ehrenvolle, sichere Zuflucht zu finden. Ich sehe mich schon dort, wie ich den rühmlichen Frieden der Wissenschaft schlürfe. Könnte ich solchen guten Dienst von den schützenden Sylphen empfangen, von denen der alte Narr Astarac redet, und die, wie man sagt, erscheinen, wenn man sie ruft mit dem kabbalistischen Namen Agla...«

Im Augenblick, da mein guter Lehrer dieses Wort aussprach, begrub ein plötzlicher Stoß uns alle unter einem Regen von Glas, in solcher Verwirrung, daß ich mich plötzlich geblendet und atemlos unter Jahels Röcken fühlte, während Herr Coignard mit erstickter Stimme den Degen des Herrn von Anquetil beschuldigte, er habe ihm seine letzten Zähne ausgeschlagen, und mir zu Häupten Jahel Schreie von sich gab, die die Luft aller

Täler von Burgund zerrissen. Indes versprach Herr von Anquetil im Stile eines Leibwächters den Postillonen, er werde sie baumeln lassen. Als ich endlich mich freimachen konnte, war er schon durch eine zerbrochene Scheibe gesprungen. Mein guter Lehrer und ich folgten ihm auf demselben Wege, dann zogen wir alle drei Jahel unter dem umgestülpten Kasten hervor. Ihr war nichts widerfahren, und ihre erste Sorge war, ihren Haarputz glatt zu streichen.

»Dem Himmel sei Dank!« sagte mein guter Meister, »ich bin eines Zahnes ledig geworden, und dabei war er weder unversehrt noch weiß. Die Zeit hatte, indem sie ihn schädigte, seinen Verlust schon vorbereitet.«

Herr von Anquetil prüfte mit gespreizten Beinen, die Hände auf den Hüften, die umgekehrte Kutsche.

»Die Gauner«, sagte er, »haben sie schön zugerichtet. Wenn man die Pferde aufhebt, zerfällt sie wie Zimmet. Abbé, sie taugt nur noch zum Stäbchenspiel.«

Die Pferde waren übereinander gestürzt und hieben mit ihren Hufen gegeneinander. In einem wüsten Haufen von Hinterteilen, Mähnen, Schenkeln und dampfenden Bäuchen war einer der Postillone vergraben und reckte die Stiefel in die Luft. Der andere spuckte im Graben, wohin er geschleudert worden war, Blut. Und Herr von Anquetil schrie ihnen zu:

»Schelme! Ich weiß nicht, was mich abhält, euch meinen Degen durch den Leib zu bohren!«

»Herr«, sprach der Abbé, »wäre es nicht schicklich, daß man zuerst den armen Menschen zwischen den Pferden, wo er vergraben liegt, herauszöge?«

Zu dreien gingen wir ans Werk, und als die Pferde abgespannt und aufgestellt waren, erkannten wir den Umfang des Schadens. Es fand sich, daß eine Springfeder und ein Rad zerbrochen waren und ein Pferd hinkte.

»Holt einen Wagenschmied«, sagte Herr von Anquetil zu den Postillonen, »in einer Stunde muß alles fertig sein.«

»Hier gibt es keinen Wagenschmied«, antworteten die Postillone.

»Einen Hufschmied.«

»Es gibt keinen Hufschmied.«

»Einen Sattler.«

»Es gibt keinen Sattler.«

Wir blickten uns um. Im Sonnenuntergang warfen die Rebenhügel bis zum Horizont ihre langen, friedlichen Schatten. Droben rauchte es aus einem Dach neben einem Glockenturm. Auf der anderen Seite verwischte die von leichtem Nebel umschleierte Saone langsam die Furche des Fährboots, das gerade abgestoßen hatte. Die Schatten der Pappelbäume verlängerten sich auf dem Uferdamm. Ein scharfer Vogelschrei schrillte durch das grenzenlose Schweigen.

»Wo sind wir?« fragte Herr von Anquetil.

»Zwei gute Meilen von Tournus«, entgegnete blutspuckend der Postillon, der in den Graben gefallen war, »und wenigstens vier von Mâcon.«

Er hob den Arm in der Richtung des Daches auf dem Hügel, wo es rauchte: »Da oben, das muß das Dorf Vallars sein. Da ist wenig Hilfe.«

»Gottes Donner soll euch treffen!« sprach Herr von Anquetil.

Indes die Pferde, die aufgeschart waren, sich in den Hals bissen, näherten wir uns wieder der Kutsche, die traurig auf der Flanke kauerte.

Der kleine Postillon, den wir unter den Pferdebäuchen hervorgezogen hatten, sagte: »Die Springfeder könnte man flicken, wenn man an den Hängeriemen ein starkes Stück Holz bände. Der Wagen wird dann bloß ein bißchen rauh sein. Aber dann ist noch das zerbrochene Rad. Und am schlimmsten ist, mein Hut liegt drunter.«

»Ich pfeife auf deinen Hut«, sprach Herr von Anquetil.

»Euer Gnaden wissen vielleicht nicht, daß er nagelneu war«, sagte der kleine Postillon.

»Und dann die zerbrochenen Scheiben!« seufzte Jahel, die auf ihrem Mantelsack am Wegrande hockte.

»Wenn es nur die Scheiben wären«, sagte mein guter Lehrer, »dem könnte man abhelfen, indem man die Vorhänge herunterzieht, doch um die Flaschen muß es ebenso stehen wie um die Scheiben. Dessen muß ich mich sofort vergewissern, wenn die Kutsche aufgestellt ist. Ich sorge mich vor allem um meinen Boëtius, den ich mit etlichen anderen guten Werken unter den Kissen gelassen habe.«

»Das ist gleich!« sagte Herr von Anquetil. »Ich habe in meiner Westentasche die Karten. Doch wollen wir nicht zu Abend essen?«

»Ich habe auch schon daran gedacht«, sprach der Abbé. »Nicht umsonst hat Gott dem Menschen zu seiner Nutznießung die Tiere gegeben, die Erde, Himmel und Wasser bevölkern. Ich kann vortrefflich angeln. Die Fische zu bespähen, paßt ausgezeichnet für meinen nachdenklichen Geist, und die Orne hat mich gesehen, wie ich die lauernde Angelrute hielt und die ewigen Wahrheiten erwog. Seid um Euer Nachtmahl nicht bekümmert. Wenn Fräulein Jahel mir eine der Nadeln geben will, womit ihr Putz befestigt ist, so habe ich bald einen Angelhaken daraus gemacht, um im Fluß zu fischen, und ich schmeichle mir, vor der Nacht Euch zwei bis drei kleine Karpfen bringen zu können, die wir auf einem Feuer über Gestrüpp rösten werden.«

»Ich sehe wohl«, sagte Jahel, »daß wir wieder im Urzustand sind. Aber ich kann Euch keine Nadel geben, Abbé, ohne daß Ihr mir etwas zum Tausch gebt; sonst würde unsre Freundschaft, so fürchte ich, gebrochen werden. Und das will ich nicht.«

»Ich will also«, sprach mein guter Lehrer, »einen vorteilhaften Handel abschließen. Eure Nadel werde ich Euch mit einem Kusse zahlen, Fräulein.«

Und sofort nahm er die Nadel und setzte seine Lippen auf

Jahels Wangen, mit unsäglicher Höflichkeit, Anmut und Schicklichkeit.

Nachdem wir viel Zeit verloren hatten, faßte man den vernünftigsten Entschluß. Man sandte den großen Postillon, der nicht mehr Blut spuckte, mit einem Pferd nach Tournus, einen Wagenschmied zu holen, indes sein Kamerad an einer geschützten Stelle Feuer anzünden sollte; denn das Wetter wurde kühl, und der Wind hob sich.

Auf der Straße, hundert Schritte vorwärts von der Stelle unsres Falles, gewahrten wir einen Berg von zartem Stein, dessen Fuß mehrere Höhlen zeigte. In einer beschlossen wir uns zu wärmen und die Rückkehr des Postillons, der als Eilbote nach Tournus entsandt war, abzuwarten. Der zweite Postillon band die drei Pferde, die uns blieben und wovon eins hinkte, an einen Baumstumpf neben unserem Loch. Der Abbé, dem es gelungen war, sich eine Angel aus Weidenzweigen, einer Schnur, einem Propfen und einer Nadel zu verfertigen, ging angeln, sowohl aus Neigung zu philosophischer Beschaulichkeit, als um uns einen Fisch zu bringen. Herr von Anquetil, der mit Jahel und mir in der Grotte blieb, schlug uns eine Partie L'hombre vor, das man zu dreien spielt und das, da es spanisch sei, so abenteuerlichen Personen, wie wir jetzt waren, passe. Und fürwahr, in diesem Steinbruch, in der sinkenden Nacht, auf öder Straße wäre unsere kleine Truppe nicht unwert erschienen, bei einer jener Begegnungen des Don Quigeot oder Don Quichotte aufzutreten, über den die Mägde lachen. Wir spielten also L'hombre. Das ist ein Spiel, das Ernst erfordert. Ich machte viele Fehler, und mein ungeduldiger Partner grollte bereits, als das edle, lachende Gesicht meines Lehrers in der Helligkeit des Feuers erschien. Der Herr Abbé Coignard knüpfte sein Taschentuch auf und zog vier bis fünf Fischlein hervor, die er mit seinem Messer aufschlitzte, dessen Schmuck das Bild des verewigten Königs als römischen Kaisers auf einer Triumphsäule war. Er nahm die Fischlein so leicht aus, als hätte er stets unter den Fischweibern der Halle gelebt, so tüchtig war er bei den geringsten wie bei den beträchtlichsten Unternehmungen. Indem er diese kleinen Fische auf die Asche legte, sprach er zu uns: »Ich will euch nicht verhehlen, daß ich, als ich talab den Fluß entlang schritt und einen für das Angeln günstigen Uferdamm suchte, die apokalyptische Kalesche gewahrt habe, die Fräulein Jahel erschreckt. Sie hält in einiger Entfernung rückwärts von unserer Kutsche. Ihr habt sie wohl vorbeifahren sehen, indes ich im Flusse angelte, und gewiß hat das des Fräuleins Seele erleichtert.«

»Wir haben sie nicht gesehen«, sagte Jahel.

»Dann muß sie sich«, hub der Abbé an, »wieder in Gang gesetzt haben, als es schon dunkle Nacht war. Ihr habt sie doch wenigstens gehört.«

»Wir haben sie nicht gehört«, sprach Jahel.

»Dann ist diese Nacht«, sagte der Abbé, »blind und taub. Denn es ist doch unwahrscheinlich, daß diese Kalesche, der weder ein Rad zerbrochen war noch ein Pferd lahmte, auf der Straße geblieben ist. Was sollte sie da machen?«

»Ja, was sollte sie da machen?« sprach Jahel.

»Dieses Nachtmahl«, sagte mein guter Lehrer, »erinnert durch seine Schlichtheit an jene Mahlzeiten aus der Bibel, wo der fromme Wanderer am Rande des Stroms mit einem Engel die Fische des Tigris geteilt hat. Doch wir haben kein Brot, kein Salz, keinen Wein. Ich will versuchen, aus der Kutsche die Vorräte zu ziehen, die drinnen eingeschlossen sind, und sehen, ob nicht durch einen glücklichen Zufall irgend eine Flasche noch unversehrt ist. Denn bei mancher Gelegenheit zerbricht das Glas nicht unter einem Stoß, der Stahl zerbrochen hat. Bratspießdreher, mein Sohn, gebt mir bitte Euer Feuerzeug; und Ihr, Fräulein, vergesset nicht die Fische umzudrehen. Ich bin gleich wieder da.«

Er entfernte sich. Allmählich erstarb sein etwas schwerer Gang auf der Erde der Landstraße, und wir hörten nichts mehr.

»Diese Nacht«, sagte Herr von Anquetil, »erinnert mich an die vor der Schlacht bei Parma. Denn Ihr wisset wohl, daß ich unter Villars gedient und den Erbfolgekrieg mitgemacht habe. Ich war unter den Plänklern. Wir sahen nichts. Das ist eine der großen Listen im Kriege. Man schickt, den Feind auszukundschaften, Leute, die zurückkommen, ohne etwas erkannt oder erforscht zu haben. Doch nach der Schlacht verfaßt man Berichte, und dann frohlocken die Taktiker. Um neun Uhr abends demnach wurde ich mit zehn Proviantmeistern auf Kundschaft geschickt...«

Und er erzählte uns den Erbfolgekrieg und seine Liebschaften in Italien. Sein Bericht dauerte wohl eine Viertelstunde; hienach rief er aus: »Der Galgenvogel von Abbé kommt nicht zurück. Ich wette, er säuft dort den ganzen Wein aus, der noch im Hängeriemen steckte.«

Nun dachte ich, mein guter Lehrer könne irgend eine Beschwernis haben, und erhob mich, ihm zu helfen. Die Nacht war mondlos, und indes der Himmel von Sternen glänzte, lag die Erde in einer Dunkelheit, die meine vom Licht der Flamme geblendeten Augen nicht durchdringen konnten.

Als ich auf der zugleich finsteren und bleichen Landstraße ehestens fünfzig Schritte gegangen war, hörte ich vor mir einen schrecklichen Schrei, der nicht aus eines Menschen Brust zu kommen schien, einen Schrei, der anders war als die Schreie, die ich bisher gehört hatte, und nach dem ich eiskalt wurde vor Grausen. Ich lief dorthin, woher dieser Schrei in Todesnot ertönte. Doch von Furcht und Schatten erschlaffte mein Gang. Endlich kam ich zu der Stelle, wo der Wagen ungestalt und von der Nacht vergrößert lag, und fand meinen guten Lehrer wie entzweigeschnitten am Rande des Grabens geduckt. Sein Gesicht konnte ich nicht unterscheiden. Zitternd fragte ich ihn: »Was habt Ihr? Weshalb habt Ihr geschrien?«

»Ja, weshalb habe ich geschrien?« fragte er mit veränderter, mit neuer Stimme. »Ich wußte nicht, daß ich geschrien hatte.

Bratspießdreher, habt Ihr nicht einen Mann gesehen? Er hat mich im Schatten ziemlich rauh getroffen. Er hat mir einen Faustschlag versetzt.«

»Kommt«, sprach ich zu ihm, »steht auf, mein guter Lehrer.«

Er erhob sich und fiel wieder schwer zu Boden.

Ich strengte mich an, ihn zu heben, und als ich seine Brust berührte, wurden meine Hände naß.

»Ihr blutet?«

»Ich blute? Ich bin ein toter Mann. Sie haben mich ermordet. Zuerst glaubte ich nur, es sei ein sehr starker Schlag. Doch nun ist es eine Wunde, von der ich nicht aufkommen werde, das fühle ich.«

»Wer hat Euch geschlagen, mein guter Lehrer?«

»Der Jude. Ich habe ihn nicht gesehen, aber ich weiß, er ist es. Wie kann ich wissen, daß er es ist, da ich ihn nicht gesehen habe? Ja, wie? Was für seltsame Dinge? Es ist unglaublich, nicht wahr, Bratspießdreher? Im Munde habe ich den Geschmack des Todes, den man nicht beschreiben kann... Es mußte sein, mein Gott! Doch warum eher hier als dort? Das ist das Geheimnis. Adjutorium nostrum in nomine Domini... Domine, exaudi orationem meam...«

Eine Weile betete er leise, dann sprach er zu mir: »Bratspießdreher, mein Sohn, nehmt die beiden Flaschen, die ich unter dem Hängeriemen hervorgezogen und dagegen gestellt habe. Ich kann nicht mehr. Bratspießdreher, wo, glaubt Ihr, sitzt wohl die Wunde? Im Rücken habe ich am meisten Schmerzen, und mir scheint, daß mein Leben die Waden entlang sikkert. Mein Geist entflieht.«

Indem er diese Worte murmelte, fiel er in meinen Armen in sanfte Ohnmacht. Ich versuchte ihn wegzutragen, doch hatte ich nur noch die Kraft, ihn auf der Straße auszustrecken. Ich öffnete sein Hemd und fand seine Wunde; sie saß in der Brust, war klein und blutete wenig. Ich zerriß meine Hemdärmel und legte die Fetzen auf die Wunde; ich rief, ich schrie nach Hilfe.

Bald glaubte ich zu hören, daß man in der Richtung von Tournus mir zueilte, und erkannte Herrn von Astarac. So unerwartet diese Begegnung war, hatte sie mich doch nicht überrascht, da ich ganz in Schmerz versunken war, daß ich den besten aller Lehrer sterbend im Arme hielt.

»Was ist das, mein Sohn?« fragte der Alchimist.

»Kommt und helft mir, Herr«, antwortete ich ihm. »Der Abbé Coignard stirbt. Mosaïdes hat ihn ermordet.«

»Allerdings hat Mosaïdes«, erwiderte Herr von Astarac, »in einer alten Kalesche seine Nichte hierher verfolgt, und ich habe ihn begleitet, um Euch, mein Sohn, zur Wiederaufnahme Eurer Stellung in meinem Hause zu mahnen. Seit gestern waren wir Eurer Kutsche hart auf den Fersen, und vorhin sahen wir, wie sie in einer Wagenspur zerschellte. In diesem Augenblick ist Mosaïdes von der Kalesche gestiegen, und ob er einen Spaziergang unternommen, ob es ihm beliebt hat, sich unsichtbar zu machen, was er vermag, ich habe ihn nicht wieder erblickt. Vielleicht hat er sich seiner Nicht gezeigt, um sie zu verfluchen; denn das war sein Plan. Doch nicht er hat den Abbé Coignard ermordet. Die Elfen, mein Sohn, haben Euren Lehrer getötet zur Strafe dafür, daß er ihre Geheimnisse verriet. Nichts ist gewisser.«

»Ach, Herr«, rief ich, »wie sehr ist es gleich, ob es der Jude war oder die Elfen. Retten müssen wir ihn.«

»Mein Sohn, im Gegenteil, es ist sehr erheblich«, versetzte Herr von Astarac. »Denn wäre er von menschlicher Hand gestochen worden, so wäre es mir ein Leichtes, durch zauberische Operation ihn zu heilen, indes er, wenn er sich der Elfen Feindschaft zugezogen hat, ihrer unfehlbaren Rache nicht entrinnen kann.«

Als er diese Worte gesprochen hatte, näherten sich, von meinen Schreien angelockt, Herr von Anquetil und Jahel mit dem Postillon, der eine Laterne trug.

»Wie?« sagte Jahel, »mit Herrn Coignard steht es schlecht?«

Und sie kniete neben meinem guten Lehrer nieder, hob ihm den Kopf und gab ihm Riechsalze zum Einatmen.

»Fräulein«, sprach ich zu ihr, »Ihr seid an seinem Untergang schuld. Sein Tod ist die Rache für Eure Entführung. Mosaïdes hat ihn ermordet.«

Sie hob über meinen guten Lehrer hinweg ihr schreckensbleiches, von Tränen funkelndes Antlitz.

»Glaubt denn auch Ihr«, sagte sie, »es sei so leicht, ein hübsches Mädchen zu sein, ohne Unheil zu stiften?«

»Weh!« antwortete ich, »was Ihr da sagt, ist nur zu wahr. Doch wir haben den besten Menschen verloren.«

Zugleich stieß der Abbé Coignard einen tiefen Seufzer aus, öffnete die Augen, die ganz weiß waren, verlangte nach seinem Boëtius und fiel von neuem in Ohnmacht.

Der Postillon meinte, man solle den Verwundeten ins Dorf Vallars tragen, das eine halbe Meile auf dem Hang entfernt war.

»Ich will«, sprach er, »das sanfteste von den drei noch übrigen Pferden suchen. Den armen Menschen werden wir fest daran binden und Schritt für Schritt es führen. Ich glaube, er ist sehr krank. Er sieht ganz so aus wie ein Eilbote, der am Sankt Michaelstag auf dieser Straße ermordet worden ist, vier Posten von hier, bei Senecy, wo meine Künftige wohnt. Der arme Teufel klapperte mit den Lidern und verdrehte die Augen ganz wie ein geiles Mensch, mit Verlaub, Herren. Und Euer Abbé hat es gerade so gemacht, wie ihm das Fräulein mit dem Fläschchen die Nase kitzelte. Das ist bei einem Verwundeten ein schlechtes Zeichen; die Dirnen sterben nicht daran, wenn sie so die Augen verdrehen. Euer Gnaden wissen das ja. Gott sei Dank, es gibt einen Unterschied zwischen der Verdrehung bei der Liebe und beim Tode. Aber die Augen gehen gerade so herum. Bleibt, Herren, ich will das Pferd holen.«

»Der Bauernlümmel ist spaßhaft«, sagte Herr von Anquetil, »mit seinen verdrehten Augen und seinem geilen Mensch im

Liebeskrampf. In Italien habe ich Soldaten gesehen, die starben festen Blicks, die Augen vor dem Kopfe. Es gibt keine Regeln dafür, wie man an einer Wunde stirbt, selbst im Soldatenstand, wo die Genauigkeit aufs äußerste getrieben wird. Doch habt, Bratspießdreher, in Ermangelung einer besser geeigneten Person die Güte, mir den schwarzen Edelmann vorzustellen, der an seinem Rock Demantknöpfe trägt und, wie ich errate, Herr von Astarac ist.«

»Ach, Herr!« antwortete ich, »denkt, die Vorstellung sei geschehen. Ich trachte jetzt nur, meinen guten Lehrer zu retten.«

»Es sei!« sprach Herr von Anquetil.

Und er näherte sich Herrn von Astarac und sagte: »Herr, ich habe Euch Eure Geliebte genommen; ich bin bereit, Euch Rede zu stehen.«

»Herr«, erwiderte Herr von Astarac, »dem Himmel sei Dank, ich habe mit keinem Weibe Beziehungen und weiß nicht, was Ihr sagen wollt.«

In diesem Augenblick kam der Postillon mit einem Pferde. Mein guter Lehrer hatte seine Sinne einigermaßen wiedererlangt. Zu vieren hoben wir ihn und setzten ihn mit großer Mühe auf das Pferd, an das wir ihn banden. Dann brachen wir auf. Ich stützte ihn auf einer Seite, Herr von Anquetil auf der anderen. Der Postillon lenkte am Zügel und trug die Laterne. Weinend folgte Jahel nach. Herr von Astarac war wieder in seine Kalesche gestiegen. Langsam zogen wir voran. Alles ging gut, so lange wir auf der Straße waren. Doch als wir den engen Weinbergsweg erklimmen mußten, verlor mein guter Lehrer, der bei jeder Bewegung des Tieres ausglitt, die letzten Kräfte und wurde von neuem ohnmächtig. Uns schien ratsam, ihn von seinem Reittier wegzunehmen und auf dem Arm zu tragen. Der Postillon hatte ihn unter den Achseln gepackt, und ich hielt die Beine. Der Aufstieg war rauh, und mehr als vier Male wäre ich beinahe mit meinem lebenden Kreuz auf die Steine des Weges niedergefallen. Endlich wurde der Hang sanfter. Der Reihe nach schlichen wir über einen kleinen, von Hecken umränderten Pfad, der auf dem Rücken des Hügels entlang ging, und bald entdeckten wir uns zur Linken die ersten Dächer von Vallars. Bei diesem Anblick legten wir unsre Unglückslast zu Boden und hielten eine Weile inne, um aufzuatmen. Dann faßten wir wieder unsere Bürde und schleppten uns bis zum Dorfe.

Im Osten erhob sich über dem Horizont ein rosiger Schein. Im blassen Himmel leuchtete der Morgenstern ebenso weiß und ruhig wie der Mond, dessen leicht gekrümmtes Horn im Westen verblich. Die Vögel huben zu singen an; mein guter Lehrer seufzte tief.

Jahel lief uns voraus und klopfte, um ein Bett und Wundärzte zu suchen, an die Türen. Mit Kiepen und Körben beladen, gingen die Winzer zur Weinlese. Einer sagte, Gaulard auf dem Platz habe Quartier für Fußgänger und Reiter.

»Den Wundarzt Coquebert«, fügte er hinzu, »seht ihr dort unter dem Waschbecken, das sein Schild ist. Er kommt gerade aus seinem Hause und will zum Weinberg.«

Es war ein sehr höfliches Männchen. Er sagte uns, vor kurzem habe er seine Tochter verheiratet, und deshalb stehe in seinem Hause ein Bett, in das man den Verwundeten bringen könne.

Auf seinen Befehl breitete seine Frau, eine dicke Dame mit einer weißen Mütze, über der ein Filzhut saß, Tücher auf das Bett im Zimmer zu ebener Erde. Sie half uns den Herrn Abbé Coignard entkleiden und hinlegen. Dann holte sie den Pfarrer.

Inzwischen prüfte Herr Coquebert die Wunde.

»Ihr seht«, sagte ich ihm, »sie ist klein und blutet wenig.«

»Das ist nicht gut«, antwortete er, »das gefällt mir nicht, junger Herr. Ich liebe eine breite, blutende Wunde.«

»Ich sehe«, sprach Herr von Anquetil, »für einen Perückenmacher und Dorfspritzer habt Ihr keinen schlechten Geschmack. Nichts ist bösartiger denn diese kleinen, tiefen Wunden, die nach nichts aussehen. Von einem schönen Hieb im

Gesicht kann man reden. Das ist ein hübscher Anblick und heilt sofort. Doch wisset, guter Mann, der Verwundete ist mein Kaplan und spielt mit mir Piket. Könnt Ihr ihm wieder auf die Beine helfen, obwohl man nach Eurer Miene glauben sollte, Ihr wüßtet bloß, wie man ein Klistier gibt?«

»Euch zu Diensten«, antwortete der Bader und verneigte sich. »Doch ich renke auch zerbrochene Glieder ein und verbinde Wunden. Nun will ich die hier prüfen.«

»Rasch, Herr«, sagte ich ihm.

»Geduld!« meinte er. »Erst muß ich sie waschen, und ich warte, bis das Wasser im Kessel heiß ist.«

Mein guter Lehrer, der sich etwas erholt hatte, sprach langsam mit ziemlich starker Stimme: »Die Lampe in der Hand, wird er die Schlupfwinkel von Jerusalem besuchen, und was in Finsternis verborgen war, wird ans Licht gebracht.«

»Was sagt Ihr, guter Lehrer?«

»Laßt, mein Sohn«, antwortete er mir, »ich rede mit mir von den Gefühlen, die meinem Stande zu eigen sind.«

»Das Wasser ist heiß«, sagte der Bader. »Haltet diese Schüssel neben das Bett. Ich will die Wunde waschen.«

Indes er mit einem Schwamm voll lauen Wassers meinem guten Lehrer über die Brust fuhr, betrat der Pfarrer mit Frau Coquebert das Zimmer. In der Hand hielt er einen Korb und eine Schere.

»Da ist nun der Ärmste«, sprach er. »Ich ging gerade in meinen Weinberg, doch muß ich vor allem den Jesu Christi bestellen. Mein Sohn«, fügte er hinzu und näherte sich ihm, »bringt Euer Leid Unserm Herrn dar. Vielleicht ist es nicht so groß, wie man glaubt. Im übrigen müssen wir Gottes Willen tun.«

Dann wandte er sich zum Bader und fragte: »Herr Coquebert, eilt das sehr oder kann ich nach meinem Garten gehen? Der Weiße mag warten, es ist gar nicht schlecht, daß er in Gärung kommt, und sogar von ein wenig Regen würde der Wein nur noch voller und besser. Aber der Rote muß sogleich gepflückt werden.«

»Da habt Ihr Recht, Herr Pfarrer«, antwortete Coquebert. »In meinem Weinberg habe ich Trauben, die überziehen sich mit Schimmel und sind der Sonne nur entgangen, um nun im Regen draufzugehn.«

»Ach Gott!« sagte der Pfarrer, »Nässe und Trockenheit sind die beiden Feinde des Winzers.«

»Nichts ist wahrer«, meinte der Bader, »doch nun will ich die Wunde erforschen.«

Sprach's und steckte mit Gewalt einen Finger in die Wunde.

»Ah! Henker!« schrie der Kranke.

»Gedenket«, sagte der Pfarrer, »daß der Herr seinen Henkern verziehen hat.«

»Sie waren keine Bader«, sagte der Abbé.

»Welch garstiges Wort!« sagte der Pfarrer.

»Einem Sterbenden soll man seine Scherze nicht verargen«, sprach mein guter Lehrer. »Doch ich leide Grausames; dieser Mann hat mich ermordet, und ich sterbe zweimal. Das erstemal geschah es von eines Juden Hand.«

»Was meint er damit?« fragte der Pfarrer.

»Das beste, Herr Pfarrer«, sagte der Bader, »ist, nicht darauf zu achten. Auf die Reden der Kranken soll man niemals hinhören. Das sind nur Träumereien.«

»Coquebert«, bemerkte der Pfarrer, »das ist nicht wohlgesprochen. Man muß den Kranken die Beichte abnehmen, und mancher Christ, der sein Lebtag nichts Gutes gesagt hatte, redet zuletzt Worte, die ihm das Paradies eröffnen.«

»Ich sprach nur vom Zeitlichen«, sagte der Bader.

»Herr Pfarrer«, sprach nun ich, »der Herr Abbé Coignard, mein guter Lehrer, hat nicht die Vernunft verloren, und es ist nur zu wahr, daß er von einem Juden namens Mosaïdes ermordet worden ist.«

»In diesem Fall«, antwortete der Pfarrer, »muß er darin eine besondere Gunst Gottes erblicken, der da wollte, er sollte von der Hand eines Neffen derer sterben, die seinen Sohn gekreuzigt haben. Das Walten der Vorsehung in dieser Welt ist immer wunderbar. Herr Coquebert, kann ich nach meinem Garten gehen?«

»Ihr könnt hingehen, Herr Pfarrer«, antwortete der Bader. »Die Wunde ist nicht gut; aber sie ist auch nicht so, daß man gleich daran stirbt. Es ist, Herr Pfarrer, eine von jenen Wunden, die mit dem Kranken spielen wie die Katze mit den Mäusen, und bei diesem Spiel kann man Zeit gewinnen.«

»Gut so«, sprach der Herr Pfarrer. »Danken wir Gott, mein Sohn, daß er Euch das Leben läßt; doch es ist armselig und vergänglich. Man soll immer vorbereitet sein, es zu verlassen.«

Mein guter Lehrer antwortete ernst: »Auf Erden sein, wie wenn man nicht darauf wäre; besitzen, wie wenn man nicht besäße; denn das Antlitz dieser Welt vergeht.«

Der Herr Pfarrer nahm seine Schere und seinen Korb und sagte: »Mehr noch denn an Eurem Kleide und Euren Hosen, die ich auf dem Schemel ausgestreckt sehe, gewahre ich an Euren Reden, mein Sohn, daß Ihr zur Kirche gehört und ein heiliges Leben führt. Habt Ihr die Weihen empfangen?«

»Er ist Priester«, sagte ich, »Doktor der Theologie und Professor der Beredsamkeit.«

»Und von welcher Diözese?« fragte der Pfarrer.

»Von Séez in der Normandie, einem Weihbischoftum von Rouen.«

»Eine treffliche geistliche Provinz«, sagte der Herr Pfarrer, »die jedoch im Alter und im Ruhm der Diözese von Reims, deren Priester ich bin, weit nachsteht.«

Und er ging. Herr Hieronymus Coignard verbrachte den Tag leidlich. Jahel wollte die Nacht bei dem Kranken bleiben. Gegen elf Uhr abends verließ ich das Haus des Herrn Coquebert, um mir eine Lagerstatt in der Herberge des Herrn Gaulard zu suchen. Ich fand Herrn von Astarac auf dem Platz, und sein Schatten versperrte im Mondlicht beinah die ganze Fläche. Er legte mir nach seiner Gewohnheit die Hand auf die Schulter und sprach mit dem Ernst seines Wesens: »Es ist Zeit, daß ich Euch beruhige, mein Sohn. Nur zu diesem Zweck habe ich den Mosaïdes begleitet. Ihr werdet von den Kobolden grausam gequält. Diese kleinen Erdgeister haben Euch angefallen, durch Truggebilde jeglicher Art beirrt, durch tausend Lügen verlockt und zuletzt Euch angetrieben, aus meinem Hause zu flüchten.«

»Ach! Herr«, antwortete ich, »allerdings habe ich Euer Haus mit offenbarem Undank verlassen, wofür ich Euch um Verzeihung bitte. Doch ich bin von den Schergen, nicht von den Kobolden verfolgt worden. Und mein guter Lehrer ist ermordet. Das ist kein Truggebild.«

»Zweifelt nicht daran«, versetzte der große Mann, »der unglückliche Abbé ist von den Sylphen, deren Geheimnisse er enthüllt hatte, zu Tode getroffen worden. Er hat aus einem Schrank etliche Steine gestohlen, die das Werk der Sylphen sind und die jene in Unvollkommenheit gelassen hatten, noch sehr verschieden vom Demant nach Glanz und Reinheit.

Diese Gier und der unzart ausgesprochene Name Agla hat sie am meisten empört. Wisset, mein Sohn, daß es für die Philosophen unmöglich ist, die Rache dieses jähzornigen Volkes zu hemmen. Auf übernatürlichem Wege und auch durch Kritons Bericht habe ich den frevlerischen Raub des Herrn Coignard erfahren, der sich schmeichelte, die Kunst zu erlisten, womit die Salamanderweiber, die Sylphen und die Gnomen den Morgentau reifen lassen und unfühlbar zu Kristall ihn wandeln und zu Demant.«

»Ach! Herr, ich versichere Euch, daß er daran nicht dachte, und daß es der scheußliche Mosaïdes war, der ihn auf der Straße mit seinem Dolche gestochen hat.«

Diese Reden mißfielen Herrn von Astarac höchlichst, und er lud mich dringlich ein, ähnliche nicht mehr zu halten.

»Mosaïdes«, fügte er hinzu, »ist Kabbalist genug, um seine Feinde zu erreichen, ohne mühevoll hinter ihnen herzulaufen. Wisset, mein Sohn, daß er, wenn er Herrn Coignard hätte töten wollen, es leicht von seinem Zimmer aus durch Zauberwerk getan hätte. Ich sehe, daß Ihr die ersten Elemente der Wissenschaft nicht kennt. Die Wahrheit ist, daß dieser Gelehrte, durch den treuen Kriton von der Flucht seiner Nichte in Kenntnis gesetzt, mit der Postkutsche wegfuhr, um sie einzuholen und nötigenfalls nach Hause zurückzubringen. Dies hätte er unweigerlich getan, hätte er in der Seele dieser Unglücklichen auch nur einen Schimmer von Bedauern und Reue gewahrt. Doch da er sie von der Fleischessünde ganz verderbt fand, zog er vor, die große Verdammnis über sie auszusprechen und sie zu verfluchen bei den Kugeln, den Rädern und den Tieren von Elisa. Dies hat er soeben vor meinen Augen getan in der Kalesche, in die er sich zurückgezogen hat, um nicht Bett und Tisch mit den Christen zu teilen.«

Ich schwieg vor Staunen über solche Träumerei. Doch der außerordentliche Mann sprach mit einer Beredsamkeit zu mir, die mich zuletzt verstörte.

»Warum«, sagte er, »lasset Ihr vom Rat eines Philosophen Euch nicht aufklären? Welche Weisheit, mein Sohn, stellt Ihr der meinigen gegenüber? Erwägt, daß die Eurige, ohne in der Wesenheit verschieden zu sein, an Umfang geringer ist. Euch wie mir erscheint die Natur mit einer Unendlichkeit von Gestalten, die man erkennen und ordnen muß, und die eine Reihe von Hieroglyphen bilden. Leicht unterscheidet Ihr mehrere dieser Zeichen, denen Ihr einen Sinn beilegt; doch Ihr begnügt Euch gar zu gern mit dem gemeinen, dem buchstäblichen Sinn und sucht nicht genug das Ideal und die Gleichnisse. Und doch darf man die Welt nur als Gleichnis erfassen und alles, was im Weltall sichtbar ist, ist nur eine Bilderschrift, die die große Menge buchstabiert, ohne sie zu begreifen. Scheuet Euch, mein Sohn, diese Sprache des Weltalls herzustottern oder herzugröhlen nach Art der Weisen, die die Akademien füllen. Sondern empfanget von mir den Schlüssel aller Wissenschaft.«

Einen Augenblick hielt er ein und redete in vertrauterem Tone weiter: »Ihr werdet, mein lieber Sohn, von Feinden verfolgt, die weniger schrecklich sind als die Sylphen. Und Euer Salamanderweib wird unschwer Euch von den Kobolden befreien, sobald Ihr es um seine Verwendung bittet. Ich wiederhole, daß ich nur dazu mit Mosaïdes hergekommen bin, um Euch diese guten Ratschläge zu bieten und in Euch zu dringen, daß Ihr in mein Haus zurückkehrt und unsre Arbeiten fortsetzt. Ich begreife, daß Ihr Eurem unglücklichen Lehrer bis zum Ziele helfen wollt. Ich gebe Euch völlige Freiheit. Doch verfehlt nicht, dann wieder in mein Haus zu kommen. Lebt wohl! Heute Nacht noch fahre ich nach Paris zurück mit diesem großen Mosaïdes, den Ihr in so ungerechtem Verdacht hattet.«

Ich versprach ihm alles, was er wollte, und schleppte mich bis zu meinem elenden Herbergslager, auf das ich niederfiel, dumpf von Ermüdung und Schmerz.

Tags drauf in der Morgendämmerung eilte ich wieder zu dem Bader und fand Jahel am Kopfkissen meines guten Lehrers; aufrecht auf ihrem Strohstuhl saß sie da, den Kopf in ihren schwarzen Mantel gewickelt, achtsam, ernst und gelehrig wie eine Krankenschwester. Herr Coignard war sehr rot und schlummerte.

»Die Nacht«, sprach sie leise zu mir, »ist nicht gut gewesen. Er hat hin und her geredet, hat gesungen, mich Schwester Germaine genannt und mir Anträge gemacht. Ich bin dadurch nicht beleidigt, doch dies beweist, daß er wirr ist.«

»Ach!« rief ich, »hättet Ihr mich nicht verraten, Jahel, um mit diesem Edelmann die Straßen abzulaufen, so läge mein Lehrer nicht mit durchbohrter Brust in diesem Bett.«

»Gerade das Unglück unseres Freundes«, antwortete sie, »quält mein Gewissen. An das übrige zu denken lohnt ja nicht, und ich begreife nicht, Jakob, daß Ihr in einem solchen Augenblick dem nachhängt.«

»Ich denke immer daran«, antwortete ich ihr.

»Ich«, sagte sie, »denke gar nicht daran. Ihr selbst schafft mehr als drei Viertel von Eurem Unglück.«

»Was meint Ihr damit, Jahel?«

»Ich meine damit, Freund, daß, wenn ich den Stoff liefere, Ihr die Stickerei daraufsetzt und Eure Einbildungskraft viel zu sehr die schlichte Wirklichkeit bereichert. Ich schwöre Euch, daß ich selbst zur Stunde mich nicht an ein Viertel dessen erinnere, was Euch betrübt; und Ihr sinnt so hartnäckig über diesen Gegenstand, daß Euer Nebenbuhler Euch gegenwärtiger ist als mir. Denkt nicht mehr daran und lasset mich dem Abbé, der aufwacht, seinen Tee geben.«

Gerade näherte sich Herr Coquebert mit seinem Beutel am Bett, legte einen neuen Verband auf und sagte laut, daß die Wunde gut heile. Dann zog er mich abseits und sprach zu mir: »Ich kann Euch versichern, Herr, der gute Abbé stirbt nicht an dem Stoß, den er abbekommen hat. Doch, um offen zu sein, ich glaube nicht, daß er sich von einer heftigen Brustfellentzündung erholt, die durch seine Wunde verursacht ist. Jetzt plagt ihn ein starkes Fieber. Doch da kommt ja der Herr Pfarrer an.«

Mein guter Lehter erkannte ihn wohl und fragte ihn höflich, wie er sich befinde.

»Besser als der Weinberg«, antwortete der Pfarrer, »denn der ist ganz von Beerwürmern verdorben und von Ungeziefer, wogegen der Klerus von Dijon doch heuer eine schöne Prozession mit Kreuz und Bannern veranstaltet hat. Nächstes Jahr muß man eine noch schönere veranstalten und noch mehr Wachs brennen. Auch wird der geistliche Richter von neuem den Bann über die Fliegen sprechen müssen, die die Trauben zerstören.«

»Herr Pfarrer«, sagte mein guter Lehrer. »man sagt, daß Ihr die Mägde in Euren Weinbergen greift. Pfui! Das steht Eurem Alter nicht mehr an. In meiner Jugend war ich wie Ihr hinter den Frauenzimmern her. Doch die Zeit hat mich sehr gebessert, und unlängst habe ich eine Nonne vorbeigelassen, ohne ihr irgend etwas zu sagen. Ihr verfahret anders mit den Schürzen und den Flaschen, Herr Pfarrer. Doch Ihr handelt noch schlechter, indem Ihr die Messen nicht lest, die man Euch bezahlt hat, und Güter der Kirche verschachert. Ihr lebt in doppelter Ehe und treibt Simonie.«

Als der Pfarrer diese Reden vernahm, empfand er schmerzliche Überraschung; sein Mund blieb offen, und seine Backen sanken traurig auf beiden Seiten seines Gesichtes hinab:

»Welch unwürdiger Schimpf für den Stand, dessen Kleid ich trage«, seufzte er endlich und schlug die Augen zur Decke auf. »Was für Reden hält er, so nahe vor Gottes Gericht! Oh! Herr Abbé, dürft Ihr also sprechen, Ihr, der Ihr ein heiliges Leben geführt und so viele Bücher studiert habt?«

Mein guter Lehrer stemmte sich auf seinen Ellbogen. Das Fieber lieh ihm auf traurige, widerspruchsvolle Art jene heitere Miene, die wir zuvor an ihm so gern gesehen hatten.

»Gewiß«, sagte er, »habe ich die Schriftsteller des Altertums studiert. Aber ich habe noch lange nicht so viel gelesen wie der zweite Vikar des Herrn Bischofs von Séez. Obwohl er außen und innen ein Esel war, war er doch noch ein größerer Bücherfresser als ich. Denn er schielte, blickte mit dem Auge seitwärts und las zwei Seiten zugleich. Was sagst du dazu, du schmutziger Gauch von Pfarrer, du alter Bock, der du im Mondschein hinter den Dirnen herläufst? Pfarrer, deine Freundin ist wie eine Hexe beschaffen. Sie hat einen Bart am Kinn; sie ist das Weib des Wundarztes. Er ist gehörig Hahnrei, und das geschieht diesem Homunkulus recht, dessen ärztliche Wissenschaft gerade langt, um ein Klistier zu geben.«

»Herrgott, was sagt er?« rief Frau Coquebert. »Er muß den Teufel im Leibe haben.«

»Ich habe viele Kranke im Delirium reden hören«, sprach Herr Coquebert, »doch keiner hat so böse Worte gesagt.«

»Ich entdecke«, sprach der Pfarrer, »daß wir mehr Mühe, als ich dachte, haben werden, diesen Kranken zu einem guten Ende zu bringen. In seiner Natur sind eine ätzende Gemütsart und Unzüchtigkeiten, die ich zuerst nicht bemerkt habe. Er hält Reden, die für einen Geistlichen und einen Kranken sich nicht schicken.«

»Das ist die Wirkung des Fiebers«, sagte der Bader.

»Aber wenn dieses Fieber«, versetzte der Pfarrer, »nicht einhält, könnte es ihn zur Hölle führen. Er hat soeben schwer gegen die Achtung gefehlt, die man einem Priester schuldet. Ich will jedoch morgen wiederkommen und ihn vermahnen, denn nach dem Beispiel unsres Herrn muß ich unendliche Barmherzigkeit für ihn haben. Doch hier bin ich sehr beunruhigt. Das Unglück will, daß in meiner Kelter eine Spalte ist, und alle meine Arbeiter sind im Weinberg. Coquebert, sagt doch ja dem Zimmermann ein Wort und ruft mich zu diesem Kranken, wenn sein Zustand sich plötzlich verschlimmert. Man hat viele Sorgen, Coquebert!«

Der nächste Tag war für Herrn Coignard so gut, daß wir Hoffnung schöpften, ihn zu erhalten. Er nahm eine Suppe und erhob sich auf seinem Bett. Zu jedem von uns sprach er mit seiner gewohnten Anmut und Milde. Herr von Anquetil, der bei Gaulard im Quartier war, besuchte ihn und verlangte recht unzart von ihm, er solle Piket mit ihm spielen. Lächelnd versprach mein Lehrer, es nächste Woche zu tun. Doch als der Tag sich neigte, erfaßte ihn das Fieber von neuem. Bleich, die Augen in unsäglichem Schrecken schwimmend, schaudernd, mit den Zähnen klappernd schrie er: »Da ist er, der alte Itzig! Es ist der Sohn, den Judas Ischariot einer Teufelin in Ziegengestalt gemacht hat. Doch man wird ihn an seines Vaters Feigenbaum hängen, und sein Eingeweide wird zu Boden fließen. Haltet ihn!... Er tötet mich! Mich friert!«

Einen Augenblick später warf er seine Decken zurück und klagte, ihm sei zu heiß.

»Ich habe großen Durst«, sprach er. »Gebt mir Wein! Und er soll kühl sein. Frau Coquebert, kühlt ihn schleunigst im Brunnen ab, denn der Tag wird heiß.«

Es war in der Nacht, und in seinem Kopf verwechselte er die Stunden.

»Rasch!« sagte er noch zu Frau Coquebert, »doch seid nicht so einfältig wie der Glöckner der Kathedrale zu Séez, der aus dem Brunnen Flaschen aufziehen sollte, die er hineingelegt hatte, seinen Schatten im Wasser bemerkte und zu schreien anhub: ›Holla! Herren, kommt schnell und helft mir! Da unten sind Antipoden, die unsern Wein trinken werden, wenn wir nicht Ordnung schaffen.‹«

»Er ist ein heiterer Mann«, sagte Frau Coquebert. »Doch vorhin hat er sehr unanständige Reden über mich geführt. Hätte ich Coquebert betrogen, dann hätte ich es nicht mit dem Herrn Pfarrer getan, bei seinem Stand und seinem Alter.«

Der Herr Pfarrer trat im selben Augenblick ein: »Nun, Herr Abbé«, fragte er meinen Lehrer, »wie ist Eure Stimmung? Was gibt es Neues?«

»Gott sei Dank«, antwortete Herr Coignard, »es gibt nichts Neues in meiner Seele. Denn, wie Sankt Chrysostomus gesagt hat, vermeidet das Neue. Wagt Euch nicht auf Bahnen, die noch nicht betreten worden sind; man verliert sich ins Unendliche, wenn man einmal abgeirrt ist. Ich habe das mit Trauer erfahren. Und habe mich verloren, weil ich ungebahnte Wege ging. Ich habe auf meine eigenen Ratschläge gehorcht, und sie haben mich zum Abgrund geführt. Herr Pfarrer, ich bin ein armer Sünder; die Zahl meiner Vergehen lastet auf mir.«

»Das sind schöne Worte«, sagte der Herr Pfarrer. »Gott selbst spricht sie Euch vor. Ich erkenne seinen unnachahmlichen Stil darin. Wollt Ihr nicht, daß wir das Heil Eurer Seele ein wenig fördern?«

»Gern«, sagte Herr Coignard. »Denn meine Unzüchtigkeiten stehen wider mich auf. Ich sehe große und kleine, rote und schwarze. Ich sehe winzige, die auf Hunden und Schweinen reiten, und sehe andere, die dick sind und splitternackt, mit Zitzen wie Schläuchen, mit Bäuchen, die faltig niederfallen, und ungeheuren Hinterbacken.«

»Ist es möglich«, sagte der Herr Pfarrer, »daß Ihr dies so deutlich seht? Doch wenn Eure Fehler so sind, wie Ihr sagt, mein Sohn, ist es besser, sie nicht zu beschreiben und sich auf den innerlichen Abscheu dagegen zu beschränken.«

»Wolltet Ihr denn, Herr Pfarrer«, erwiderte der Abbé, »daß meine Sünden schön wären wie Adonise? Doch genug! Ihr, Bader, gebt mir zu trinken. Kennt Ihr den Herrn de la Musardière?«

»Nicht daß ich wüßte«, sagte Herr Coquebert.

»So erfahret«, antwortete mein guter Lehrer, »daß er auf die Weiber sehr versessen war.«

»An dieser Stelle«, sagte der Pfarrer, »wird der Teufel über den Menschen sehr mächtig. Doch worauf wollt Ihr hinaus, mein Sohn?«

»Das werdet Ihr bald sehen«, sagte mein guter Lehrer. »Herr de la Musardière gab einer Jungfer in einem Stalle Stelldichein. Sie kam, und er ließ sie hinaus, wie sie gekommen war. Wißt Ihr, weshalb?«

»Ich weiß es nicht«, sagte der Pfarrer, »doch genug davon.«

»Nein«, erwiderte Herr Coignard. »Wisset, daß er sich hütete, sie herzunehmen, aus Furcht, ein Pferd zu erzeugen, weshalb man einen hochnotpeinlichen Prozeß gegen ihn angestrengt hätte.«

»Ha!« sprach der Bader. »Er hätte eher fürchten müssen, daß er einen Esel erzeugte.«

»Zweifellos!« sagte der Pfarrer. »Doch das bringt uns nicht auf dem Wege des Heiles voran. Es wäre besser, den rechten Pfad wieder einzuschlagen. Eben habt Ihr uns so erbauliche Reden gehalten.«

Anstatt zu entgegnen, begann mein guter Lehrer mit ziemlich starker Stimme zu singen:

»Ein Königsgaumen, der ist fein,
Drum nahm man fünfzehn Kuchen klein,
Hum! hum! juchhe!
Die Stangen haben sie versengt:
O weh!«

»Wenn Ihr singen wollt, mein Sohn«, sagte der Herr Pfarrer, »so singt eher ein schönes burgundisches Weihnachtslied. Ihr werdet Eure Seele damit erfreuen und erbauen.«

»Gern«, antwortete mein guter Lehrer. »Es gibt welche von Guy Barozai, die ich in ihrer scheinbaren Bäurischkeit für feiner halte als Demant und wertvoller als Gold. Dies zum Beispiel:

»Als in der kalten Winternacht
Das Christkind ward zur Welt gebracht,
Da bliesen Ochs und Esel treu
Ihm Wärme zu im tiefen Heu.
Ich aber weiß gar viel Getier
In diesem schönen Lande hier,
Ich aber weiß gar viel Getier,
Die hätten ihm das nicht gemacht.«

Der Wundarzt, seine Frau und der Pfarrer wiederholten zusammen:

»Ich aber weiß gar viel Getier,
In diesem schönen Lande hier,
Ich aber weiß gar viel Getier,
Die hätten ihm das nicht gemacht!«

Und mein guter Lehrer hub mit schwächerer Stimme wieder an:

»Und was dabei am schönsten ist,
Von Ochs und Esel ward vergessen
Fürs Jesulein zu dieser Frist
Das Trinken und das liebe Fressen.
Ich aber weiß gar viel Getier
In diesem schönen Lande hier,

Ich aber weiß gar viel Getier,
Die hätten ihm das nicht gemacht.«

Dann ließ er seinen Kopf auf das Kissen fallen und sang nicht mehr.

»Es ist Gutes in diesem Christen«, sprach der Herr Pfarrer zu uns, »viel Gutes, und vorhin noch hat er mich selbst durch schöne Sprüche erbaut. Aber er beunruhigt mich noch immer, denn alles hängt vom Ende ab und man weiß nicht, was auf dem Boden des Korbes bleibt. Gott will in seiner Güte, daß ein einziger Augenblick uns rettet; und dieser Augenblick muß dazu der letzte sein, so daß alles von einer einzigen Minute abhängt, im Vergleich zu der das übrige Leben wie ein Nichts ist. Das läßt mich für diesen Kranken zittern, um den die Engel und die Teufel wütend hadern. Doch an Gottes Barmherzigkeit sollen wir nicht verzweifeln.«

Zwei Tage vergingen in grausamem Wechsel. Hiernach verfiel mein guter Lehrer sehr großer Schwäche.

»Es ist keine Hoffnung mehr«, sprach Herr Coquebert leise zu mir. »Seht, wie sein Kopf das Kissen aushöhlt, und bemerkt, wie dünn seine Nase geworden ist.«

In der Tat war die Nase meines guten Lehrers, die unlängst dick und rot gewesen war, nur noch eine krumme Klinge, so fahl wie Blei.

»Bratspießdreher, mein Sohn«, sagte er zu mir mit einer noch vollen, starken Stimme, deren Ton ich jedoch nie gehört hatte, »ich fühle, daß ich nur noch wenig Lebensfrist habe. Holt mir den guten Priester her, auf daß er mir die Beichte abnimmt.«

Der Herr Pfarrer war in seinem Weinberg, wohin ich lief.

»Die Lese ist vorbei«, sprach er, »und reicher, als ich hoffte. Lasset uns dem armen Manne beistehen.«

Ich führte ihn zum Bett meines guten Lehrers, und wir ließen ihn mit dem Sterbenden allein.

Nach einer Stunde kam er heraus und sagte: »Ich kann euch

versichern, daß Herr Hieronymus Coignard in bewunderungswürdigen Gefühlen der Frömmigkeit und der Demut stirbt. Ich will auf seine Bitte und in Erwägung seines Glaubens ihm die heilige Wegzehrung reichen. Indes ich mich mit Meßhemd und Stola bekleide, schickt mir doch, Frau Coquebert, das Kind in die Sakristei, das jeden Morgen eine stille Messe bedient, und richtet die Stube her, auf daß sie den lieben Gott empfange.«

Frau Coquebert fegte die Stube, zog eine weiße Decke über das Bett, setzte ans Kopfende ein Tischlein, worüber sie ein Tuch breitete; sie stellte zwei Leuchter darauf, deren Kerzen sie anzündete, und einen Napf von Steingut, worin auf geweihtem Wasser ein Buchsbaumzweig schwamm.

Bald hörten wir, wie der Kirchendiener auf dem Wege das Glöckchen läutete, und sahen, wie das Kreuz in den Händen des Kindes hineinkam und der Pfarrer, weiß gekleidet, mit dem heiligen Abendmahl. Jahel, Herr von Anquetil, Herr und Frau Coquebert und ich knieten nieder.

»Pax huic domui«, sagte der Priester.

»Et omnibus habitantibus in ea«, antwortete der Kirchendiener.

Dann nahm der Herr Pfarrer Weihwasser und besprengte den Kranken und das Bett damit.

Er sammelte sich einen Augenblick und sagte feierlich: »Mein Sohn, habt Ihr nichts zu erklären?«

»Ja, Herr«, sprach der Abbé Coignard mit sicherer Stimme. »Ich verzeihe meinem Mörder.«

Hierauf zog der Offiziant die Hostie aus dem Speisekelch: »Ecce agnus dei qui tollit peccata mundi.«

Seufzend antwortete mein guter Lehrer: »Soll ich zu meinem Herrn reden, der ich nur Staub und Asche bin? Wie soll ich wagen, zu Euch zu kommen, der ich in mir nichts Gutes fühle, das mich ermutigen könnte? Wie sollte ich Euch zu mir nehmen, nachdem ich so oft Eure Augen verletzt habe, die voll der Güte sind?«

Und der Herr Abbé Coignard empfing die heilige Wegzehrung in tiefem Schweigen, das von unserem Schluchzen zerrissen ward und vom Lärm, womit Frau Coquebert sich schnäuzte.

Nach der letzten Ölung gab mein guter Lehrer mir ein Zeichen, ich solle seinem Bette nahen, und sagte mir mit schwacher, doch deutlicher Stimme: »Jakob Bratspießdreher, verwirf mit meinem Beispiel die Grundsätze, die ich dich während meines Wahns habe lehren können, der ach! so lange dauerte wie mein Leben. Fürchte die Frauen und die Bücher, weil man durch sie schlaff und stolz wird. Sei demütig im Herzen und im Geist. Dem Geringen gewährt Gott klarere Einsicht, als die Gelehrten mitzuteilen vermögen. Er gibt jegliche Wissenschaft. Mein Sohn, höre nicht auf die, so wie ich spitzfindig über Gut und Böse reden. Laß dich von der Schönheit und Feinheit ihrer Worte nicht rühren. Denn nicht in Worten besteht das Reich Gottes, sondern in der Tugend.«

Erschöpft schwieg er. Ich faßte seine Hand, die auf dem Tuche ruhte, und bedeckte sie mit Küssen und Tränen. Ich sagte ihm, er sei unser Lehrer, unser Freund, unser Vater, und ohne ihn könne ich nicht leben.

Er verbrachte eine so friedliche Nacht, daß ich einer verzweifelten Hoffnung mich hingab. Dieser Zustand hielt noch am folgenden Tage an. Doch gegen Abend begann er sich zu regen und Worte zu sprechen, die so undeutlich waren, daß sie ganz ein Geheimnis zwischen Gott und ihm bleiben.

Um Mitternacht versank er in tiefe Niedergeschlagenheit und man hörte nur noch das leichte Geräusch seiner Nägel, die an den Tüchern kratzten. Er erkannte uns nicht mehr.

Gegen zwei Uhr begann er zu röcheln. Der rauhe, schnelle Atem, der aus seiner Brust kam, war so stark, daß man ihn fern auf der Dorfstraße hörte, und meine Ohren waren so voll davon, daß ich sie noch die Tage nach diesem Unglückstag zu vernehmen glaubte. Beim Anbruch des Morgens gab er mit der

Hand ein Zeichen, das wir nicht verstanden, und stieß einen tiefen Seufzer aus. Es war der letzte. Im Tode bekam sein Antlitz eine Hoheit, die würdig war des Geistes, der ihn beseelt hatte, und für den es nie einen Ersatz geben wird.

Der Herr Pfarrer von Vallars besorgte für Herrn Hieronymus Coignard ein feierliches Begräbnis. Er sang die Totenmesse und gab den Sündenerlaß.

Mein guter Lehrer wurde in den Friedhof neben der Kirche getragen. Und Herr von Anquetil gab sämtlichen Leuten, die der Zeremonie beigewohnt hatten, bei Gaulard eine Abendmahlzeit. Man trank neuen Wein und sang burgundische Lieder.

Tags drauf ging ich zum Herrn Pfarrer und dankte ihm für seine fromme Sorgfalt.

»Ach!« sagte der heilige Mann, »dieser Priester hat uns durch sein erbauliches Ende einen großen Trost gegeben. Wenig Christen habe ich in so bewunderungswürdigen Gefühlen sterben sehen, und es wird sich gehören, daß wir die Erinnerung daran durch eine schöne Inschrift auf seinem Grabe verewigen. Ihr beide, Herren, seid gebildet genug, sie zustande zu bringen, und ich verpflichte mich, die Grabschrift für diesen Entschlafenen auf einen großen, weißen Stein ritzen zu lassen in der Art und Ordnung, wie ihr sie verfasset. Doch wenn ihr den Stein reden laßt, so sorget, daß er nur Gott lobe.«

Ich bat ihn zu glauben, daß ich allen Eifer daran wenden würde, und Herr von Anquetil versprach für sein Teil, eine feine, anmutige Wendung zu finden.

»Ich will«, sagte er, »mich in französischen Versen üben und mich nach denen des Herr Chapelle richten.«

»Potztausend!« sprach der Pfarrer. »Doch seid ihr nicht neugierig, meine Kelter zu sehen? Dies Jahr wird der Wein gut sein, und ich habe eine hinreichende Menge für mich und meine Köchin geerntet. Ach! Ohne die Beerwürmer hätten wir viel mehr.«

Nach dem Abendmahl verlangte Herr von Anquetil das Schreibzeug und begann, französische Verse zu schmieden. Dann warf er voller Ungeduld Feder, Tinte und Papier in die Luft.

»Bratspießdreher«, sagte er, »ich habe nur zwei Verse gemacht, und obendrein bin ich nicht ganz sicher, ob sie gut sind. Hier stehen sie, wie ich sie gefunden habe:

»Hier ruht Herr Coignard, ein guter Mann.
Der Tod, der tritt uns alle an.«

Ich erwiderte ihm, das Gute bei ihnen sei, daß man keinen dritten brauche.

Und ich verbrachte die Nacht mit dem Entwurf einer lateinischen Grabschrift, die also lautete:

D. O. M.
Hic jacet
In spe beatae aeternitatis
Dominus Hieronymus Coignard
Presbyter
Quondam in Bellovacensi Collegio
Eloquentiae magister eloquentissimus
Sagiensis episcopi bibliothecarius solentissimus
Zozimi Panopolitani ingeniosissimus
Translator
Opere tamen immatura morte intercepto
Periit enim cum Lugdunum peteret
Judaea manu nefandissima
Id est a nepote Christi carnificum
In via trucidatus
Anno aet. LII
Comitate fuit optima doctissimo convitu
Ingenio sublimo
Facetiis iucundus sententiis plenus
Donorum Dei laudator
Fide devotissima per multas tempestates

Constanter munitus
Humilitate sanctissima ornatus
Saluti suae magis intentus
Quam vano et fallaci hominum judicio
Sic honoribus mundanis
Nunquam quaesitis
Sibi gloriam sempiternam
Meruit

Was in Übertragung heißt:

Hier ruht,
In der Hoffnung auf die ewige Seligkeit,
Herr Hieronymus Coignard,
Priester,
Ehedem ein hochberedter Professor der Beredsamkeit
am Kolleg zu Beauvais,
Sehr beflissener Bibliothekar des Bischofs
von Séez,
Verfasser einer sehr schönen Übersetzung des Zozimos,
des Panopolitaners,
Die er leider unvollendet gelassen hat,
Als sein vorzeitiger Tod ihn überraschte.
Auf der Straße von Lyon ist er getötet worden,
Im 52. Lebensjahr,
Von der verbrecherischen Hand eines Juden,
und starb so als Opfer eines Neffen der Henker
Jesu Christi.
Er war von freundlichem Umgang,
gelehrt im Gespräch,
von hohem Geiste,
war reich an heiteren Worten und schönen Maximen
und lobte Gott in allen seinen Werken.
In des Lebens Stürmen bewahrte er
einen unerschütterlichen Glauben.
In seiner wahrhaft christlichen Demut,

Achtsamer auf das Heil seiner Seele
Denn auf die eitle, trügerische Meinung der Menschen,
Hat er hienieden ohne Ehren
gelebt
und hat zu ewigem Ruhm sich erhoben.

Drei Tage nachdem mein guter Lehrer seine Seele aufgegeben hatte, beschloß Herr von Anquetil weiter zu fahren. Der Wagen war geflickt. Er befahl den Postillonen, sich für den nächsten Morgen zu rüsten. Seine Gesellschaft war mir nie angenehm gewesen. In meiner Trauer wurde sie mir hassenswert. Den Gedanken, ihm mit Jahel zu folgen, konnte ich nicht ertragen. Ich beschloß, in Tournus oder in Mâcon eine Anstellung zu suchen und dort versteckt zu leben, bis, wenn das Gewitter ausgetobt habe, es mir möglich sei, nach Paris zurückzukehren, wo, wie ich wußte, meine Eltern mich mit offenen Armen empfangen würden. Ich teilte diesen Plan Herrn von Anquetil mit und entschuldigte mich, daß ich ihn nicht länger begleitete. Zuerst bestrebte er sich, mich zurückzuhalten, mit einer Zartheit, die ich von ihm nicht erwarten konnte, dann gab er mir gern meine Freiheit. Jahel spürte mehr Pein; doch da sie von Natur vernünftig war, fand sie sich in meine Gründe, sie zu verlassen.

In der Nacht vor meiner Abreise gingen Jahel und ich, um aufzuatmen, zum Platz hinaus, indes Herr von Anquetil mit dem Bader trank und Karten spielte. Die Luft war balsamisch von duftenden Kräutern und voll von Grillengesang.

»Welch schöne Nacht!« sprach ich zu Jahel. »So schöne Nächte wird das Jahr nicht mehr haben; und vielleicht sehe ich Zeit meines Lebens keine so süße wieder.«

Der blumige Dorfkirchhof dehnte vor uns seine unbeweglichen Rasenwellen aus, und weiß umspielte das Mondlicht die auf dem schwarzen Gras verstreuten Gräber. Beide hatten wir zugleich den Einfall, unserm Freund Lebewohl zu sagen. Der Platz, wo er ruhte, war durch ein von Tränen genäßtes Kreuz bezeichnet, dessen Fuß in der weichen Erde steckte. Der Stein, der die Grabschrift aufnehmen sollte, war noch nicht gelegt. Wir setzten uns in die Nähe ins Gras, und dort sanken wir durch unfühlbaren, natürlichen Trieb einander in die Arme, ohne daß wir uns scheuten, durch unsre Küsse das Gedächtnis eines Freundes zu beleidigen, der um seiner tiefen Weisheit willen alle menschlichen Schwächen verzieh.

Plötzlich sagte Jahel mir ins Ohr, woran sie ihren Mund gerade hatte: »Ich sehe Herrn von Anquetil, der von der Friedhofmauer gespannt zu uns hinsieht.«

»Kann er in dieser Dunkelheit sehen?« fragte ich.

»Gewiß sieht er meine weißen Unterröcke«, antwortete sie. »Das genügt, meine ich, damit er Lust bekommt, mehr zu sehen.«

Schon wollte ich den Degen ziehen und war entschlossen, zwei Leben zu verteidigen, die in diesem Augenblick beinah noch verschmolzen waren. Jahels Ruhe setzte mich in Staunen; nichts in ihren Bewegungen und ihrer Stimme verriet Furcht.

»Geht«, sprach sie zu mir, »flieht und fürchtet nichts für mich. Eine solche Überraschung habe ich eher herbeigesehnt. Er begann meiner müde zu werden, und dies ist ein treffliches Mittel, um seinen Geschmack neu zu beleben und seine Liebe zu würzen. Geht und laßt mich! Der erste Augenblick wird hart sein, denn er ist heftigen Gemütes. Er wird mich schlagen, aber dann werde ich ihm nur teurer sein. Lebt wohl!«

»Weh!« rief ich, »so habt Ihr, Jahel, mich nur genommen, um eines Nebenbuhlers Begierde anzustacheln?«

»Ich finde es stark, daß nun auch Ihr noch mit mir zanken wollt! Geht, sage ich Euch!«

»Wie? So muß ich Euch verlassen?«

»Ihr müßt, lebt wohl! Er darf Euch hier nicht finden. Ich will ihn eifersüchtig machen, jedoch mit Schonung. Lebt wohl, lebt wohl!«

Kaum war ich im Gräberlabyrinth etliche Schritte getaumelt, da schrie und fluchte Herr von Anquetil, der nahe genug war, seine Geliebte zu erkennen, so laut, daß er alle Toten des Dorfes wecken mußte. Mich drängte es, Jahel seiner Wut zu entreißen. Ich dachte, er würde sie töten. Schon glitt ich, um ihr zu helfen, im Dunkel der Steine dahin. Indes nach einigen Minuten, während deren ich sie aufmerksam betrachtete, sah ich, wie Herr von Anquetil sie aus dem Friedhof stieß und in Gaulards Herberge zurückführte. Er hatte noch einen Rest von Wut, doch die vermochte sie allein und ohne Hilfe zu stillen.

Ich ging auf meine Stube, als sie wieder in der ihrigen waren. Nachts schlief ich nicht, und wie ich sie bei Tagesanbruch durch den Spalt der Vorhänge bespähte, sah ich sie in offenbar großer Freundschaft über den Hof der Herberge laufen.

Jahels Abreise vermehrte meine Betrübnis. Ich streckte mich mitten in meinem Zimmer auf den Bauch nieder, barg mein Gesicht in die Hände und weinte bis zum Abend.

Hier verliert mein Leben die Bedeutung, die es von den Umständen empfing, und mein Schicksal, das sich meinem Charakter wieder fügte, bietet nur noch gewöhnliche Züge dar. Wollte ich meine Aufzeichnungen fortsetzen, so würde mein Bericht bald albern scheinen. Ich will mit wenigen Worten ihn vollenden. Der Herr Pfarrer von Vallars gab mir einen Empfehlungsbrief an einen Weinhändler in Mâcon, bei dem ich zwei Monate lang in Stellung war, nach deren Verlauf mein Vater mir schrieb, er habe meine Angelegenheiten geordnet, und ich könne ohne Gefahr nach Paris zurückkehren.

Sofort nahm ich die Kutsche und reiste mit Rekruten heim. Mein Herz klopfte zum Zerspringen, als ich die Straße des Sankt Jakob wiedersah, die Uhr Sankt Benedikts des Krummen, das Schild der Drei Jungfern und die Heilige Katharina des Herrn Blaizot.

Meine Mutter weinte bei meinem Anblick, ich weinte, wir umarmten uns und weinten noch immer. Mein Vater lief schleunigst vom Kleinen Bacchus herbei und sprach zu mir mit feierlicher Rührung: »Jakobchen, mein Sohn, ich verhehle dir nicht, daß ich gegen dich sehr ergrimmt war, als ich die Schergen in die Königin Pedauque treten sah, um dich zu packen, und, wenn du nicht da wärest, mich anstatt deiner mitzunehmen. Sie wollten nichts hören und brachten vor, ich hätte im Kerker Muße, mich zu erklären. Sie sollten dich wegen einer Klage des Herrn de la Guéritaude holen. Ich bekam von deinen Ausschweifungen einen schrecklichen Begriff. Doch als ich aus deinen Briefen erfahren hatte, daß es nur Läppereien waren, war mein einziger Wunsch, dich wiederzusehen. Oft habe ich mich beim Schankwirt zum Kleinen Bacchus nach den Mitteln erkundigt, deinen Prozeß niederzuschlagen. Er antwortete mir stets: ›Meister Leonhard, geht zum Richter mit einem dicken Sack voll Dukaten, und Euer Sohn wird so weiß wie Schnee wieder zu Euch kommen.‹ Aber die Dukaten sind hier selten, und ich habe in meinem Haus weder ein Huhn noch eine Gans noch eine Ente, die Goldeier legten. Im besten Fall bringt mir heutzutag das Geflügel das Feuer meines Kamines ein. Zum Glück hatte deine würdige, ehrbare Mutter den Einfall, die Mutter des Herrn von Anquetil aufzusuchen, die, wie wir wußten, für ihren Sohn tätig war, welchen man zur selben Zeit wie dich und um derselben Angelegenheit suchte. Denn ich erkenne, Jakob, daß du in Gesellschaft eines Edelmanns geludert hast, und mein Herz sitzt mir zu sehr am rechten Fleck, daß ich die Ehre nicht spüren sollte, die dadurch der ganzen Familie vergönnt ist. Deine Mutter bat demnach um Audienz bei Frau von Anquetil in ihrem Hotel in der Vorstadt des Sankt Antonius. Sie hatte sich sauber gekleidet wie zur Messe; und Frau von Anquetil empfing sie mit Güte. Deine Mutter ist eine ehrbare Frau, Jakob, aber sie hat keine Manieren, und zuerst sprach sie verkehrtes, unangemessenes Zeug. Sie sagte: ›Gnädige Frau, in unserem Alter haben wir zunächst Gott nur unsre Kinder.‹ Das durfte sie doch dieser großen Dame nicht sagen, die noch Liebhaber hat.«

»Schweigt, Leonhard«, rief meine Mutter. »Das Betragen der Frau von Anquetil kennt Ihr nicht, und ich muß doch zu der Dame ganz gut geredet haben, da sie mir antwortete: ›Seid ruhig, Frau Menetrier; ich will mich für Euren Sohn wir für den meinigen verwenden; rechnet auf meinen Eifer.‹ Und Ihr wißt, Leonhard, daß wir in weniger als zwei Monaten die Zusicherung empfingen, unser Jakobchen dürfe, ohne beunruhigt zu werden, nach Paris zurück.«

Wir speisten mit viel Eßlust zu Abend. Mein Vater fragte mich, ob ich im Dienst des Herrn von Astarac bleiben wolle. Ich antwortete, nach dem auf ewig beweinenswerten Tode meines guten Lehrers wünsche ich nicht, mit dem grausamen Mosaïdes mich bei einem Edelmann zu finden, der seine Bediensteten nur mit schönen Reden zahlte. Mein Vater lud mich freundlich ein, wie zuvor seinen Bratspieß zu drehen.

»In der letzten Zeit, Jakobchen«, sprach er, »hatte ich den Bruder Angelus damit beschäftigt; doch entledigte er sich dessen weniger gut als Miraut und sogar als du. Willst du nicht, mein Sohn, deinen Platz auf dem Schemel neben dem Kamin beziehen?«

Meine Mutter, die, so einfach sie war, nicht des Urteils ermangelte, zuckte mit den Achseln und sagte: »Herr Blaizot, der Buchhändler zum Bilde der Heiligen Katharina braucht einen Gehilfen. Diese Stellung, mein Jakobchen, paßt dir wie ein Handschuh. Du hast sanfte Sitten und gute Manieren. Das braucht man, um Bibeln zu verkaufen.«

Ich ging sofort zu Herrn Blaizot, bot mich ihm an, und er nahm mich in seinen Dienst.

Durch mein Unglück war ich gewitzigt. Die Niedrigkeit meiner Aufgabe stieß mich nicht ab; ich erfüllte sie genau und handhabte Wedel und Besen zur Zufriedenheit meines Brotherrn.

Meine Pflicht war, Herrn von Astarac einen Besuch zu machen. Am letzten Sonntag im November, nach dem Mittagsmahl, begab ich mich zu diesem großen Alchimisten. Der Weg von der Straße des Sankt Jakob zum Sandwegkreuz ist lang, und der Almanach lügt nicht, wenn er meldet, daß im November die Tage kurz sind. Als ich nach Roule kam, war es Nacht, und schwarzer Nebel bedeckte die öde Straße. In traurigen Gedanken ging ich durch die Finsternis.

»Weh!« sprach ich bei mir. »Bald ist es ein Jahr, daß ich zum ersten Male den Weg hier machte, im Schnee, in Gesellschaft meines guten Lehrers, der jetzt in einem burgundischen Dorfe auf einem Rebenhügel ruht. Er ist in der Hoffnung auf die ewige Seligkeit entschlafen. Und diese Hoffnung soll man mit einem so gelehrten, weisen Manne teilen. Gott bewahre mich, daß ich an der Unsterblichkeit der Seele jemals zweifle! Doch man muß sich wohl gestehen, alles, was mit einem künftigen Dasein und einer andern Welt zusammenhängt, gehört zu jenen unfühlbaren Wahrheiten, an die man glaubt, ohne davon berührt zu werden, und die weder Geruch noch Geschmack haben, so daß man sie verschlingt, ohne es zu merken. Ich für mein Teil werde durch den Gedanken, den Herrn Abbé Coignard eines Tags im Paradiese wiederzusehen, nicht getröstet. Sicher wird er nicht mehr zu erkennen sein, und seine Reden werden den Reiz, den sie den Umständen entliehen, nicht mehr haben.«

Unter solchen Erwägungen sah ich vor mir einen großen Schein, der sich über die Hälfte des Himmels ausbreitete; sogar mir zu Häupten war der Nebel gerötet, und dieses Licht schwankte in seiner Mitte. Ein schwerer Rauch vermengte sich mit den Dünsten der Luft. Sofort befürchtete ich, das Schloß des Herrn von Astarac brenne. Ich beschleunigte meinen Schritt und erkannte bald, daß meine Furcht nur zu sehr begründet war. Ich entdeckte den Kalvarienberg vom Sandweg, der von Schatten verfinstert war, über Flammenstaub, und gleich darauf sah ich das Schloß, dessen sämtliche Fenster wie zu einem Unheilsfest glühten. Die kleine grüne Tür war eingeschlagen. Schatten regten sich im Park und raunten vor Entsetzen. Es waren Bewohner des Dorfes Neuilly, die, um zu schauen und Hilfe zu bringen, herbeigelaufen waren. Etliche schleuderten aus einer Pumpe Strahlen Wassers, die als funkelnder Regen in den brennenden Herd fielen. Eine dicke Rauchsäule erhob sich über das Schloß. Ein Regen von Flammpfeilen und Asche fiel rings um mich nieder, und bald gewahrte ich, daß mein Rock und meine Hände geschwärzt waren. Mit Verzweiflung dachte ich daran, daß dieser Staub, der die Luft erfüllte, der Rest von so vielen schönen Büchern und wertvollen Handschriften sei, der Rest vielleicht des Zozimos, des Panopolitaners, an dem wir in meines Lebens edelsten Stunden zusammen gearbeitet hatten.

Ich hatte den Herrn Abbé Hiernoymus Coignard sterben gesehen. Diesmal glaubte ich, ich sähe seine Seele, seine funkelnde, sanfte Seele selbst, die mit der Königin der Büchereien in Staub aufgelöst sei. Ich fühlte, daß ein Teil meiner eigenen Person zugleich zerstört worden war. Der Wind, der sich erhob, schürte den Brand, und die Flammen knirschten wie gefräßige Mäuler.

Ich ward eines Mannes aus Neuilly ansichtig, der noch mehr als ich geschwärzt war und nur seine Weste hatte, und fragte ihn, ob man Herrn von Astarac und seine Leute nicht gerettet habe.

»Niemand«, sprach er zu mir, »ist aus dem Schlosse gekommen, bis auf einen alten Juden, den man mit Bündeln nach den Morästen zu fliehen sah. Er bewohnte das Gartenhaus des Wächters am Flusse und war wegen seines Ursprungs verhaßt und wegen der Untaten, deren man ihn beargwöhnte. Kinder verfolgten ihn, und fliehend ist er in die Seine gefallen. Sie haben ihn als Leiche herausgefischt, an sein Herz drückte er ein Zauberbuch und sechs goldene Tassen. Ihr könnt ihn in seinem gelben Kleide auf dem Uferdamm sehen. Er ist gräßlich mit seinen offenen Augen.«

»Ah!« erwiderte ich, »dieses Ende ist die gerechte Strafe für seine Verbrechen. Jedoch sein Tod gibt mir den besten aller Lehrer, den er ermordet hat, nicht wieder. Sagt mir noch: hat man Herrn von Astarac nicht gesehen?«

Im Augenblick, wo ich dies fragte, hörte ich, wie neben mir einer der bewegten Schatten angstvoll schrie: »Das Dach stürzt ein!«

Und ich erkannte mit Schrecken die große, schwarze Gestalt des Herrn von Astarac, der in den Traufen umherlief. Mit lauter Stimme rief der Alchimist: »Auf Flammenflügeln schwinge ich mich empor zum Reiche des göttlichen Lebens.«

Er sprach's; plötzlich krachte das Dach mit furchtbarem Getöse zusammen, und berghohe Flammen hüllten den Freund der Salamanderweiber ein.

Keine Liebe widersteht der Entfernung. Jahels zuerst brennendes Gedächtnis wurde mählich linder; in mir blieb nur eine ungewisse Verstörtheit, und sie war nicht einmal deren einziger Gegenstand.

Herr Blaizot wurde alt. Er zog sich nach Montrouge in sein Landhäuschen zurück und verkaufte mir gegen eine Lebensrente sein Anwesen. Ich wurde an seiner Statt vereidigter Buchhändler zum Bilde der heiligen Katharina und holte dorthin meinen Vater und meine Mutter, deren Garküche seit einiger Zeit nicht mehr brannte. Ich fühlte mich zu meinem niederen Laden hinzugezogen und suchte ihn auszuschmücken. An die Pforte nagelte ich alte venetianische Karten und mit allegorischen Stichen gezierte Thesen, die wohl ein alter, barocker Schmuck sind, jedoch den Freunden der guten Studien gefallen. Wenn ich mein Wissen sorgsam verbarg, war es mir in meinem Handel nicht allzu schädlich. Es hätte mir mehr Nachteil gebracht, wäre ich Verleger gewesen wie Marc Michel Rey und wie er gezwungen, aus der öffentlichen Dummheit meinen Lebensunterhalt zu machen.

Ich halte, wie man zu sagen pflegt, die klassischen Autoren, und solche Ware ist marktfähig in dieser gelehrten Straße des Sankt Jakob, deren Altertümer und Berühmtheiten ich gern eines Tags beschreiben möchte. Hier hat der erste Drucker von Paris seine ehrwürdige Presse aufgerichtet. Die Cramoisy, die Guy Patin die Könige der Straße des Sankt Jakob benennt, haben hier das Korpus unsrer Geschichtsdarsteller herausgegeben. Bevor sich das Kolleg von Frankreich erhob, gaben hier Peter Danès, Franz Votable, Ramus ihre Lesestunden in einem Schuppen, der vom Zwist der Lastträger und der Wäscherinnen hallte. Und wie sollte man Johann von Meung vergessen, der in einem Häuschen dieser Straße den Roman der Rose gedichtet hat? *

Ich kann im ganzen Hause schalten, das altertümlich ist und wenigstens seit der Zeit der Goten steht, wie man an den Holzbalken sieht, die sich auf der engen Fassade kreuzen, an dem Mauervorsprung der beiden Stockwerke und an dem geneigten, mit moosigen Ziegeln beladenen Dach. In jedem Stockwerk hat es nur ein Fenster. Das im ersten Stockwerk hat zu jeder Jahreszeit Blumen und ist mit Schnüren ausgestattet, woran im Frühling Winden und Kapuzinerkresse ranken. Meine gute Mutter säet sie und gibt ihnen Wasser.

Es ist das Fenster ihrer Stube. Von der Straße erblickt man sie, wie sie in einem mit großen Lettern bedruckten Buch über dem Bilde der heiligen Katharina ihre Gebete liest. Alter, Frömmigkeit und Mutterstolz haben ihr eine vornehme Miene gegeben, und wenn man ihr Wachsgesicht unter der hohen weißen Haube sieht, möchte man schwören, sie sei ein reiches Bürgerweib.

Auch mein Vater hat mit den Jahren eine gewisse Hoheit

* Jakob Bratspießdreher wußte nicht, daß François Villon in der Straße des Sankt Jakob wohnte, im Kloster des Sankt Benedikt, im Hause zur grünen Tür. Des Herrn Hieronymus Coignard Jünger hätte gewiß sich gefreut, an diesen alten Dichter zu erinnern, der, wie er, verschiedene Arten von Menschen kennengelernt hat.

erlangt. Da er Luft und Bewegung liebt, lasse ich ihn Bücher in die Stadt tragen. Zuerst hatte ich den Bruder Angelus dazu genommen, doch er bettelte bei meinen Kunden, gab ihnen Reliquien zu küssen, stahl ihnen ihren Wein, kniff ihre Magd und ließ die Hälfte meiner Bücher in allen Rinnsteinen des Viertels. Schleunigst entzog ich ihm seine Stellung. Aber meine gute Mutter, der er einredet, er habe Geheimnisse, um den Himmel zu gewinnen, gibt ihm seine Suppe und seinen Wein. Er ist kein böser Mensch, und zuletzt hat er mir eine Art Zuneigung eingeflößt.

Etliche Gelehrte und etliche Schöngeister verkehren in meinem Laden. Und ist ein großer Vorzug meines Standes, daß man dabei in täglichem Umgang mit verdienstvollen Leuten steht. Unter denen, die am häufigsten bei mir die neuen Bücher anblättern und vertraulich miteinander plaudern, sind so gelehrte Geschichtschreiber wie Tillemont, geistliche Redner, die an Beredsamkeit dem Bossuet oder gar dem Bourdaloue gleichen, komische und tragische Dichter, Theologen, die Reinheit der Sitten mit Festigkeit der Lehre vereinigen, geschätzte Verfasser spanischer Novellen, Geometer und Philosophen, die, wie Herr Descartes, fähig sind, die Welten zu messen und zu wägen. Ich bewundere sie, ich genieße ihre flüchtigsten Worte. Aber keiner, so dünkt mich, ist an Geist meinem guten Lehrer ebenbürtig, den ich zu meinem Unglück auf der Straße von Lyon verloren habe; keiner erinnert mich an jenen unvergleichlichen Geschmack des Denkens, jene sanfte Feinheit, jenen erstaunlichen Reichtum einer Seele, die stets sich ergoß und sprudelte wie die Urne der Flußgötter, die man in den Gärten aus Marmor gebildet sieht. Keiner gibt mir jenen unerschöpflichen Quell der Wissenschaft und der Sittenlehre wieder, an dem ich den Durst meiner Jugend stillen durfte; keiner gibt mir auch nur den Schatten jener Anmut, jener Weisheit, jener Gedankenkraft, die in Herrn Hieronymus Coignard erglänzten. Ihn halte ich für den artigsten Geist, der je auf Erden geblüht hat.

Werke der Weltliteratur

Dante Alighieri
Die Göttliche Komödie

Aus dem Italienischen von Karl Vossler.
Mit einem Vorwort und Anmerkungen von K. Vossler. 1986. 525 Seiten.
Serie Piper 500

Eines der großen Werke abendländischer Dichtung in der Übertragung des berühmten Romanisten Karl Vossler, die als die beste und lesbarste gilt. Die »Göttliche Komödie« faßt alle Strömungen des Mittelalters zusammen: Gnostische, neuplatonische, arabische und scholastische Traditionen sind ebenso wie die volkstümlichen Vergil-Legenden des Mittelalters zu einem in sich geschlossenen harmonischen Kosmos gefügt. Der auf christlicher Zahlensymbolik beruhende Aufbau, die Dramatik der Szenen, sprachliche Schönheit und Ausdruckskraft machen diese vor über sechs Jahrhunderten entstandene Dichtung zu einem faszinierenden Werk.

Henry Fielding
Die Geschichte des Tom Jones, eines Findlings

Roman. Aus dem Englischen von Roland U. und Annemarie Pestalozzi, unter Benutzung der Übersetzung von Johann Joachim Christoph Bode aus den Jahren 1786 bis 1788.
Herausgegeben, mit Anmerkungen und einer Einführung versehen von Norbert Miller. 1986. 1224 Seiten. Serie Piper 493

»Tom Jones« ist für die englische Literatur, was der »Simplizius Simplizissimus« ein Jahrhundert zuvor für die deutsche war: ein Entwicklungsroman, ein realistisches Gesellschaftsbild, dessen Moral aber die engen Grenzen seiner Zeit sprengt, einer der ersten großen realistischen Romane und zugleich ein Höhepunkt der Gattung, ein Erzroman, den man niemals auslesen kann. »Tom Jones« erzählt die Geschichte eines leichtsinnigen Jünglings, der turbulente Abenteuer zu bestehen hat, bis aus dem Tunichtgut ein pflichtbewußter Gentleman geworden ist.